CONFISSÕES DE UM GAROTO TALENTOSO, PURPURINADO E (INTIMAMENTE) DISCRIMINADO

THALITA REBOUÇAS

CONFISSÕES DE UM GAROTO TALENTOSO, PURPURINADO E (INTIMAMENTE) DISCRIMINADO

Rio de Janeiro, 2025

Copyright © 2022 by Thalita Rebouças. Todos os direitos reservados.

Todos os direitos desta publicação são reservados à Casa dos Livros Editora LTDA. Nenhuma parte desta obra pode ser apropriada e estocada em sistema de banco de dados ou processo similar, em qualquer forma ou meio, seja eletrônico, de fotocópia, gravação etc., sem a permissão dos detentores do copyright.

ILUSTRAÇÕES DE CAPA	Isadora Zeferino
MONTAGEM DE CAPA	Julio Moreira | Equatorium Design
PROJETO GRÁFICO E DIAGRAMAÇÃO	Juliana Ida
IMAGENS DO MIOLO	Shutterstock

Dados Internacionais de Catalogação na Publicação (CIP)
(Câmara Brasileira do Livro, SP, Brasil)

Rebouças, Thalita

   Confissões de um garoto talentoso, purpurinado e (intimamente) discriminado / Thalita Rebouças. - 1. ed. - Rio de Janeiro: Pitaya, 2025. -- (Confissões; 3)

   ISBN 978-65-83175-35-9

   1. Romance - Literatura juvenil I. Título. II. Série.

25-247246   CDD-028.5

Índice para catálogo sistemático:

1. Romances : Literatura juvenil   28.5

Eliete Marques da Silva - Bibliotecária - CRB-8/9380

Editora Pitaya é uma marca licenciada à Casa dos Livros Editora Ltda.
Todos os direitos reservados à Casa dos Livros Editora LTDA.
Rua da Quitanda, 86, sala 601A - Centro,
Rio de Janeiro/RJ - CEP 20091-005
Tel.: (21) 3175-1030
www.harpercollins.com.br

PARA O WILED, QUE ERA A ALEGRIA EM
FORMA DE GENTE, E PARA TODOS OS
ZECAS QUE SOFREM COM PRECONCEITO
E FALTA DE EMPATIA.

SUMÁRIO

- Capítulo 1 15
- Capítulo 2 27
- Capítulo 3 39
- Capítulo 4 47
- Capítulo 5 53
- Capítulo 6 62
- Capítulo 7 73
- Capítulo 8 85
- Capítulo 9 97
- Capítulo 10 108
- Capítulo 11 120
- Capítulo 12 133

☆ Capítulo 13	146
♥ Capítulo 14	154
Capítulo 15	170
Capítulo 16	178
Capítulo 17	188
★ Capítulo 18	201
♡ Capítulo 19	214
Capítulo 20	223
Capítulo 21	233
Capítulo 22	246
☆ Capítulo 23	259

NOTA DA AUTORA

Oi! Tudo bem?

O Zeca me acompanha ao longo dos três livros da série Confissões e virou o queridinho dos leitores, que me sempre me pediam um livro sobre ele. Acho que fechei a série com chave de ouro com ele, o cara cheio de carisma e tiradas maravilhosas, o amigo que todo mundo gostaria de ter.

O Zeca é espontâneo, decidido e corajoso. Mas na real ninguém precisa ser forte o tempo todo, né? E esse livro fala justamente sobre isso: sobre aceitar nossas fragilidades e entender que pedir ajuda é essencial para seguirmos em paz na nossa caminhada. Todo mundo, por mais confiante que seja, precisa de uma rede de apoio, de um colo, um ouvido.

Espero que essa história inspire vocês tanto quanto o Zeca me inspira.

Um beijo grande,
Thalita

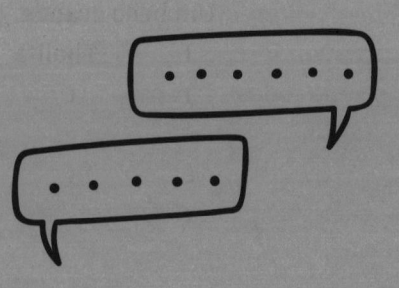

PREFÁCIO
LULU SANTOS

Como as coisas mudaram... Mudaram?

Enquanto lemos mais este necessário texto de Thalita Rebouças, políticos conservadores em todo o mundo buscam demolir, em uma penada, décadas de elaboração de um plano de acolhimento a sexualidades não normativas para crianças, proibindo ou restringindo as discussões sobre o assunto nas salas de aula.

Ainda assim, as coisas melhoraram muito... (Mesmo o Brasil sendo o primeiro lugar no mundo em assassinato de pessoas trans e o sexto em feminicídio, não se esqueça!).

Mas que melhoraram, sei que sim. Se eu mesmo, na minha adolescência, tivesse tido a oportunidade de ler este livro que você agora tem em mãos, muito sofrimento poderia ter sido poupado. Diferente do Zeca, que teme a reação paterna a seu talk-show on-line sobre maquiagem, eu temia a vida, a escola, a família, o mundo e suas consequências, e, acredite, quase sucumbi no processo. Mas isso não é sobre mim.

Não vou dar spoiler porque o livro está todo na sua frente, mas, como Zeca e por vias totalmente diferentes (pois não existe uma única "homossexualidade" e sim formas tão diversas de manifestação quanto diversos somos todos), também tive sucesso a despeito dos percalços.

O que teria sido de mim se um livro como este me tivesse caído às mãos em vez de — ou quem sabe junto com — *Dom Casmurro*, só posso imaginar.

Alguns artefatos culturais me ajudaram em minha compreensão e autoaceitação, como um álbum de David Bowie, o filme *Apenas uma mulher*, o grupo de teatro Dzi Croquettes e toda a década de 1970. Paradoxalmente, os anos 1980 e sua ética de sucesso a qualquer preço me desviaram dessa busca, mas no fundo era só um atalho temporal. A década de 1990, o jornal *Village Voice*, Nova York e principalmente o documentário *Os tempos de Harvey Milk* iluminaram de vez o caminho — e eis-me aqui, luminoso e luminar. Leia este livro, indique, compre e dê de presente. Quem sabe salve uma vida, quiçá a sua, como um salva-vidas.

PAX
£UX

Capítulo 1

NAQUELA MANHÃ DE CÉU AZUL-BRASÍLIA E SOL DE RACHAR O CABEÇÃO, acordei mal. Doído, doído, quase deprimido, no chão ("no chão" é modo de dizer, claro, porque amo o colchão macio da minha cama). E triste, confuso, melancólico, estressado. Tenso. Bem tenso. Pode acreditar. Você deve estar pensando: "Mas isso não tem nada a ver com o Zeca. Zeca é alegria, é luz, é festa, é superlativo." Eu sou, sim. Sou muito. Mas vou explicar.

Eu tinha acordado do meu pior pesadelo, que se repetia desde sempre: o sonho com a minha festa de 13 anos. Nele, meu pai está em um canto comigo e diz, com naturalidade: "Só tem menina nessa festa, José Carlos! Cadê seus amigos? Você não pode ser assim! Tem que jogar futebol, fazer uma luta, uma capoeira que seja, uma porcaria qualquer pra você ter amigo homem, filho!". Acuado, engulo em seco, prendo o choro (porque "homem não chora", eu ouvi desde sempre) e, angustiado com o silêncio sufocante, em busca de acolhimento e afeto legítimos, imploro o *inimplorável*: "Desculpa eu ser assim... Desculpa eu ser assim, desculpa, desculpa, desc...". Em resposta ao meu pedido de perdão, meu pai pega meu braço com força e me sacode gritando: "Não desculpo! Não desculpo!". E é sempre nessa hora que eu acordo. Só que naquela manhã foi diferente.

Suando em bicas, sentei na cama assustado e peguei o celular. Vi a data. Dei um suspiro. Naquele dia, meu pai estava voltando para o Rio de Janeiro de mala e cuia. Para morar. Depois de sete anos vivendo em Santa Catarina, ele não estava chegando sozinho. Claro que não. Em outra vida eu devo ter dado carne disfarçada de brócolis pra vegano, só de sacanagem. Certamente é por isso que estou pagando todos os meus pecados com essa volta triunfal. Com meu pai, estavam se mudando o fofo do Cauê, enteado dele, de 10 aninhos (que eu até curto, apesar da minha quase zero paciência com crianças), e a Tônia Demônia, minha dileta madrasta. Que pra mim sempre foi *má-drasta* mesmo.

Por causa dessa *fofucha-coisamarlindadomundo-sóquenão*, o casamento dos meus pais foi para o bueiro. Por causa dela, minha relação com meu pai ficou pior ainda do que já era. E depois, então, com uma grande distância geográfica entre nós... Calcula. Por causa dela, minha mãe sofreu mais que touro de rodeio. Por causa dela, eu... eu às vezes tenho vergonha de ser eu. Logo eu, que amo tanto ser eu! Hum... Muito "eu", né? Meus professores da facul certamente cortariam tanta repetição nas frases. Mas vou manter assim. É estilo o nome disso.

Quando meu pai me deu a notícia, eu sinceramente não sabia se comemorava, chorava, gritava ou socava a parede. Optei por socar só o travesseiro mesmo, para não machucar minhas lindas mãos. (Se tem uma coisa que eu acho incrível em mim são as minhas mãos. Dedos longos, unhas largas... são mãos fortes, decididas, firmes, uma loucura.) Com aquele jeito gentil e carinhoso que só ele tem, meu progenitor avisou que seríamos praticamente vizinhos. Por mensagem, óbvio. Escrita. Eu nem me lembrava da última vez que tinha ouvido a voz dele. Depois de me dar a notícia bombástica, ele contou o motivo.

> **PAI**
> A Antônia quer tentar carreira no Rio. Ela não desiste dessa coisa de cantar. Quer tentar entrar no The Voice, fazer aula de canto, conversar com empresários, fazer networking...

Olha aí meu pai comprando o sonho da esposa, mudando a vida por isso! Fiquei *chokito*. *Todo mundo evolui, até seu Hélio!*, pensei, ao ler o balãozinho. Mas ele continuava digitando, e logo eu entenderia que evolução não era exatamente a palavra.

> **PAI**
> Eu acho uma bobagem, sei que não vai dar em nada. Mas, se eu não fizer, já viu! Corro o risco de perder a mulher! E quem é que vai fazer meu caldo verde?😂😂😂

Eu queria mandar para ele mil emojis de carinha envergonhada. Em vez disso, respirei fundo antes de escrever, para sair algo simpático. Juro, eu sei ser simpático de vez em quando. Especialmente com meu pai, que é dos que menos merecem minha simpatia. Mas isso Freud certamente explica.

> **ZECA**
> Ah, mas aqui no Rio vai ser melhor mesmo. Ela vai ter mais chances que aí em Blumenau.

> **PAI**
> É o que ela diz. Falei que vou ficar um ano, dois, no máximo, pra ver se ela consegue alguma coisa. Se não der em nada, voltamos pra Santa Catarina.

> **ZECA**
> Legal! 👏👏👏

Ah, vá! Eu queria enganar quem? Eu estava — com o perdão da expressão — *cagando baldes* para o sonho da Demônia! Só não torcia contra porque não sou desses. E não faço com o outro o que não gosto que façam comigo. Acredito na força do pensamento e jamais seria capaz de desejar o fracasso de qualquer pessoa, nem mesmo o dela. Nossa, como sou fofo, cheio de paz interior e elevado espiritualmente, pelo amor de Getúlio!!

Minha mãezinha insiste em dizer que acha que a Demônia melhorou meu pai, que ele hoje está mais sereno, mais "aplacado" (adoro quando ela usa essa palavra), mais tolerante. "Quase feminista", segundo ela.

Estourei em uma gargalhada.

— Feminista forçou um pouco, né, mãe? Um homem que acha NORMAL deixar registrado que não quer ficar sem a mulher porque é ela quem cozinha pra ele é tudo, menos feminista.

— Tá bem, meu filho. Tá bem... Só acho que já passou da hora de você se acertar com seu pai.

A ideia de ter meu pai por perto, na mesma cidade, fez minha boca virar um deserto. Foi como se meu coração tivesse passado a bater amuado, mais devagar, desde que eu soube que ele estava voltando. A vinda dele trouxe de volta um bando de memórias nada agradáveis da minha infância, aquelas que eu queria ter o poder de apagar. Por que a gente tem que "se acertar" só porque é família? Toda família é 100% sensacional e perfeitinha? Nã-não! Um dia eu preciso escrever sobre isso no blog.

"Fala que nem homem, moleque!", ele brigava toda vez que achava o tom da minha voz feminino demais — ou seja, quase sempre. "A culpa dessa vozinha melosa é sua, Zeni! Você mima muito essa criança! Trata o garoto como se ele fosse um bibelô...", ele dizia, sem o menor pudor, quando eu tinha uns 8 anos.

"Desculpa, pai...", pedi muitas vezes, odiando existir, odiando ser a criança 100% viada que eu sempre fui. E minha mãe, para minha sanidade, vinha atrás: "Não peça desculpas por ser quem você é, meu filho. Nunca!" Ela é ou não é a melhor pessoa do mundo?

"Humpf! Olha aí, não tô falando?! Só falta botar seu filho no balé!", ouvi muitas vezes, quando meus pais brigavam. Segura essa trolha, Brasil, Polo Norte e Chinaaaaa, como diria minha amiga Tetê.

"*Seu* filho." Era só assim que meu pai se referia a mim na infância. Eu fazia de tudo para que ele se orgulhasse de mim (por que fazemos isso? Por que é tão difícil aceitar quando o pai da gente não vai muito com a nossa cara?), mas eu só o decepcionava, repetidas vezes. Não era raro eu achar que meu pai tinha raiva de mim. A sensação era a de que ele gostaria que eu não tivesse nascido, mesmo eu fazendo de tudo para agradá-lo, como entrar no futebol, por exemplo. Saí porque tinha pé de manteiga, a bola simplesmente não gostava das minhas chuteiras. Fiz vôlei também, e até que mandei bem; nadei para ganhar mais músculos e ser, pelo menos por fora, o retrato dos homens dos filmes que eu analisava meticulosamente e tentava imitar — só para ele ficar (ou pelo menos parecer que ficava) um pouco orgulhoso de mim. Nunca vou esquecer o dia em que pedi para minha mãe me ensinar tricô. Era a terapia dela e fazia um barulhinho que eu amava. Eu achava o máximo uma coisa nascer do nada, com linha e agulhas. Dali saíam casaquinhos, cachecóis, blusinhas e o que mais a imaginação dela permitisse. E minha Zeni arrasava, toda trabalhada no bom gosto e na elegância. Tive a quem puxar, meu bem. Naquele dia, enquanto eu aprendia a dar com ela as primeiras laçadas, aconchegado no sempre quentinho colo materno, ouvi o barulho do meu pai entrando em casa. Quando ele viu a cena, disparou como um rinoceronte faminto na nossa direção.

"O que você tá fazendo com esse menino, Zeni!? Para de estimular a bichice dele!!"

A *bichice dele*. Falou assim, sem nenhum filtro, sem nenhum preparo. *Bichice*. Na minha frente. Fofo, *néam*?

Dói até hoje. Mas ele não parou por aí. Tem várias outras falas famosas do meu pai no museu da minha memória. Como quando eu participei, todo feliz, de uma encenação de Dia dos Pais na escola. Em vez de cumprimentos pelo meu bom desempenho, ele comentou com minha mãe: "Você viu, Zeni? Daqui a pouco tá todo mundo chamando esse garoto de viadinho, e com razão. O menino não consegue falar nem andar como homem em momento nenhum! Nenhum! É um bambi. Eu morro de vergonha!" Se eu fechar os olhos agora, meu coração vai se rasgar inteiro de novo, igualzinho. Até porque meu pai não sabia na época, mas... já me chamavam assim na escola. Quando eu era pequeno, já era alvo de todo tipo de discriminação. Risadinhas, dedos apontados, apelidos homofóbicos como Josefa Carla, Zeca Moleca, Zé Bicha, Zequicha, e daí em diante. Pois é, em pleno século XXI, em que se fala tão abertamente sobre tudo, sobre LGBTQIAPN+, homofobia e tals, eu enfrentei esse tipo de preconceito no colégio, no play do prédio, no curso de inglês, na pracinha... Mas, por causa da minha Zeni, eu sempre acreditei que era a pessoa mais incrível do mundo, nada merecedora de qualquer coisa que me diminuísse.

No dia do tricô, vendo meu pai vociferar para cima da minha rainha por conta de uma cena singela como aquela, sentindo sua imensa raiva por eu não ser como ele queria que eu fosse, não aguentei prender as lágrimas e desabei a soluçar. E sabe o que ele falou?

— Para de show e engole esse choro, garoto! Mimimi é coisa de mulherzinha e você é homem, José Carlos. HOMEM! Entenda isso de uma vez por todas! — E ele foi além. — Depois não tem amiguinho e não sabe por quê. Você é um...

— NÃO FALA MAIS NADA NA FRENTE DO MEU FILHO, HÉLIO! — gritou minha mãe, em um dos raros momentos da vida em que a vi levantar o tom da voz. — Vai pro quarto, meu amor, a mamãe precisa conversar com o papai. Vai ficar tudo bem.

Só que nunca ficava tudo bem.

Agora me diz, como não ter pesadelo com essa doçura de homem, com essa nuvem de empatia em forma de ser humano? Meu pai era gritador, vivia agredindo verbalmente minha mãe, que, não sei como e nem por quê, se mantinha serena nessas discussões lá em casa, recheadas de ofensas, acusações e humilhações que machucavam quase tanto quanto um tapa na cara. Ou mais até. Perdi a conta de quantas vezes, do meu quarto, eu ouvia a verborragia odiosa em silêncio, chorando baixinho.

Meu pai é o tipo de gente para quem a Tetê desejaria bom senso no réveillon. Para ela, desejar paz, amor e felicidade é fácil, difícil é desejar o que algumas pessoas mais precisam: sensatez. Amo a Tetê.

Por essas e outras que eu nunca mandei áudio para o meu pai. Não que ele seja mais uma dessas pessoas que odeiam receber mensagens de voz no WhatsApp. Ele simplesmente se recusa a ouvir, e eu sei exatamente por quê. Vou desenhar bem desenhadinho: seu Hélio nunca aceitou o fato de eu ser gay (e desde sempre eu sou gay; nasci assim, bem viado, afetado, feminino) e me sentir confortável na minha pele. Para mim, isso nunca foi uma questão; para ele, era a morte.

Machista, homofóbico e preconceituoso, meu pai é daquele tipo de homem que regula tamanho de saia da esposa, tem crise barulhenta de ciúme e acha normal agredir a pessoa que está ao seu lado e a quem chama de companheira. Por isso, depois da raiva de vê-lo abandonando a gente por causa da Demônia e de todo o sofrimento que veio com a separação, fui invadido por uma sensação de respiro profundo, um óbvio alívio que veio com o entendimento de que minha vida, a partir dali, não seria mais um inferno.

Eu tinha 11 anos quando vi meu pai sair de casa só com a roupa do corpo e nenhum remorso. Não pensou duas vezes nem olhou para trás. Simplesmente foi. Dois anos depois, poucos dias após minha fatídica festa de 13 anos, que na vida real foi tão terrível quanto meu pesadelo, ele voou com a Demônia para Blumenau, onde ela nasceu e onde mora sua família.

Agora faz o exercício de se botar no meu lugar: imagina como foi ser o gay sem figura paterna nas festas da escola. Calcula o desconforto, a dor. Para piorar, minha madrasta é do mesmo time do meu pai. Parece que sou um leproso. Dava para apalpar o desconforto dela da última em que peguei o Cauê nos braços. Ela e meu pai se merecem.

Minha mãe acha que meu pai melhorou, que a Demônia não é demônia nada, que isso é exagero meu. Tudo bem, minha rainha é da categoria anjo, sempre olhou o mundo com uma lente cor-de-rosa, e eu peguei isso dela. O copo está sempre meio cheio para ela, o limão vira uma limonada ou uma caipirinha bem açucarada, e por aí vai.

Por isso, minha divina mãe merece coisa melhor, muito melhor do que meu pai. Sinto que ela, ao contrário dele, se fechou para o amor, ficou com medo de se apaixonar de novo e, consequentemente, de sofrer. Nunca me apresentou um namorado, nunca trouxe ninguém para dentro de casa, embora eu saiba que ela tem um boy aqui e outro ali de vez em quando, porque ninguém é de ferro e ela é bem, *beeem* gata. Ela merece muito ser feliz, e merece muito achar alguém que a mereça.

"Para de querer me arrumar namorado, Zeca! Como diz você, pelo amor de Getúlio!", ela vive repetindo, usando meu bordão.

Getúlio era o nome do meu tataravô e eu sempre achei o máximo ter um tataravô com esse nome, não me pergunte por quê. A vovó sempre morreu de amores pelo avô dela e contava mil histórias. Falava que Getúlio era brincalhão e bem-humorado, otimista acima de tudo, piadista e boêmio. Ou seja, nunca conheci, mas sempre amei Getúlio.

— Sou muito feliz com a minha própria companhia, garoto. Não preciso de homem nenhum pra me sentir completa, tá? Eu me basto. Sou incrível, meu amor, você não sabe?

— Sei, mas...

— Então me deixa em paz, Zeca! Esse negócio de que é impossível ser feliz sozinho é invenção da Bossa Nova! Nunca fui tão feliz e nunca me senti tão preenchida. Ninguém precisa de um amor. As pessoas precisam SE amar. E eu não procuro. O dia em que eu estiver distraída, o amor vai chegar. Só não tenho pressa pra esse dia chegar, tá entendido?

— Entendida e apoiada! *Razô*, mãezuca!

Minha mãe sempre foi o que na Bahia chamam de porreta. Como eu amo sotaque baiano... Namorei um boy à distância só por causa do sotaque e do jeito que ele falava *Zéééca*, bem manhoso, com aquele dengo e aquele dendê que só a Bahia tem.

Mas voltemos à minha amada mãe. Zeni sempre foi dessas que dão esporro e ainda ensinam ao mesmo tempo. Sempre foi muito minha, e eu muito dela. Segurou minha barra quando eu era excluído na escola, o que só mudou de verdade com a chegada da Tetê, já no ensino médio. Ela me abraçou quando o palhaço do Emílio me trocou por outro, me acolheu quando entendeu que meu pai era diferente da gente... E sempre me acolheu, na verdade. Nunca vou esquecer o dia em que o Erick Maravilherick foi lá em casa fazer um trabalho em grupo. Eu devia ter uns 13, 14 anos. A rainha ficou me olhando fixamente.

— Que foi, mãe?

— Não posso admirar o brilho nos seus olhos?

— Que brilho? — indaguei, cabreiro.

— Quando você olha pra esse menino, o Erick. Ele é bonito mesmo, filho. Mas...

Eu sabia o que ela queria dizer e, para poupá-la, disse por ela:

— Ele não é igual a mim... — falei, baixando a cabeça. — Ele não é... Ele... Ele não é...

— Ele não se sente atraído por garotos. É isso? — completou, com o olhar mais terno e doce que eu já vi na vida.

E foi assim, simples ASSIM, que minha rainha me disse, mesmo sem dizer, que tudo bem eu ser gay. Ela sempre soube. Sempre! E isso é tão bonito... Mas na hora não achei bonito, não. Fiquei calado, entre assustado e surpreso.

— Eu leio você direitinho, Zeca, desde que você é pequeno. E sempre te amei, e sempre vou te amar. E olha, amor não correspondido faz parte da adolescência, viu? Para héteros, gays, lésbicas e todas aquelas outras letras da sigla. Eu, mesmo bem bonitinha quando tinha a sua idade, tive vários!

Pelo amor de Getúlio, é ou não é demais essa mulher!? Lembro de rirmos e chorarmos juntos nesse dia, um dos momentos mais emocionantes da minha existência até então. Pedi que ela não contasse para o meu pai, mas é claro que ele também sempre soube, só não queria acreditar. A última vez que eu vi meu progenitor foi na minha formatura do ensino médio. Nem acreditei que ele veio de Santa Catarina só para aquilo. Minha mãe disse que meu pai me amava. Insistiu até. Falou que era do jeito dele, mas que ele me amava, e que eu não deveria duvidar disso.

Mas eu só duvidava (e continuo duvidando) porque... ah, meu pai... ele... ele nunca verbalizou esse amor, sabe? Nunca me disse "eu te amo" com todas as letras. Mas no dia da minha formatura ele parecia realmente orgulhoso de mim e do meu discurso. E, sim, eu fui o orador da turma. É, o jogo virou. De excluído e sem "amiguinhos", como meu pai adorava frisar, eu virei um cara muito querido e respeitado.

Ainda bem que ele veio sozinho para a festa. A Demônia consegue ser mais homofóbica que ele, até por isso minha mãe acha que ele melhorou sua postura em relação a mim nos últimos tempos. Fico imaginando meu pai me defendendo nas discussões que tem com ela. Mas não quero me apegar a isso. Ele me fez sofrer muito na infância e na préadolescência, machucou a alma da pessoa que eu mais amo na vida e ainda me abandonou.

No começo, ele falou que viria toda semana e já no segundo mês percebi que ele viria cada vez menos. Alegava falta de grana (mas eu sabia que era falta de interesse mesmo) e sempre arrumava um jeito de não vir me ver e de não me levar para Santa Catarina (o que ele tinha prometido que aconteceria a cada quinze dias. *Arrã*). Por essas e outras, vou sempre ter um pé atrás com ele, com o sentimento dele em relação a mim, por mais bonzinho e quase carinhoso que ele possa ser de vez em quando.

Na formatura, ele até me elogiou quando veio se despedir: "Falou bonito, filho. Discurso redondinho, sem encheção de linguiça, cheio de humor. Papai se emocionou com o garotão que você se tornou. Tô orgulhoso de você".

Em seguida, me abraçou forte, um abraço de verdade, apertado. Fiquei chocado. Ele nunca tinha falado nem feito nada parecido.

Minha mãe comentou que as pessoas mudam.

É, mudam mesmo. Vejo isso todos os dias. A Tetê mudou por fora e por dentro. A Valentina, que era a *metidina* da escola, *cruelina* e *insuportavelina*, evoluiu pra caramba. Minha própria mãe, que quando se separou lamentava estar de volta ao mundo das solteiras, por achar que não seria ninguém na pista, hoje é toda pró-amor-próprio, meu corpo, minhas regras...

Será que o casamento com a Demônia fez bem para o lado machista e preconceituoso do meu pai? Será que o ódio dela aos gays fez o dele diminuir? Será que sem a distância física vamos nos aproximar e eu vou ter essas respostas?

Não sei se meu pai suportaria me ver beijando um garoto. Não consigo sequer imaginar a reação dele a essa cena. Ainda bem que ele não ficou para a festa depois da colação de grau (nenhum pai ficou, *ópfio*), quando eu resolvi pegar o Davi — e o Davi resolveu me pegar de volta, rerrê. Um equívoco causado por duas doses de uísque, bebida do capeta que nunca mais ousei botar na boca.

Eu não consigo entender como o amor pode incomodar tanto algumas pessoas. O que é que tem amar alguém do mesmo gênero?! O que é que as outras pessoas têm a ver com isso? O ser humano precisa evoluir muito ainda. E eu vou viver pra ver chegar o dia em que ninguém vai ser julgado AND condenado por amar. Ah, vou!

E, se eu morrer, fico por aqui rondando em forma de fantasminha purpurinado para esperar esse dia vir. Porque bicha não morre, bicha vira purpurina. Não sei de quem é essa frase, mas amo. A-mo. E não, não tenho o menor problema em me referir a mim mesmo como bicha. O que não tolero é essa palavra dita com falta de respeito, de tolerância. Gay, sim, e com muito orgulho do homem que eu sou.

Capítulo 2

NO MEIO DO ANO PASSADO, EU E MINHA DIVINA MÃE NOS MUDAMOS de Copacabana para a Gávea. Achamos um apê na Marquês de São Vicente, o que foi ótimo, porque fica na mesma rua da PUC, onde faço Letras, meu sonho dourado desde que eu me entendo por gente. Sempre quis dizer que sou filho da PUC, sempre quis fazer selfie naqueles pilotis, sempre quis ir aos shows que tem lá, sempre quis... Ah, eu quero enganar quem? Sempre quis mesmo é estar perto de toda aquela gente bronzeada e linda que estuda lá. E ser uma delas, porque sou bronzeado e lindo, dá licença.

Eu sempre soube que iria trabalhar com língua portuguesa. Amo ler e escrever. Quando eu era pequeno, fazia meus livrinhos, desenhava (mal, mas desenhava) a capa e o miolo, dobrava o papel ao meio, grampeava e assinava na frente "José Carlos Teixeira". Ficava com carinha de livro mesmo. Minha mãe tem todos guardados até hoje. Lembro que a primeira profissão que eu quis seguir foi a de escritor. Eu tinha uns 9, 10 anos.

Meu pai, óbvio, criticou ("Tá doido? Quer morrer de fome? Ninguém lê nesse país!") com sua ternura peculiar. Um incentivo e tanto para uma criança, *néam*? Ô! Depois desisti da carreira de escritor, porque livro é um troço muito sério pra mim. Dou muito valor, não sei se seria capaz ou se teria coragem de ter meu nome em uma capa, eternizado. Tetê também já quis escrever livro, mas desistiu. Acho que toda criança que ama ler já sonhou em virar escritor um dia.

    Resolvi então brincar de escrever um blog, que batizei com um título muito maravilhoso (modéstia não é meu forte, *mals aê* se isso te incomoda): *Dicas para purpurinar sua autoestima*. Quando comecei a postar meus textos, mega de bobeira, com zero pretensão, minhas amigas elogiaram e brigavam quando eu passava muito tempo sem postar... Aí pensei: "Bicha, isso pode dar certo!". Otimismo é meu nome e foi isso que eu quis levar para o blog. Tenho essa mania de deixar as pessoas felizes e de bem com a vida. Dou dica de tudo: maquiagem, cabelo, estilo, cuidados pessoais, boys... O blog acabou indo pro Insta e virando uma válvula de escape. Escrevia quando estava triste (sim, pessoas felizinhas como eu também têm momentos tristes, muitos, e é super ok não estar ok o tempo todo, ok?), quando estava de bode por conta de algum B.O., quando batia saudade da minha avó, que mora em Minas. Enfim... escrever acabou virando uma espécie de antidepressivo natural, me botava para cima. A inspiração às vezes batia, às vezes não. E uma hora eu entendi que tudo bem, não é todo dia que se acorda inspirado, pelo contrário. Em muitos dias, minha cabeça é bem cagada, não raciocino, não sei nem meu nome.

    — Você tem um humor especial, Zeca. Eu amo ler seus textos.

    — Para, Tedjiiiiii!

    Acre-di-te, eu tenho um amigo chamado Ted. Eu queria que fosse mais que amigo? Queria. Queria chamá-lo de Teddy Bear e afins? Queria, quis e faço — e ainda repito oito vezes seguidas, só pra fazer ele rir e ver as covinhas dele. Já deu para entender que ele é meu crush, mas finjo naturalidade quando estou perto, né? Fora as covinhas, ele só tem o branco dos olhos de bonito.

O resto... bem... pele quase transparente, nível palmito, queixo maior que Marte, o nariz é o Everest, cuspido e escarrado.

Além de gigante geograficamente falando, o nariz dele tem umas montanhas de ossos esquisitos formando um relevo peculiar. O impressionante é que esse conjunto... hum... diferente (para não dizer medonho, que é a palavra que mais faria sentido para definir o Ted esteticamente) faz dele uma figura muito interessante. Muito interessante mesmo! Lembro quando eu não entendia, uns três anos atrás, o que era uma pessoa considerada "interessante". Agora eu entendo total. É aquela que não passa despercebida, que tem atitude, charme, elegância. E o Teddy Berebebear ainda tem o olho pequeno e verde-quase-amarelo emoldurado por enormes cílios amarelos. E o cabelo lisinho com vários tons naturais de amarelo. Amarelo é a cor mais quente.

— Jura que gostou? — Fiz charme no dia em que li para ele o texto dos tipos de boys que postei no blog.

Ele sapecou a covinha na minha cara ao rir deliciosamente da minha insegurança. Que tipo de boy é meu Teteddy Berébson? Ele é Teddy surfista. Teddy bom de bola. Teddy loiro e pálido, porém solar. Teddy amigo de todos. Teddy generoso, prestativo, educado... Teddy gay. Mas ele não sabe ainda. Ou não quer admitir pra si mesmo. Sabe aqueles que recebem a carta avisando da própria orientação sexual, mas não abrem? Tem gente que abre assim que recebe e se veste com um sorriso. Tem quem abra, comece a ler e, por não concordar com o conteúdo (ou não saber lidar com seus próprios conflitos e preconceitos), feche e guarde no fundo da gaveta.

— Além de me divertir com o seu texto, eu ainda fico entendendo a cabeça das garotas — comentou Teddy Berebébs certa vez.

Entendeu o que estou falando? Recebeu a carta e não abriu mesmo. Que falta faz uma terapia nessas horas... Não entendo gente inteligente não fazer terapia... E o Teddy Berebebé é muito inteligente e culto. Lê uns três livros por semana, além dos da faculdade. É uma máquina de pensar coerente, madura, sonhadora. Os pais dele vieram de Chicago para o Brasil quando ele tinha 10 anos por causa da mãe dele, que é brasileira e foi convidada para assumir o posto de CEO em uma empresa gigante de comunicação. Ele fala um português perfeitinho que me derrete, sempre todo preocupado com o blog e com a minha eventual preguiça em relação a ele. Eu bem que gostaria de ter um "empresário" tão gato e tão especial como ele, um conselheiro preocupado, que não fura prazos. É muito mais que fofo, sabe?

— O que você não pode é não cumprir seus compromissos. Se falar que vai postar às 15h17 de quarta, tem que postar, Zeca!

— Eu sei, Teddy Bear! Para de me dar bronca, po-xa!

— Po-xa!

Era muito lindo ele me imitando com aquele sotaque levemente gringo, totalmente irresistível. Como primeiro leitor do meu blog, e depois do meu perfil no Insta, quando o meu blog morreu (junto com tantos outros, que Deus os tenha), ele dava sugestões, corrigia errinhos, me dava deadline...

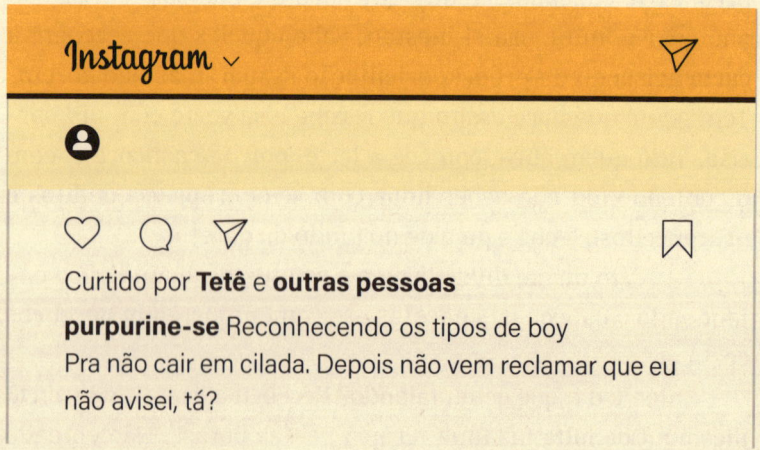

Curtido por **Tetê** e **outras pessoas**
purpurine-se Reconhecendo os tipos de boy
Pra não cair em cilada. Depois não vem reclamar que eu não avisei, tá?

Boy Magia — A gente olha pra ele de boca aberta. Lindo, magnético, dentes brancos, gominhos na barriga, a personificação da palavra carisma. Esse tipo de boy é tão belo, mas tão belo, que você quase não acredita que ele pode ser bonito por dentro também. Mas é! Boy Magia de verdade ainda é fiel e leal quando está apaixonado. Agora, se seu boy for tudo isso, mas tiver cecê, bafo ou unha encravada, ele definitivamente não é um Boy Magia, tá?

Boy Lacraia com Intestino Preso — Escorregadio, devagar quase parando, faz o que quer, joga charme, seduz até abajur, mas não chega junto. Parece querer que você vá até ele para um primeiro passo. Não é má pessoa, é apenas inseguro e tem medo de levar um não. Se estiver a fim (sim, "a fim" é separado, pelo amor de Getúlioooo) de um desses, vá lá, puxe papo. E se for mais direta, chame pra sair logo! Pode ir sem medo. Os Lacraia com Intestino Preso não são más pessoas, são só lentos. Se joga, amor!

Boy Ainq (Ainq = Ai não quero) — Nunca quer fazer nada que você quer, faz cara de tédio para programas com seus amigos, churrasco do seu primo, almoço de família, implica com tudo que você sugere, mas fica de tromba quando você não quer ver a reprise de Vasco × Olaria. Também fica chateadinho quando você se recusa com veemência a aprender com ele o hino de todos os países e cidades (isso mesmo, cidades) e a rolar na areia depois de um mergulho no mar.

Boy Saia — Parece até legal e apaixonado num primeiro momento e tem um ciuminho saudável, mas aos poucos ele se mostra um doente que implica com o tamanho da sua saia, com seu decote, seus biquínis, suas roupas, a cor do seu batom. Nem pense em se apaixonar por um boy desses, que mede seu caráter pelo comprimento do seu vestido e critica os abraços que você dá nos seus amigos do sexo masculino. Fuja! O Boy Saia nada mais é que um machistinha disfarçado de namorado ciumento que quer impor as vontades dele. Esse não te merece — aliás não merece ninguém. "Saia da minha vida, Boy Saia, saia!", diga para você mesma.

Boy Metro — É o que pede sua pinça emprestada pra tirar aquele pelinho da sobrancelha que está quase ma-tan-do ele e depila o peito no salão não porque é nadador, mas porque acha bonito mesmo. Claro que existem vários níveis de metrossexual e o seu pode ser só aquele que gosta de ter o cabelo impecável e o armário cheio de roupas estilosas. Os Boys Metro têm em comum o fato de serem suuuuuperpreocupados com a aparência. Podem até parecer afeminados para umas pessoas, e as problemáticas vão logo dizer que eles são gays, mas não são. Pelo contrário, são muito bem resolvidos com a própria sexualidade, só que são vaidosos, gostam de se arrumar, se perfumar e ir à dermatologista. E não há mal nenhum nisso, né? Eles têm tanta noção de estilo que nunca mentem quando você pergunta se uma roupa te cai bem. Se você ficar parecendo uma berinjela orgânica ou uma zebra deprimida, ele vai dizer, miga.

Boy Ciscador — É o boy que não sabe ficar com uma só, gosta de seduzir, de pegar geral: o bom e velho galinha. É um desorientado que precisa ter um monte de garotas no currículo pra se sentir importante e invejado pelos demais boys (ciscadores ou não). Só pra pegar, tá? Namorar neeeeem pensar, porque você vai sair machucada!

Boy Lixo (ou Boy Psicopata) — Comumente confundido com o Boy Saia, o Boy Lixo é bem pior, porque é encantador, culto, inteligente, extremamente hábil com as palavras, sensível, preocupado com você, interessado na sua vida, no seu passado... Não se iluda, ele só quer conhecer de perto seus pontos fracos para, num futuro próximo, ferir seus sentimentos e fazer você pedir desculpas por erros que não cometeu. Ardiloso e mau-caráter, o Boy Lixo distorce tudo que você fala, tira o pior de você e, quando briga, pede perdão manso, doce, com o rabo entre as pernas, dizendo que te ama, que você é a mulher da vida dele e que nunca mais vai discutir com você. Mentira! Ele não só não te ama (os Lixos não sabem amar) como não se importa com você. Ele só existe pra confundir e subjugar, e depois sair como vítima de uma louca como você. Aaaah, é assim que ele se refere às mulheres, tá? Loucas. Mas louca é você, caso fique com ele. Para entrar num relacionamento abusivo e tóxico com esse boy é um pulo. Ele consegue ser empático com seus pensamentos e fazer as coisas que você mais gostaria que ele fizesse, mas não consegue ser empático com o que você sente. Então quando você está totalmente absorvida pelas coisas que o boy disse e/ou fez, ele dá o bote e te destrói emocionalmente. Ele NÃO SE COLOCA no seu lugar quando o assunto são emoções. Jogue o Lixo no lixo e voe de foguete pra longe dele.

Boy Perfeito — Esquece, amor. Isso é igual a unicórnio. A gente adoraria ter um, mas não existe!

Depois de um ano escrevendo o *Dicas*, eu já tinha entendido que periodicidade é mais importante que um texto inspirado. E que inspiração às vezes vem, às vezes não. E tudo bem, não importa. "Apenas escreva, mana! Não é todo texto que você vai amar. Desce do palco que teu maiô tá furado, vem pra realidade!", eu precisei dizer para mim mesmo nas infinitas brigas que tive comigo por conta desse assunto.

Minhas leitoras (Aaaaaaaah! Eu tenho leitoras, sim! Cada dia mais, viva-viva a alegria!) queriam ler toda segunda, quarta e sexta um troço novo, fosse esse troço muito engraçado, pouco engraçado ou nada engraçado.

— Você não precisa arrasar sempre, precisa só cumprir seu pacto com as suas leitoras e botar lá um textinho inédito três vezes por semana. Aquele em que você implora para as meninas esfumarem bastante a sombra ou a base mais escura quando afinarem o rosto e o nariz me fez mijar de rir — disse Berebs um dia.

— Mas é que se você não esfumar, vira o que eu escrevi, um melasma do tamanho da Ásia em cada lado do rosto. Ave Maria!

— E eu amei o jeito que você fez a transição do blog para o Insta, com carrossel de fotos e/ou textos e legenda com textão.

— Ah, mas tô cada vez mais textinho, né?

A gente estava sentado nos pilotis da PUC comendo quando chegou JP, um pernambucano arretado bonito-bem-bonito, tipo intelectual, esquerdista, antirracista, ativista, dread e alargador na orelha, uma lou-cu-ra. E ainda tinha uma leve pancinha que eu não gostaria em mim, mas que nele fazia muito sentido. Eu vivia dias felizes com meus novos amigos da faculdade, que atiçavam minha mente inquieta e me acolhiam com afeto e palavras de incentivo.

— Tu é muito massa, tinha que escrever muito mais — falou JP, aparentemente meu fã também.

— Eu, se fosse você, faria uns tutoriais, isso sim! Esse negócio de texto, texto, texto já era! Você é maior que isso — opinou

Dade, a sincerona com quem eu não tinha nenhuma intimidade e que tinha chegado com JP.

Ela era A CARA daquela personagem antiga de desenho animado, a Olívia Palito. Com direito a nariz de tomada e quinze fios de cabelo na cabeça (ok, exagero; quarenta e cinco, tá?). Era muito gente boa. Dade é abreviação de Piedade, nome que ela odiava. Dá para entender.

— Você acha?

— Claro, Zeca! Tem que variar, você tem que botar todo o carisma dos seus textos em você. Você é ótimo falando! E rede social hoje é imagem. As pessoas estão cansadas de ler.

— Até porque o povo não lê, né? Povo não lê nem legenda. Uma amiga famosinha da minha irmã postou que o irmão morreu e num dos comentários tava escrito "Casalzão. Meta de relacionamento" — opinou Ted.

— Ai, para! — pedi, morto de vergonha alheia por esse comentário, rindo, mas de nervoso. — Como alguém consegue ser tão sem-noção?

— Você é sem-noção às vezes — rebateu ele.

— Sou não, nem vem — afirmei com veemência. — Tá, sou sim, sou totalmente.

Todos rimos. Saímos para a padoca, ali na Marquês de São Vicente mesmo, o ponto de encontro de todo mundo que estuda na PUC. Café da manhã, rolê com birita, podrão que salva na madruga. A padoca é uma espécie de filial da faculdade, com comida boa a preço justo. Eu tinha combinado de encontrar a Tetê, o Davi e o Dudu lá. Dudu e Tetê já estavam na padaria quando nós chegamos. Sentamos todos em uma mesa e o assunto continuou o mesmo: eu na internet. Imagina se eu não estava a-man-do?

— Eu acho que você tinha que fazer tutorial mesmo, Zeca! — disse Ted Berebébs. — Eu já tinha te sugerido isso e você ignorou.

— Ah, não! Tutorial já tem muito na internet! — rechaçou Tetê.

— Se bem que...

— Ah, mana, não mete um "se bem que". Deixa eu seguir só com foto e texto, e com foto de texto em carrossel. Tá tão bom assim!

— Desculpa, Zeca, mas você é especial. Você é só carisma. Sem contar que você é hilário — disse minha irmãzona. — Vou pegar um refrigerante. Vem comigo?

E eu fui com a minha grande amiga ouvir o que ela tinha para dizer. Porque depois que a Tetê mudou e virou o poço de autoconfiança que é hoje, ela não precisa de companhia para ir ao banheiro, para ir à esquina e muito menos para pegar bebida.

— Fala a verdade, Zeca. Você não quer fazer vídeo por causa do seu pai, né?

Que ódio de gente que me conhece tão bem.

— Claro que não! Cê tá superenganada, Tetê!

— Então qual é o problema? Vai que dá certo? As pessoas amam o que você escreve. As pessoas te amam, Zeca.

Baixei a cabeça.

— Ei — disse ela levantando meu rosto pelo queixo, com aquele zelo tetezístico que eu tanto amava. — Seu pai te ama, Zeca.

Meu pai já estava no Rio havia dez dias e ainda não tinha "conseguido" me ver. Sempre dava uma desculpa diferente: ou era o pintor que ia chegar, ou a estante que tinha que ser içada e ele não podia sair de casa, ou dor de dente, ou reunião de trabalho, qualquer coisa. É, ele me ama, mas não aaaama. Mas claro que se eu verbalizasse esse pensamento eu choraria. E eu fico horrendo chorando, não podia ficar horrendo perto do Berebebé.

— Meu pai me ama? É... ama. Só não é de demonstrar muito, né? — falei triste, porém rindo.

Aquela ideia de fazer tutorial era boa, eu sei que era, e a Tetê estava mais que certa. Eu tinha era medo do meu pai. Por quê? Não sabia. Ou sabia, sim...

Tetê me puxou para um abraço. Mas logo olhou para a porta e me largou.

— Olha ali, Davi tá chegando. E tá com o Gonçalo. Faz cara de vaso de planta.

— Com o Gonçalo?! O português tá aqui e ele não me falou nada?

Eles estão juntos? Eles volt...

— Oi, gente! — Davi chegou sorridente.

— Oi, Davi! Oi, Gonçalo! — saudou Tetê. — Fez boa viagem? — emendou.

Era muito estranho ver aqueles dois juntos depois de tanto tempo. O que estava acontecendo? Eu estava no ensino médio de novo? Tinha voltado no tempo?

— Ótima — respondeu o tuga que partiu o coração do Davi. — Ainda mais com uma *receção* tão boa.

— Tava com saudade de ouvir você falando receção, deceção, em vez de recepção, decepção... — babou Davi.

Sim, babou. E os dois riram. Xi... Rolou troca de olharzinhos cúmplices, marotos e sorridentes.

Olhei para a Tetê e mandei telepaticamente para ela a mensagem de que "Amiga, o Davi é muito corajoso mesmo. Correndo o risco de sofrer tudo de novo...". E, posso falar? Ela leu minha mensagem, entendeu e concordou. Nossa sintonia é gigantesca.

Ficamos todos mais duas horas lá na padoca. Confesso que desde que meu pai havia chegado, rolava sempre um medinho de ele passar pela gente na hora da cervejinha pós-aula. Com sei lá quantas mil ruas no bairro, claro que ele escolheu morar na Major Rubens Vaz, que ficava, para você ter uma ideia, coisa de dez, quinze minutos caminhando do meu apê até o dele. Fazer o quê? Eu tinha que me acostumar com essa nova realidade, de sair e poder dar de cara com a Demônia quando fosse ao supermercado, ao shopping ou para a faculdade.

Imagina se meu pai aparece e começa a falar sobre sua preocupação com meu futuro financeiro? "Letras... Vai ser professor? É isso? E sobrevive como? Me fala!" É muito fofinho ele. Elegante. Incentivador. Eu ia dar uma boa morrida se ele ficasse gongando minha faculdade e o curso que eu e meus amigos tínhamos escolhido na frente de todos eles. Ao contrário do meu pai, minha mãe defendia minha escolha com a veemência que era tão sua quando ele vinha com esse *conversê* indignado com a minha escolha: "Ele pode virar tradutor, intérprete, pesquisador ou até seguir carreira acadêmica. E se quiser virar professor vai ter todo o meu apoio! Profissão linda, a mais linda, são os heróis anônimos deste país!"

Eu amo a língua portuguesa, sempre amei. E a inglesa também. Juntar duas paixões e mais horas de leitura e de escrita sempre me pareceu a melhor das opções quando o assunto era futuro, profissão. Ainda mais com meus textos indo tão bem.

Sobre tutorial? Era, sim, o que eu deveria fazer.

Mas se eu já não mandava áudio para o meu progenitor, para ele não implicar com a minha voz de viado, imagina gravar vídeo? Ele morreria de desgosto, independentemente do conteúdo que eu colocasse, isso zero importaria. Eu poderia falar de livros, maquiagem, viagens ou games, ele detestaria qualquer coisa que eu fizesse me mostrando do jeito que eu sou.

É, a Tetê estava coberta de razão. O que eu sentia era medo do meu pai. Medo de sentir na pele, mais uma vez, a vergonha que ele tem de mim.

Capítulo 3

NA TERCEIRA SEMANA DE RIO, MEU PAI FINALMENTE CONSEGUIU um tempo para me ver. Achei ele abatido, envelhecido — ou, como diria minha vó Dina, gasto. Meu pai estava exatamente assim: gasto. Mostrava um rosto que traduzia perfeitamente o desânimo que sentia, não sei se pela vida, pelo casamento ou por ter um filho como eu. Ou por tudo isso junto. O fato é que ele parecia exausto. E não era de trabalho, porque meu pai nunca foi de trabalhar muito.

Marcamos no Guimas, um restaurante que é a cara do Rio e fica bem perto de casa. Sentamos na varanda e pedimos o couvert, que tem o melhor pão e a melhor manteiga e a melhor cenoura crua e croc-croc do mundo, e também pastel de queijo brie. Meu pai pediu também um vinho branco para "brindarmos nosso reencontro", o que achei bem estranho. Não me lembro de ver meu pai bebendo durante o dia. Mas outro lado meu achou bem fofo ele querer fazer um brinde ao nosso reencontro.

— E a Dê... a Tônia. Como tá a carreira dela de cantora? — fingi interesse.

— Ah, nada ainda. Ela entrou num curso de teatro musical, pra fazer networking, sabe como é. E tá fazendo fono com uma mulher que cuida da voz de um bando de cantor famoso... Vamos ver. Empenhada ela tá... — respondeu ele, ânimo negativo.

— Que bom... — falei, sem nada mais inspirador para dizer.

Foi bom o reencontro não ter sido na casa dele. Ficamos mais à vontade, sem criança pedindo atenção e sem Demônia. O problema é que... o tempo passava, mas aquela sensação de silêncio constrangedor, não. Era muito difícil manter um diálogo com meu pai... Ele era tão formal, tão intimidador, tão desinteressado...

— Foi por causa dela que você preferiu vir para um restaurante, em vez de ir lá em casa, né, Zeca? Eu já disse que ela te adora, que você que implic...

— Pai, de boa. Não foi por ela. Só queria ficar sozinho um pouco com você. Só eu e você.

— Por quê? Você não andou aprontando, né? Não engravidou ninguém, não, né? Quer me contar alguma coisa? Pode falar!!

A minha vontade foi fazer o emoji envergonhado e depois deixar cair minha cabeça de forma estrondosa na mesa onde estávamos. Mas para não azedar nosso encontro, que estava só no começo, contei um, dois, três.

— Pai, eu sou gay, lembra? E tenho hor-ror de pepeca.

Ele nem sequer esboçou um sorriso. Mesmo com pepeca na frase, que, na minha opinião, é das palavras mais engraçadas da vida.

— Mas isso pode mudar.

— Eu ser gay ou ter horror de pepeca?

— Zeca... — disse ele, constrangido, baixando a cabeça e olhando para os lados, para ver se alguém estava ouvindo a nossa conversa.

— Ai, pai, você podia pelo menos disfarçar, né?

— Desculpa... Eu... eu não...

— Não aceita?

— Aceito, aceito... claro. Aceito e respeito sua escolha.

— Não é escolha. Eu nasci assim, pai. E você não tem que aceitar nem respeitar, tem só que entender que esse sou eu e me amar como eu sou, independentemente do gênero que me atrai.

— Vamos mudar de assun...

— Por que é tão difícil pra você entender que eu sou o que eu sou? E que eu sou feliz assim?

— Porque eu sou chulo e ignorante. E sou de outra época, uma época bem diferente da de hoje — respondeu ele, me deixando de queixo caído. — Mas eu tô mudando, Zé Carlos, eu tô mudando — concluiu, de cabeça baixa.

Uau. Deu até uma quase pena daquele homem machista hétero cis branco na minha frente, criado — ô, coitado! — sob o regime da heteronormatividade.

Depois de um golão no vinho, ele fez o simpático e perguntou sobre mim. Comecei a falar da faculdade, dos amigos novos e, claro, do meu perfil no Instagram que não parava de ganhar seguidores, do sucesso dos meus textos e tals, mas... ele não demonstrou muita reação me ouvindo. Precisou ir ao banheiro. Um clássico. E não estou me referindo à bexiga solta dele, mas à sua falta de interesse por mim.

Isso sim era um clássico.

Enquanto meu digníssimo pai foi "dar uma mijada" (pelamor de Getúlio, seu Hélio é o rei da chiqueza, né não?), vi que tinha um *direct* no Insta que quase me fez cair da cadeira quando li o remetente.

Então senta, levanta e senta de novo porque é forte: era a MAC querendo me mandar maquiagem. De novo: a MAC. Sim, a MAC, querendo me mandar maquiagem. A MAC, que tem dois milhões de seguidores, a marca de maquiagem, querendo, sim, que-ren-do me mandar produtinhos de pre-sen-te. A MAC! A MAAAAAAC!

Tudo porque, dizia a mensagem, o pessoal do marketing amou meu post falando de uma base recém-lançada, adquirida por minha maravilhosa mãe. Abaixo de uma foto de Zeni Zenzazional toda maquiada (eu que fiz a maquiagem e arrasei, *ópfio*; eu realmente arraso maquiando, impressionante), escrevi que, ao contrário de outras bases, aquela não tinha deixado minha mãe nem com cara de flopada nem com cara de icterícia (porque tem uns produtos de beleza que, *néam*, *dermelivre*). A pele dela ficou nível Larissa Manoela (jovem e sem espinhas), imperfeições cobertas elegantemente, o tal do viço que toda mulher quer ali berrando na fuça dela, nada perto daquele rosto de reboco que as influenciadoras de maquiagem têm. Ainda falei que, por ter uma cobertura leve, a base era A CARA da carioca, que é linda naturalmente e não tem tempo (nem paciência ou mesmo vontade) de ficar muito diferente do que já é ao natural. A carioca típica não é de se empetecar pra sair. Menos é mais aqui no Rio.

> **MAC**
> Seu humor e sua espontaneidade na escrita não só levaram muita gente do seu post para o site da marca como conquistaram a gente. Agradecemos por isso, você é demais! A partir de agora, vamos sempre te mandar nossos lançamentos. Pode dar seu endereço?

A mensagem terminava assim. Meu olho ficou cheio d'água. Ah, chamar a atenção de uma empresa como a MAC não é pouca coisa, e eu tinha plena noção disso. E com carrossel de fotos e textão — que ninguém lê, mas a MAC leu! Eu sabia que isso era grande, muito grande. Comecei a concordar com a minha mãe, que andava dizendo, ao ver o sucesso crescente dos meus posts, que a bola de neve estava começando a rolar ladeira abaixo. "Para quem escreve bem como você e sonha e realiza, o céu é o limite, filho", profetizava ela. Mas achei que era coisa de mãe babona, *néam*? Só que agora era coisa de MAC babona, *mals aê*.

— Que foi? Que cara é essa? — perguntou meu pai ao chegar do banheiro.

E por mais emocionado e animado que eu estivesse, como é que se conta para um pai que diz que aceita *and* respeita a "escolha" do filho gay que uma das maiores marcas de maquiagem do mundo ia me incluir no seu mailing de influenciadores?

— Tava lendo o e-mail aqui de uma leitora — menti.

Ele levantou as sobrancelhas, espantado.

— É, pai, eu tenho leitoras, dá licença.

— Que bacana, filho — disse, dando um gole do vinho e servindo mais para ele e para mim. — Num país com milhões de analfabetos funcionais, é muito bacana você ser lido.

Uau. Ele parecia verdadeiramente feliz. Quase orgulhoso.

— E sobre o que você escreve mesmo?

— *Você nunca foi no meu perfil, né?*

Claro que eu não fiz essa pergunta, embora estivesse com muita vontade.

Em vez disso, eu falei:

— Sobre dicas para purpurinar a autoestima. Meu arroba é purpurine-se.

Meu pai riu. E eu fiquei aliviado com esse riso sincero. Não foi um riso de deboche, de crítica ou recriminação. Logo ele começou a menear a cabeça seguidamente, ainda rindo.

— Que foi? — perguntei.

— Nada, gostei da explicação e do purpurinar. Achei criativo. *Cê* é criativo, filho.

Ele realmente nunca tinha visto meu perfil. Tudo bem. Pela primeira vez eu não senti uma sombra de julgamento por parte dele e achei isso uma evolução gigante e bonita de ver.

— No meu último post, escrevi sobre identificar os tipos de boy, e uma menina me agradeceu porque reconheceu o boy lixo que ela chamava de namorado. Por isso, eu me emocionei — disse, terminando a mentira com uma verdade.

Eu realmente tinha recebido algumas mensagens parecidas com a que mencionei.

Nesse momento, vi entrar no restaurante meu professor de linguística, o Túlio, que é meu maior incentivador. Ele era a elegância em pessoa, um dos poucos professores que eu via de terno na PUC. E não era terno careta, não, ele tinha o maior estilo. Era seu pai alfaiate quem desenhava o figurino impecável dele. Túlio falava bonito, tinha a voz grossa e o riso frouxo. Um homem alto, lindo, astral. Um deus do Ébano. Assim que me viu, ele abriu o sorriso que era sua marca registrada.

— Zeca! — disse ele, vindo de braços abertos na minha direção.

— Oi, professor! Nossa, que coincidência! — falei, levantando para abraçá-lo.

— Ah, eu sou figura fácil aqui. Deixa te apresentar: essa é a Joice, minha mulher. Aproveitei que ela tinha que fazer uma matéria aqui perto e a sequestrei para um almoço rápido.

— Prazer, Joice. Esse é meu pai, Hélio. Pai, o Túlio é o melhor professor da faculdade.

— Nossa, que prazer conhecer o senhor, seu Hélio. O senhor deve ter muito orgulho desse garoto.

Meu pai fez que sim com a cabeça, sem emitir uma palavra, acenando com um quase-desprezo para o Túlio. Chutei a canela dele de leve, e ele (ufa!) se tocou da falta de educação.

— Pois é... ele tava aqui me falando de tudo, da faculdade, do perfil sobre autoestima no Instagram, tudo muito bacana...

— Não acredito que *você* é o Zeca do *Purpurine-se*! Ah, para! — exclamou Joice.

— Ah, para digo eu! — reagi, passado.

— Não te falei que ela era sua fã?

— Ai, meu Deus, eu não dou conta desse negócio de ter fã, não, gente! Misericórdia! — falei, fingindo timidez, porque de tímido eu não tenho é nada.

A-do-ro ser reconhecido, fico morto de orgulho de mim, doido para me aplaudir.

Até porque, na real, eu que era fã da Joice. Ela era repórter da Globo e eu sempre achei ela supersegura, carismática e elegante, assim como o marido. Estava na emissora havia uns anos e fazia matérias muito legais. A cara dela era bem conhecida. Que demais uma famosa gostar de mim assim! Comemorei por dentro.

— Mas seu leitor número 1 é o Túlio — disse ela. — Foi ele que me viciou no seu perfil. Você brilha.

— Você escreve muito bem, Zeca. Seu texto é leve e engraçado. Como você, né? Aliás, já tô esperando o próximo post — avisou o professor.

Os dois entraram para comer e eu e meu pai seguimos nosso papo suuuuperanimado, de uma cumplicidade ímpar. *Sorry*, acordei irônico hoje.

— Ele dá aula de quê?

— Linguística. Eu AMO a aula dele, pai.

— Que bom. Vou pedir esse filé do bêbado aqui. Você vai de carne também? Vamos trocar o vinho para um tinto?

— Vamos? Eu nem terminei minha segunda taça. Você tomou esse vinho praticamente sozinho, pai.

Ele deu de ombros e pediu ao garçom a carta de vinhos novamente.

— Pai, hoje é terça-feira. Como assim você vai beber dois vinhos na hora do almoço?

— Porque eu não vejo meu filho há séculos, porque seu professor galã disse pra eu ter orgulho de você, porque a gente não almoça junto há anos! Quer mais motivos?

Sorri entre feliz e preocupado. Terminamos nosso almoço com a promessa de que o próximo seria na casa dele.

Ele me deu um abraço quando a gente se despediu e eu fiquei de cara. Ele nunca me abraçava. As coisas estavam realmente mudando. Para melhor.

Capítulo 4

— COMO É QUE VOCÊ VOLTA COM O GONÇALO E NÃO ME FALA nada? Como é que v...

Eu estava em um japa com o Davi, na noite do mesmo dia que almocei com meu pai. Eu tinha convocado meu amigo para entender a vinda repentina do português para o Rio (antes que você pense que isso tinha algo a ver com ciúme, não, não tinha. Minha ficada com o Davi na festa de formatura tinha sido displicente). Ele tinha acabado de chegar e mal tinha se sentado, mas eu não aguentei e disparei minha metralhadora de perguntas engasgadas. Ele ficou me olhando com aquela cara de esfinge que ele ama fazer, de decifra-me-se-quiseres-porque-eu-que-não-vou-te-devorar--por-causa-disso, ou seja, aquela que me irritava profundamente.

— Quem disse que eu voltei com o Gonçalo, Zeca?

— Eu vi a troca de olharzinho romantiquinho entre vocês dois! Eu vi! Ninguém me contou. Como é que eu não tava nem sabendo que o portuga tava vin...

— Zeca, tudo bem? Oi. Como é que você tem passado? Deixa eu chegar primeiro, criatura! Cadê a educação?

— Ah, nem vem. Tá cansado de saber que sou bicha fofoqueira, que adoro um *bapho*. Você é muito esquisito! Nem parece que a gente é amigo. Por que a Tetê tava sabendo do romance e eu não?

— Um: porque não é romance. Dois: ninguém tava sabendo. Avisei pra ela só quando tava no carro, voltando do aeroporto com ele.

— Vocês vão voltar a namorar, então?

— Não sei, Zeca! O Gonçalo e eu... ah... tem uma química, uma história, né? Ele foi meu primeiro amor, tem uma importância gigante na minha vida, foi por causa dele que eu saí do armário...

— E aí vai se ferrar de novo e se machucar todo por causa de química? Você esqueceu o tanto que ele te machucou?

Davi baixou a cabeça.

— Para, não fica assim — falei, já me sentindo culpado. — Se J-Lo e Ben Affleck voltaram depois de 19 anos, por que você e o Gonçalo não podem? Ai, me desculpa...

Davi sorriu envergonhado. Adoro o sorrisinho envergonhadinho dele. Ele ia mudar de assunto, eu conhecia muito aquele cara... E tudo bem, eu ia deixar. Mas só por enquanto.

— E seu pai? Como foi o almoço?

Não falei? Sou ótimo lendo gente, impressionante. Só não precisava mudar para *esse* assunto. Eu estava com zero vontade de falar sobre isso.

— Foi bom. Eu acho.

Foi a minha vez de baixar a cabeça. Davi se aproximou para me consolar.

— Fica assim, não...

Mudei de *mood* em 3, 2, 1 e levantei a cabeça de um jeito bem bichinha animadinha para contar a novidade do ano para o Davi.

— Fico não! E sabe por quê? Adivinha quem vai ganhar lançamentinhos da MAC a partir de agora?

— Mentira! Que supimpa, meu amigo, parabéns!

— Supimpa? Ah, não, jura? — questionei aquele vocabulário antigo que ele tanto amava.

Enquanto eu ria da cara dele, Davi me deu um abraço do tamanho do coração dele. Que ser humano incrível a vida me deu...

— Recebi a notícia da MAC durante o almoço com meu pai e não tive coragem de contar pra ele, Davi. Imagina o desgosto que ele sentiria...?

— Zeca, me desculpe, mas você tem que parar de pensar no seu pai desse jeito. Você tá construindo uma carreira promissora! Não pode deixar ele impedir você de ganhar dinheiro, de fazer sua poupança...

— Eu tenho vergonha da vergonha que ele pode sentir de mim, acredita? — confessei, deixando cair uma lagriminha que não consegui prender. — Eu só queria ter um pai como todos os outros, que se orgulhasse de mim...

— Mas tanta gente se orgulha de você... Por que justamente a aprovação do seu pai, que você *sabe* que não é uma pessoa fácil, pra dizer o mínimo, é tão importante assim? E a sua mãe, que se orgulha tanto de você, por ela e por toda a família? E eu? E a Tetê? E seus professores, que te elogiam tanto?

— É, eu sei. Talvez porque ele seja meu pai. Ou pelo menos... tenha o título de pai...

Engoli em seco. O Davi também. Ele nada disse, apenas me encarou, sério.

— Se ele não se orgulha de você, o problema é dele, Zeca. Me desculpa, você não pode pautar a sua vida em função da reação que seu pai vai ter com as suas decisões. É a *sua* vida.

— Mas ele é meu *pai*!

— Mas, por tudo que você fala, eu vou ter que concordar com você. Seu Hélio pode ter só o título de pai mesmo. Outro dia, eu vi um vídeo muito interessante sobre pais tóxicos. Você sabia que existem pais que tentam moldar os filhos no que eles julgam ser a "normalidade"? Fazem isso e acabam invalidando os filhos, sabotando a construção da autonomia deles. Resumindo, Zeca, a gente acha que não, mas existem pais e mães abusivos, que até podem amar os filhos do jeito deles, mas, por alguma razão, não só não demonstram seus sentimentos como tornam a vida deles angustiante. Toda escolha é recebida com crítica, não importa qual.

Uau.

Dei um abraço no meu amigo. E fiquei um tempão agradecendo o afeto daquele cara tão especial para mim, pensando em tudo o que ele tinha dito. E também na MAC, no Túlio e na Joice elogiando meus posts. Vida de adulto é difícil, hein? Por que a gente quer tanto crescer se, quando finalmente cresce, ninguém mais ensina como agir?

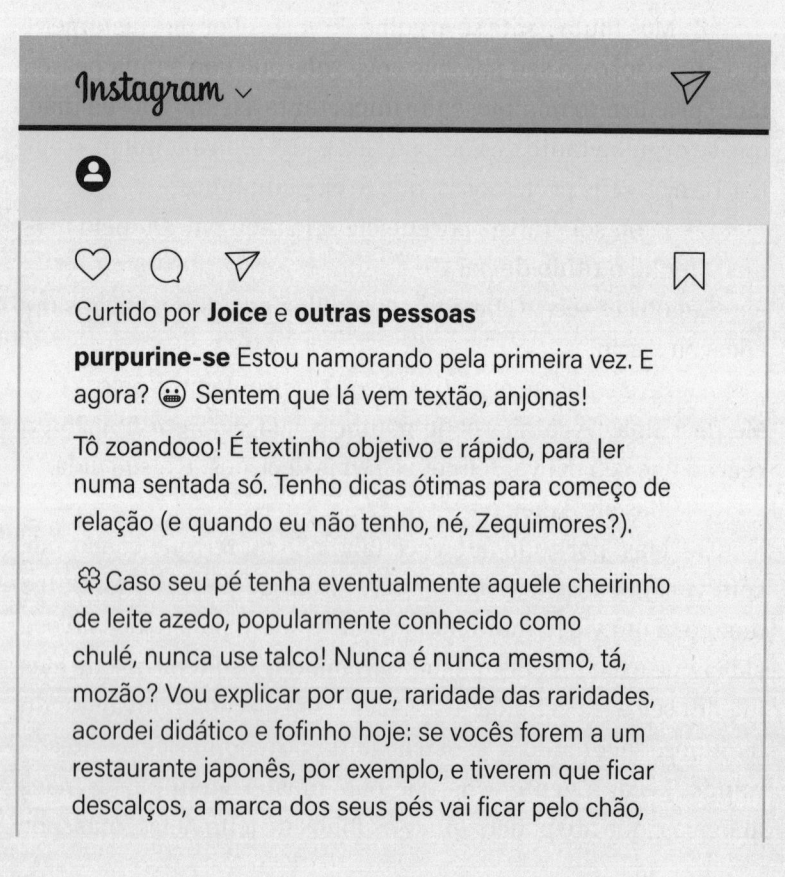

Instagram

Curtido por **Joice** e **outras pessoas**

purpurine-se Estou namorando pela primeira vez. E agora? 😂 Sentem que lá vem textão, anjonas!

Tô zoandooo! É textinho objetivo e rápido, para ler numa sentada só. Tenho dicas ótimas para começo de relação (e quando eu não tenho, né, Zequimores?).

🍀 Caso seu pé tenha eventualmente aquele cheirinho de leite azedo, popularmente conhecido como chulé, nunca use talco! Nunca é nunca mesmo, tá, mozão? Vou explicar por que, raridade das raridades, acordei didático e fofinho hoje: se vocês forem a um restaurante japonês, por exemplo, e tiverem que ficar descalços, a marca dos seus pés vai ficar pelo chão, e seu amor (e todos os outros que não te amam) vai deduzir que você tem chulé. E você ainda vai cagar o restaurante inteiro com pegadas brancas. Mesmo se não forem a um japa, respeita o que eu digo porque você não vai querer emporcalhar o piso da casa de ninguém, *néam*?

❀ Se por acaso rolar (tomara que não role, mas vai que) um punzinho da parte dele, solte um solidário logo em seguida (se vira!). Um punzinho camarada, um punzinho amigo acaba na hora com o constrangimento, e o momento passa a ser engraçado, e não estranho. Se o punzinho vier de você, não se lamente. Maisa se lamenta? Kendall Jenner se lamenta? Ri-ri se lamenta? Não, elas não se lamentam. Então siga na elegância e faça-o rir de alguma maneira. Não há constrangimento que não seja superado com uma gargalhada. É isso, mana! Rir de si mesma é sempre a melhor reação. Não se levar a sério é coisa de gente bacanuda de berço, assim como ser autêntica. Seja você mesma e (com o perdão da palavra) peide sem culpa!

❀ Não beije depois de botar na boca qualquer coisa com canela. Chiclete, mingau, comida thai, arroz-doce, canjica... Tem gente (tá, confesso: eu, eu, eu, mas muita gente também, tá?) que acha que canela tem cheiro de baba de gente pouco higiênica e não merece passar por isso. É quase tão ruim quanto lamber cinzeiro — que é a sensação que a gente tem quando beija alguém que (argh!) fuma. Ah! E depois de comer cebola crua, esqueça a palavra beijo por pelo menos 72 horas. Tá. Exagero meu. Por 48, e não se fala mais nisso.

❀ Não se obrigue a fazer nada que você não gosta por causa dele. Se você achar que ver uma partida de futebol no estádio é um pesadelo, pode até tentar ir uma ou duas vezes, pra ver se é tão ruim assim quanto você pensa. Se for mesmo, não insista. Individualidade é tudo. E ninguém deixa de amar ninguém porque o ser amado não gosta de tudo que a gente gosta.

❀ Ciúme pouco é bonitinho. Ciúme muito é coisa de aprendiz de psicopatinha. Ok, ok, posso estar exagerando, mas cuidado. Ciúme não é sinônimo de amor.

❀ Não finja saber coisas que você não sabe, não tenha medo de dizer não, não passe a comer berinjela (que você odeia porque tem gosto de orelha suada) só porque ele come, não diga coisas para impressionar, não minta. Seja você. Simples assim.

❀ Por fim, não pense muito nem nas coisas sobre seu relacionamento que invadem sua cabeça nem sobre as dicas que acabou de ler. Quer saber? Estar apaixonado pela primeira vez AND ser correspondido é bom demais. Ou seja: se joga!

Caramba, acabou sendo textão. Mals aê. Tchau, Zequimores!

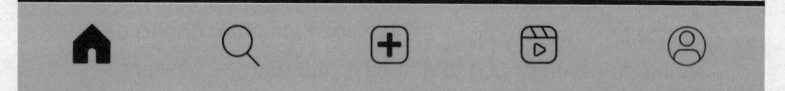

Capítulo 5

NO DIA SEGUINTE, NA FACULDADE, COMENTEI COM TEDDY Berébson e com a Dade sobre a MAC querer me mandar *make*, e não deu outra. Os dois falaram a mesma coisa que o Davi.

— Mas, criatura! O que falta pra você começar a fazer tutorial? — perguntou Ted.

— Não entendo, Teddy! Não canso de falar isso pra ele, mas parece que esse maluco não ouve! — falou Dade. — Olha, se não quer fazer tutorial, então simplesmente começa a testar os produtos em você e posta foto! O que não pode é achar que vai tacar a imagem da sua mãe maquiada sempre que quiser falar de maquiagem, porque isso não dá engajamento. As pessoas gostam de você, Zeca, não da sua mãe. Com todo o respeito.

Fofa a Dade, fofo o Berebs. Eles tinham razão. Mas cadê coragem e força pra fazer isso? Eu, que ajudei a Tetê, que é minha melhor amiga, a olhar para dentro para se entender melhor e mudar de dentro para fora, era incapaz de fazer aquilo por mim mesmo.

— Ah, vamos ver. Quem sabe... — disse, disfarçando, antes de o Túlio chegar para dar a minha aula preferida.

Linguística é a ciência que estuda as características da linguagem humana. Um linguista analisa e investiga a evolução e os desdobramentos dos idiomas e também a estrutura das palavras, as expressões idiomáticas e os aspectos fonéticos de cada língua. E eu achava aquilo incrível. Principalmente do jeito que o Túlio ensinava.

Quando a aula acabou, esperei todo mundo sair para falar com o professor. Ele estava especialmente *style* naquele dia: terno cinza-claro, num xadrez discreto e diferente, com a calça de bainha mais curta, um charme. E mais uma camisa branca e um lencinho roxo no bolso. E, como de hábito, um All Star (o daquela manhã era branco) para arrematar o *look*. Meio *hipster*, 100% cool, Túlio era o estilo em pessoa. Amo héteros elegantes.

Eu queria conversar com o Túlio para agradecer pelo apoio que ele tinha me dado no dia anterior, quando nos encontramos no Guimas. E, para minha surpresa, ele me convidou para falarmos enquanto tomávamos um café.

— Nunca tomei café com um professor antes...

Ele riu.

— Sempre tem uma primeira vez.

Fomos até a Casa do Pão de Queijo que tem na faculdade e pedimos café e água com gás. Sempre achei muito adulto beber água com gás. Isso e chocolate amargo são coisas que só adultos consomem. Bom, ele pediu e aí eu pedi também, porque *néam*? Nada mais adulto que tomar café com professor assim, de igual para igual.

Quando agradeci, ele me surpreendeu de novo.

— Zeca, eu queria que você entendesse uma coisa: eu não elogio seu texto para te agradar. Eu faço isso porque quero que você não desista de escrever quando bater uma *bad vibe*, quando um post não tiver tantas curtidas quanto você gostaria, quando a inspiração não vier...

— Uau... Brigado por me dizer isso, Túlio.

— Não precisa agradecer. Precisa só continuar escrevendo. É tudo muito bom, divertido, elegante, com bossa.

— Com bossa é maravilhoso! Vou usar essa.

— Você *é* a bossa, garoto. Como tudo na vida, quanto mais a gente faz uma coisa, melhor a gente faz, e eu acho isso do seu texto. Está cada vez melhor, mais engraçado, mais... cheio de bos...

— Bossa! — completei. — Certíssimo, *prófe*. Certíssimo.

E eu sei lá se foi minha transparência estúpida ou a minha baixada de cabeça, mas Túlio, sensível como um artista, entendeu que algo me deixava tenso em relação à internet e aos novos rumos que estavam se descortinando à minha frente.

— Mas qual é de fato o problema? — perguntou ele.

— Sabe o que é? Desde que eu postei umas fotos da minha mãe para falar mais sobre maquiagem, meu engajamento aumentou. As pessoas gostam de me ver dando dicas para melhorar a autoestima, e maquiagem meio que nasceu pra isso, né? Então ficou uma coisa muito natural. Já falei de sombra caída, de sobrancelha equivocada, de iluminador cagado... e o último texto, sobre uma base, bombou. Teve mais de cinco mil curtidas, e eu tenho dezesseis mil seguidores, ou seja, é muita coisa.

— Que ótimo! Maquiagem tem tudo a ver mesmo com autoestima. Você tem tudo para ser um escritor de mão cheia, Zeca. Você pode escrever sobre o que quiser! Mesmo se você contar como acontece a cópula de lagartos australianos, seu texto vai ter molho, pimenta, graça. E o riso liberta. Como dizia o Paulo Gustavo, rir é um ato de resistência.

Aquilo me tocou. Eu amava o Paulo Gustavo. Quem não amava, né?

Baixei a cabeça de novo para tomar fôlego e desabafar com uma pessoa que não tinha a minha idade e tampouco se deslumbrava com fama e com ganhar coisas de graça.

— É que... Ah, Túlio, tá todo mundo pedindo que eu faça vídeos, que eu mostre a cara. Tipo o Vítor diCastro, o John Drops, o Hugo Gloss, o Alvaro Xaro e o Maicon Santini, sabe?

— Não sei, não, desconheço todos esses. Mas também não sou muito de redes sociais. Acredito que sejam todos influenciadores conhecidos...

— Isso. São todos gays, talentosos, lindos e bem resolvidos, como eu, e eles fazem vídeos incríveis, conteúdo de qualidade mesmo, sabe?

— E você tem medo da concorrência, é isso? Não tô entendendo, Zeca. Você tem conteúdo pra dar e ven...

— Não... não é medo da con... eu tenho med... eu ten...

Precisei dar uma pausa para respirar e tirar forças do fundo da alma antes de conseguir dizer.

— Eu tenho medo do meu pai.

— Ah, Zeca... — Ele ficou empático. Que fofo. — O seu pai não sabe ainda que voc...

— Sabe, sim. Supersabe que eu sou gay.

Baixei os olhos. E ele entendeu tudo. Uma baixada de olhos vale mais que mil palavras.

— Entendo. É triste quando quem a gente mais ama não acredita na gente, no nosso potencial, né? — disse ele, antes de fazer uma pausa quase solene. — Talvez a dor mais dura seja a de sentir que nossos pais não apoiam nossos sonhos, não torcem pela gente, não botam a gente pra cima.

— É uma dor bem dura mesmo — falei.

Foi a vez de ele baixar os olhos. E eu nem precisei perguntar como ele sabia daquilo.

— Você se sente desestimulado porque seu pai não aceita como você é e o que você faz.

— Isso mesmo, Túlio.

— Pode imaginar como foi quando eu, preto, pobre e favelado, filho de um alfaiate e de uma empregada doméstica, disse que queria estudar linguística? Minha família não sabia nem o que era isso, Zeca. Ouvi as piores coisas dos meus pais, dos meus avós... Só minha avó materna acreditava em mim, só ela tinha orgulho e acreditava que eu podia sonhar alto.

— Seu pai não te apoiou?

— Imagina! Pelo contrário! Me disse as piores coisas, ficou pau da vida que eu não seguiria a profissão dele. Falou que eu ia morrer de fome.

— Mas você sabe costurar?

— Não sei nem botar linha na agulha, quiçá costurar! — respondeu ele.

— Ué.

Túlio riu.

— Ué. Exatamente isso, u-é — disse ele. — Os pais botam a gente no mundo e acham que, por terem nos dado esse presente gigante chamado vida, têm o poder de controlar as nossas escolhas, os caminhos que a gente percorre, as decisões que a gente toma, o futuro que a gente quer. E não é que eles só discordem da gente. Eles acham que têm o direito de ficar putos, de deixar a gente culpado por querer ser feliz do nosso jeito, por ousar realizar o *nosso* sonho, não o que eles sonharam pra gente.

Uau! Quando eu ia imaginar que um cara bem-sucedido como o Túlio, sorridente, amoroso e excelente professor, tinha encontrado tantos obstáculos dentro de casa? Ainda mais com toda a dificuldade de fazer uma faculdade vindo de onde ele vinha, o Complexo da Maré, um conglomerado de favelas com mais de cem mil habitantes.

— "Você acha que pobre nasceu pra fazer faculdade? Você tem é que ajudar a gente em casa e não se envolver com traficante. E já tá muito bom!", era isso que meu pai dizia. E que "no Morro do Timbau não tinha nenhum doutor e nunca ia ter. Ainda mais desse negócio de linguística".

— Poxa, que forte. E hoje?

— Ah, hoje ele enche a boca pra falar do filho com doutorado — explicou, com um sorriso explodindo de orgulho. — Por isso, Zeca, não deixe de fazer nada por causa do seu pai ou de qualquer outra pessoa. Não desista dos seus sonhos, mesmo que ninguém acredite muito neles, nem você mesmo.

Era a terceira pessoa em que eu confiava que me dizia isso. O que faltava para que eu seguisse em frente?

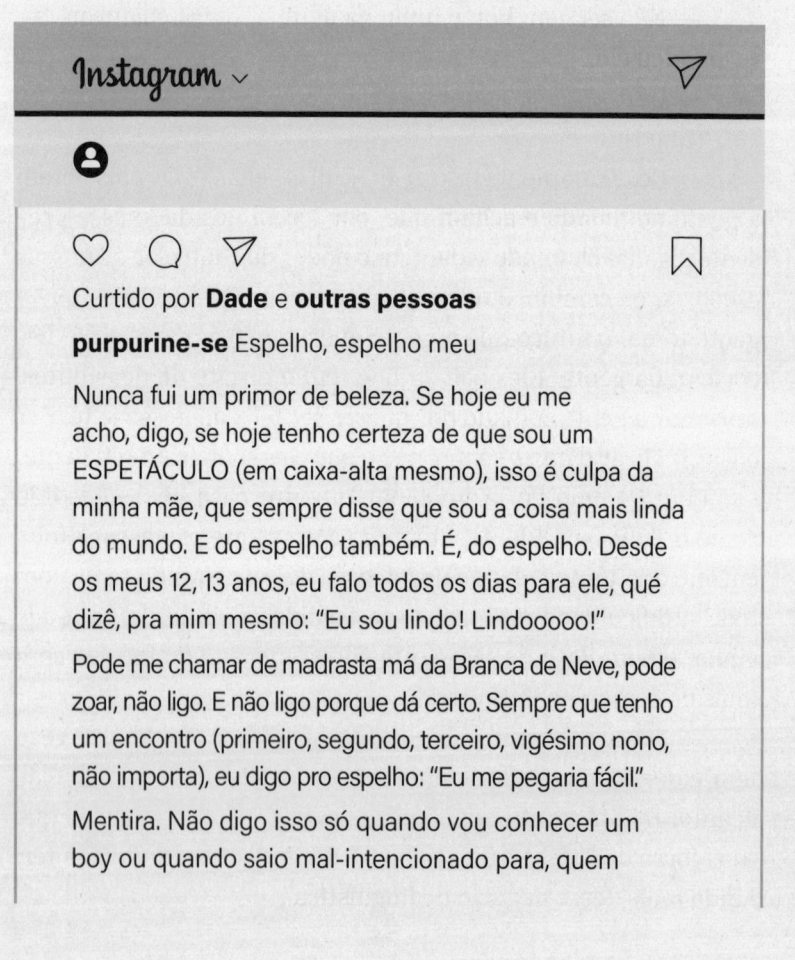

Instagram

Curtido por **Dade** e **outras pessoas**

purpurine-se Espelho, espelho meu

Nunca fui um primor de beleza. Se hoje eu me acho, digo, se hoje tenho certeza de que sou um ESPETÁCULO (em caixa-alta mesmo), isso é culpa da minha mãe, que sempre disse que sou a coisa mais linda do mundo. E do espelho também. É, do espelho. Desde os meus 12, 13 anos, eu falo todos os dias para ele, qué dizê, pra mim mesmo: "Eu sou lindo! Lindooooo!"

Pode me chamar de madrasta má da Branca de Neve, pode zoar, não ligo. E não ligo porque dá certo. Sempre que tenho um encontro (primeiro, segundo, terceiro, vigésimo nono, não importa), eu digo pro espelho: "Eu me pegaria fácil."

Mentira. Não digo isso só quando vou conhecer um boy ou quando saio mal-intencionado para, quem sabe, conhecer um boy. Eu digo para o espelho que me pegaria todos os dias, independentemente de boys. E ainda termino dizendo: "Te amo, beeee." Se a gente não se ama, como é que vão amar a gente, gente?

Veja bem, anjona, falar com o espelho não tem só a ver com estética, não é só sobre se olhar e se amar com cada defeitinho seu. Falar com o espelho é libertador em outros departamentos também.

Quando tenho alguma apresentação importante na faculdade, por exemplo, eu passo uns cinco minutos conversando com o espelho, falando em voz alta (não basta só pensar; acredito que o importante da conversa com o espelho é justamente a gente se ouvir, porque só assim a gente acredita e manda a mensagem para o universo): "Eu sou maravilhoso, ótimo e engraçado. Como sempre, vou falar com segurança, encantar todo mundo e arrasar na nota."

Ensaiei com o espelho meu discurso da formatura (e *lacray*), performances de karaokê (sempre sou o mais aplaudido) e meu término com o Emílio (a bicha má saiu com o rabinho entre as pernas, vraaau!). E, no dia do vestibular da PUC, disse pra ele que ia passar, e bem, pra Letras. E passei.

Será que é coincidência eu ser o queridinho dos professores e só receber elogios quando falo em público? Prefiro acreditar que não. Fale com seu espelho. Na real, não é ele que te ouve. É você. Acredite em você, seja quem você é e voe. Não é magia, é energia para mudar e fazer acontecer.

Um beijo, Zequimores!

Depois do papo com o Túlio, fiquei a semana toda pensando que eu não podia escrever as coisas que eu escrevia e postava e ter medo de ser eu mesmo, de fazer o que eu queria fazer.

Claro que eu queria fazer tutorial, claro que eu queria botar minha cara para jogo. Sou exibida, sou "amostrada", como diz uma cuiabicha (bicha de Cuiabá, ué) que eu conheci em um curso on-line de escrita criativa.

Eu precisava acabar com aquela insegurança. Eu estava certamente catastrofizando (aprendi essa palavra com a Tetê, que aprendeu com o Romildão, terapeuta dela, e *amay*).

E se meu pai gostasse de me ver ensinando as pessoas a se maquiar enquanto falo bobagem? Ou, melhor ainda: e se meu pai, mesmo que em um primeiro momento fosse contra, me elogiasse depois, assim como o pai do Túlio?

Olha aí eu pensando no meu pai de novo.

Será que eu estaria pensando tanto nele se ele estivesse em Santa Catarina? Claro que estaria. Eu tinha pesadelos com meu pai quase toda noite!

A semana toda eu fiquei bolando estratégias para colocar meus planos em prática. Até que cheguei em uma que achei muito boa e parti para a execução. Em vez de começar me maquiando, eu ia iniciar maquiando as amigas. Ou os amigos. Tipo um tutorial, mas nos outros. Dessa maneira, eu achava que tudo poderia se encaixar.

Respirei fundo e fui para a prática. Mandei uma mensagem para meu amigo (que acha que é) hétero, meu *crush* que não sabia (ainda) que era meu *crush*. E joguei:

> **ZECA**
> Berebebear, amor de mi vida, posso te maquiar num vídeo pra ver como fica? Só pra tapar os poros com uma base e um corretivo e um pó? *Make* de macho alfa heteronormativo mesmo? Hahahahaha Anima?

> **BEREBS**
> Que demais! BORAAAAA!!! 💄🌿

> **ZECA**
> Você pode amanhã, depois da faculdade?

> **BEREBS**
> Feshow 😊

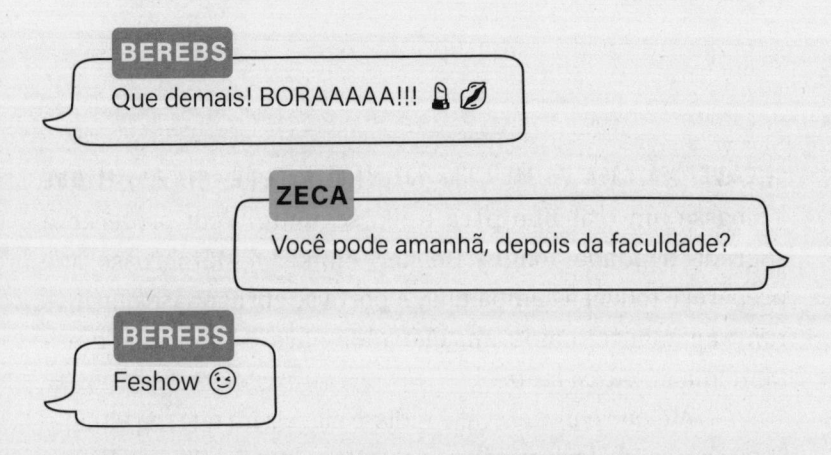

Glup! Ele topou. E fazendo gracinha ainda, coisa mais linda. Então... bora! Eu ia fazer meu primeiro vídeo!

Engole o medo, engole o choro, bota a insegurança debaixo do tapete, segura na mão da Piaf, bota seu 'ne me quitte pas' na roda e vai, manaaaa!, falei pra mim mesmo, enquanto caminhava, decidido, rumo à casa do meu pai, que tinha me chamado para jantar.

No caminho, bateu uma insegurança de ir sozinho. Sei lá por quê. Não era fácil.

Mandei mensagem pro Davi, mas ele estava indo ao cinema com o Gonçalo. Chato.

Chamei a Tetê que, oba!, não tinha nada marcado para aquela noite.

Capítulo 6

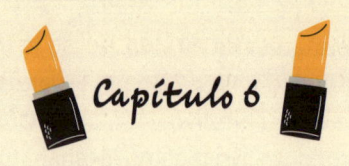

CHEGUEI NA CASA DO MEU PAI SOZINHO. A TETÊ IRIA ASSIM QUE acabasse um trabalho para o dia seguinte. Pedi proteção à sagrada trindade Johnny Hooker, Liniker e Matogrosso, me preparei e toquei a campainha. A porta se abriu quase que instantaneamente, como um elevador para o inferno. Com a Demônia do outro lado.

— Até que enfim, Zeca! — disse ela, assim que me viu. — Tava com saudade de você! — completou, me dando um abraço.

Oi? Saudade? Não entendi nada. Ela nunca foi com a minha cara. Então tá.

Olhei para a casa e vi que ela tinha se empenhado. Parecia querer me agradar, porque duvido que o apartamento, simpático e bem decorado, fosse daquele jeito no dia a dia, considerando que lá moravam também o pequeno Cauê e meu pai. Tinha flores, velas, incenso, queijos embolorados e deliciosos para petiscarmos antes do jantar — que ela mesma havia preparado — e uma mesa posta lindamente, nível mesa de rico de novela. Não que eu veja novela. Minha mãe é que vê e às vezes eu acabo vendo junto só pra ficar de grude com ela.

Acho muito engraçado ricos de novela. Andam de salto em casa, os homens sempre estão montados, as mulheres vivem maquiadas, ou emperiquitadas, como prefere minha mãe.

— Oi, Zeca! E sua amiga, não vem? — perguntou meu pai, vindo na minha direção para um cumprimento.

— Ela já deve estar chegando, tava terminando uma coisa da faculdade.

Uau, quantas gentilezas. Será que a Demônia e meu pai tinham mudado, então? Vai ver que sim, porque os tempos mudaram, afinal. Eu tiro meu chapéu para quem se abre para o novo, para quem se permite mudar de opinião. Opinião está aí é pra ser mudada, gente.

— Zecaaaa! — ouvi a criança mais fofa que eu conhecia gritando meu nome.

Dele eu estava com saudade mesmo! E sabia que ele estava de mim também, de verdade.

Cauê pulou no meu colo com um sorriso e me abraçou tão apertado que quase caiu um olho na minha lagriminha. Que garoto fofo! Sabe abraço de urso, com direito a olho fechado e tudo? Eu que ensinei o garoto a abraçar assim. Ele era pequetitinho, e, como meu pai nunca foi de abraço e a Demônia estava mais para a Elsa de Frozen do que para o Simba do Rei Leão, achei por bem mostrar para ele o que *eu* considerava um abraço bom. Eu lembro de falar pra ele que abraço é pra ser dado com vontade, bem esmagado, que aquele negócio de só encostar os corpos e/ou dar uns tapinhas nas costas não era abraço de verdade. E não é que o guri aprendeu direitinho?

— Você tá enorme, Cauê — falei, olhando bem fundo nos olhinhos dele.

— Daqui a pouco eu tô mais alto que você — disse ele.

— Zeca é baixinho. Não dou três anos pra você estar maior que ele — comentou meu pai.

Ficamos na sala conversando um pouco. A Demônia me contou que estava adorando os cursos que estava fazendo: de canto, mixagem, produção, teatro...

— Mas não é seu pai que tá bancando isso tudo não, viu? Foi o meu pai que deixou uma graninha quando morreu e sempre torceu muito por mim, que eu sei. Ao contrário de certas pessoas... — disse ela, pausando para olhar enviesado para o meu pai. — Ele certamente entenderia que o que eu estou fazendo é investimento, não "gastando dinheiro no Rio de Janeiro". Hélio só veio porque eu falei que vinha com ou sem ele.

— Não, não. Eu vim porque não vivo sem ela.

— Sei. Não vive sem meu caldo verde, isso sim — falou ela, rindo.

— Sem toda a comida maravilhosa que você faz, meu amor.

Ai, que horror. Como uma mulher não se importa que um homem fale assim com ela?

— Você vem no meu aniversário, Zeca? Vou fazer uma festa no play. Eu já tenho amigos aqui no Rio.

— Que legal, Cauê! Claro que venho. Onze anos tem que comemorar mesmo. Quando vai ser?

— No fim do mês — falou meu pai, fazendo o que sempre me irritou muito, respondendo no lugar de quem tinha que responder.

Fiquei pensando que no dia em que almoçamos juntos ele nem sequer mencionou o aniversário do pequeno, que pouco depois do convite se despediu fofamente de todos e foi para o quarto dormir.

— Olha aqui, fiz babaganuche especialmente pra você. Seu pai falou que você ama berinjela.

Eu odeio.

— Tônia se empenhou pra fazer o jantar. Tá desde cedo na cozinha.

— Hummm, delícia! — atuei.

Ah, ela estava tão simpática... Falsidade ou não, eu que não ia fazer o desagradável, né?

— Era de outro tipo de berinjela que eu tava falando que ele gosta, Tônia.

— Pai!

Meu Deus... Meu pai parecia estar na quinta série. Que vergonha!

— Que deselegante, Hélio — reclamou Tônia, para minha surpresa. — Tem homus também.

Felizmente a campainha tocou e interrompeu aquela conversa péssima. Ufa, salvo pela Tetê. Eu tinha dito a ela que estava com medo de dizer para o meu pai que começaria a fazer vídeos de maquiagem, e ela me falou para arrancar logo o esparadrapo. Mas eu precisava dela lá comigo para contar a novidade que encheria o peito do meu pai de orgulho. Só que não.

Tônia Demônia e meu pai também foram muito cordiais com a Tetê. Assim que ela chegou, meu pai abriu um vinho para comemorar a ocasião.

— Que foi que tá me olhando com essa cara, Tônia? Hoje não é sexta? Sextou! — disse ele.

Tônia não bebeu. Tetê deu só um golinho, para não fazer desfeita, e eu tomei uma taça quando sentamos à mesa. Vinho me dava sono, e eu evitava.

O jantar era uma moqueca de cherne com camarão, que, justiça seja feita, estava di-vi-na, de comer ajoelhado dizendo "gratiluz" em looping. Fui simpático, elogiei, fiquei sabendo que a receita era de um chef amigo dela lá de Santa Catarina. Tônia era Demônia, mas era bem boa de tempero. Meu pai já estava indo para a segunda garrafa, e eu comecei a suspeitar de que ele precisava do álcool para quebrar o gelo habitual comigo, para conseguir ficar mais de quinze minutos no mesmo ambiente em que eu estivesse, para a conversa fluir.

— Tetê, fala a verdade, você e o Zeca... nunca...

— Pai, por favor!

— Ah, foi amor de amigo à primeira vista — respondeu Tetê.

Fofa.

— Mas conta, Zeca, me fala do seu blog que virou perfil no Insta. Tentei achar outro dia, mas seu pai não lembrava o nome.

Óbvio.

— Eu te mando o arroba por DM, Tônia — respondi.

— Você vai amar. Ele faz a gente rir e pensar ao mesmo tempo. E é difícil fazer rir, cê sabe, né? — emendou minha amiga.

— Ô, se sei! — comentou Tônia.

Eu estava achando aquela nova Tônia muito estranha. Resolvi desenvolver o assunto.

— Tetê, a Tônia está fazendo vários cursos, sabia?

— Nossa, sim, e tô amando. Fazendo muitos, e semana que vem começo o de produção musical.

— Ah, você quer produzir também?

— Quero muito, Zeca... Tudo ligado a música me encanta. Tanto que entrei num curso de produção de vídeos para arrasar na inscrição do *The Voice*.

— Que legal, Tônia, acho incrível! Dou a maior força! — elogiou Tetê.

E quer saber? Bacana mesmo minha madrasta correr desse jeito atrás do sonho dela.

— Era só o que faltava. Dois artistas na família. Eu mereço, eu mereço... — resmungou meu pai.

— O que é que tem ser artista, pai?

— Mas, seu Hélio, o Zeca é mais que artista. Eu diria que ele é um comunicador.

Como eu amoooo a Tetê!!!!

— Mas conta, então, Tônia, dos cursos para os meninos. — Meu pai tentou mudar o rumo do assunto.

Tetê, sempre ela, nem deixou minha madrasta responder.

— O Zeca tá pensando em expandir, em não ficar fazendo só texto e foto, ele quer fazer ví...

— Me passa o azeite, Tônia, por favor — pedi, com o coração acelerado, pelando dentro de mim.

— Vídeos? Você vai fazer vídeos? — quis saber a Demônia.

— Vai! Não vai ser ótimo? — Tetê, bocuda como sempre, foi respondendo por mim.

— Vídeo? Vídeo de quê? Vai ler seus textos em voz alta? — perguntou meu pai.

— Não, eu... eu... vou... eu... são vídeos de...

— Tutoriais de maquiagem — Tetê desengasgou a explicação por mim.

Um breve silêncio se fez antes de o vazio ser cortado por uma tosse estrondosa.

— Eita, engasgou — disse Tônia, levantando-se imediatamente para ajudar meu pai.

Levantou os braços dele, fez ele olhar para cima e começou a falar:

— São Brás, São Brás, ajuda este rapaz. São Brás, São Brás, desengasga por trás. São Brás, São Brás, para a frente e para trás. São Brás, São Brás, no prato tem mais.

Seria cômico se não fosse quase trágico. Ele estava roxo.

Falar que eu estava planejando investir em vídeos estava sendo mais difícil do que sair do armário. Aliás, por que a gente tem que sair do armário? Vi isso uma vez no filme *Com amor, Simon*, que eu super-recomendo. O protagonista pondera que nenhum hétero se senta na frente dos pais para dizer: "Olha, eu tenho uma coisa pra contar, sou hétero. Calma, não fica assim. Não é uma escolha, eu nasci assim, eu simplesmente não gosto de gente do mesmo gênero que eu". Não é uma loucura isso? Enfim... Eu consegui sentir o nervoso da Tetê. Podia apostar que ela estava suando na bunda. É! Ela sua na bunda quando tá nervosa, eu amo isso.

Meu pai parou de tossir e continuou o assunto.

— Mas conta mais, Zeca. Fala aí desses... tutoriais.

Ele pesou na palavra "tutoriais". Era nítido o deboche e a cara de "era só o que me faltava". Eu queria sumir.

— Eu nem sabia que você sabia maquiar — comentou Tônia.

— Pois é, eu sei...

— Supersabe! E maquia muito bem, muuuuito bem — acrescentou Tetê, enfatizando o entusiasmo.

— Menos, Tetê — pedi, envergonhado.

— Ué, quem é que diz que se a gente não se valorizar ninguém valoriza a gente?

— Olha! Além de "escritor" e fazedor de tutorial de maquiagem, José Carlos também é guru de autoajuda agora!

Xi... Me José-Carlisou *and* colocou escritor entre aspas. Ele estava claramente (muito, muito mesmo) irritado. Eu ia responder, mas fui cortado abruptamente por uma muito empolgada Demônia.

— Ah, então eu quero que você me maquie!

Pelo amor de Getúlio... oi?

— Ah, não, Tônia! — bradou meu pai.

Ah, não, Tônia!, bradou minha cabeça.

— Agora? — perguntei, espantado.

— Não!!! Num dos seus vídeos, claro.

Nossa Senhora do Leque Dobrável Japonês, me abana! O que tinha acontecido com a Demônia? Ela morreu e nasceu de novo com o mesmo corpo e outra alma?, eu me perguntava naquele momento, tentando fazer uma cara de quem estava achando tudo absolutamente normal. Respondi como pude:

— C-claro... Com prazer...

— E sabe o que vocês podem fazer? Como o Zeca tá com um engajamento bom, ele pode te maquiar com uma música sua de fundo! — emendou Tetê.

Oi?

(Desculpa tanto "oi", é uma pobreza, gramaticalmente falando, eu também acho, mas pô! Como não *oizar* um roteiro tão cheio de *plot twist*?)

— Gente, que gênia, Tetê! Amei! Zeca, você... você faria isso por mim?

Ooooi?

(Droga. Foi o último, juro.)

Não sei se por entorpecimento ou resignação, meu pai não aparentava mais a ferocidade dos travessões anteriores. Contemplava nossa conversa sem ar indignado. Era como se estivesse na plateia de um teatro, assistindo a uma peça cujo texto ele não entendia muito bem. Tipo falado em russo. Ou tupi-guarani. A expressão dele era de nada. É, de nada.

— C-claro que faria, Tônia!

— Só não me ofereço pra cantar na hora porque ia...

— Ia ficar cafona, amor — soltou seu Hélio, ressuscitado, parecia. Para minha surpresa, todos riram. Meu pai inclusive.

— Mas ó, ela tem um monte de músicas que vocês ouvem hoje em dia, com uma batida meio rap, né, querida?

Querida. Achei tão impessoal... Querida é toda mulher de quem não lembro o nome e vem me abraçar empolgada no rolê.

— Eu tenho tudo que é batida, amor. Minhas inspirações vão de Melim a Teto, de Anavitória a Emicida. Como eu produzo e mixo tudo, a música fica com a cara que a gente quiser. Posso usar uma especialmente para o dia que você for me maquiar.

— Menos, Tônia. Você nem tem tanta música assim — disse meu pai.

— Eu faço uma, ué. Tô amando brincar de fazer música em casa. Na verdade, transformei o quarto dos fundos em estúdio improvisado, mas pra mim é estúdio.

— Ai, que ótimo! — exclamou Tetê. — Vocês podem fazer uma coisa casada, de repente texto com música, criar uma historinha. A cantora que veio para o Rio correr atrás do sonho e a importância da maquiagem na autoestima dela, no modo de ela cantar!

— Tetê, casa comigo! — brincou Tônia, zero Demônia.

Todos rimos. Menos meu pai. Aí já era demais para ele.

— Vou na cozinha pegar uma água. Alguém quer alguma coisa? — disfarçou ele.

— Ah, amor, já que todo mundo terminou, vamos aproveitar e levar os pratos. Partiu sobremesa? Não é assim que se fala aqui no Rio?

— Não! — respondemos Tetê e eu numa só voz.

Tônia riu, se levantou e tirou a mesa, sem deixar que eu e Tetê ajudássemos. Os dois levaram os pratos e demoraram a voltar lá da cozinha.

Tetê falou baixo, mas muito entusiasmada:

— Zecaaaaa! Você conseguiu!!! Você tá livre pra ser quem você quiser! No Instagram e fora dele. — Ela comemorou discretamente, me dando o abraço apertado que ela tanto sabe dar. — E nem foi ruim, vai. Seu pai ficou de boa.

Era um saco essa pressão de contar com o maior cuidado. Era sempre um peso, um desconforto gigante. E lá estava eu, mais uma vez saindo do armário para o meu pai. De outra forma, em outro contexto, de outro armário, evidentemente.

Eu precisava escrever sobre aquilo, sobre se sentir cansado perto de um pai ou de uma mãe. Eu ficava exausto.

Enquanto eu anotava a ideia no bloco de notas do celular, Tônia adentrou a sala com um *ring light*.

— Você já tem um desses? — perguntou ela. — Comprei um quando cheguei no Rio, pra fazer meus vídeos cantando. Achei que o meu antigo tinha se perdido na mudança, mas acabei achando na semana passada. Agora tenho um sobrando. Quer ficar com ele?

Eu e Tetê nos entreolhamos. Tônia e eu não tínhamos a menor intimidade. Aquilo era de uma generosidade...

— N-não... Não tenho.

— Então toma, você vai precisar! Presente meu!

— Imagina, Tônia, eu não posso aceitar, isso custa ca...

— Faço questão — disse ela, com um sorriso sincero.

— Isso é o que eu chamo de boadrasta — falou meu pai, trazendo a sobremesa, uma mousse de chocolate que parecia divina.

Todos se sentaram novamente e Tônia-Aparentemente-Nada--Demônia nos serviu. A mousse estava tão gostosa quanto bonita.

— Nossa, que delícia, Tônia! — elogiou Tetê. — Tá muito leve...

— A Tetê cozinha superbem, Tônia. Nível Troisgros.

— Não exagera, Zeca...

— Sério, o pão de queijo dela é, sei lá, uma nuvem.

— Que ótimo, vamos trocar umas receitas! O que você gost...

— Como é que vai ser esse negócio de vídeo? Explica direito. Quando é que começa? — perguntou meu pai, cortando bruscamente a esposa, depois de matar o resto de vinho que tinha na taça e já estendendo o braço para a garrafa para se servir de mais.

— Ué. Vou gravar maquiando e falando da maquiagem ou de algum tema. Ainda não sei direito, mas preciso fazer diferente do que já tem por aí.

— E além da Tônia, você tá planejando maquiar quem? Tetê e quem mais?

— Mamãe, óbvio, amigos da faculda...

— AmigOs?

— É. AmigOs. Começo com o Ted, acho que te falei del...

— Peraí, José Carlos.

Putz. José Carlos de novo.

— Você vai maquiar homem?

— Maravilhoso! — comemorou Tônia. — Seu pai tem rosácea, e quando ela ataca e ele tem que sair ou fazer alguma reunião, eu sempre falo "bota um corretivo, uma base". Mas conhece seu pai, né?

Engoli em seco. O ar pesou.

Senti todo o constrangimento do meu pai com aquela conversa. Tetê, empática como sempre, me deu a mão por baixo da mesa e apertou bem apertado, com carinho. Carinho de TMJ, de ninguém-solta-a-mão-de-ninguém. Um breve silêncio se fez enquanto meu pai se servia de mais vinho, matando, praticamente sozinho, a segunda garrafa da noite.

— Vinho com sobremesa, pai?

— Ih, menino, vinho com chocolate fica ótimo — ele se limitou a responder, antes de dar dois goles.

— Isso não é água, Hélio. Calma.

— Eu sei, Tônia. Mas o Zeca me obrig... opa, o Brasil me obriga a beber. O Brasil — justificou, abrindo um riso triste. — Vou lá ver o Cauê, já volto — falou já se levantando, para nunca mais voltar naquela noite.

Baixei os olhos. A sobremesa não descia mais. O doce amargou na minha boca.

No dia seguinte, meu pai me mandou uma mensagem se desculpando, dizendo que apagou na cama do garoto. O que acabou sendo bom. Ao contrário do que eu pensava, ficar sozinho de prosa com a Tônia e com a Tetê foi até gostoso. Descontraído, divertido, leve. E leveza nunca é demais. O clima definitivamente ficou melhor sem meu pai por perto. Quem perdeu o fim da noite foi ele.

Capítulo 7

Esperei a Tetê entrar no Uber e fui andando até a minha casa, digerindo tudo que eu tinha vivido naquela noite intensa e desafiadora na casa do meu pai. A Gávea é um bairro muito gostoso para se caminhar. É charmoso, tranquilo, as transversais à Marquês de São Vicente têm uma calma de vila, são pacatas como as cidades do interior. Prédios pequenos e antigos, casinhas coloridas, ruas arborizadas, bares e restaurantes descolados, gente bonita, vizinhos que se cumprimentam na padaria, muitos cachorros, um frio gelado no inverno... Ainda não eram onze da noite, mas eu não via a hora de chegar em casa e escrever. Acelerei o passo.

Quando entrei em casa, encontrei minha mãe dormindo de boca aberta na frente da televisão. Tentei não fazer barulho, mas ela acordou querendo saber como tinha sido. Contei. Ela esticou os braços e disse, dengosa: "Abracinho". Eu amo quando ela me pede afago assim.

— Agora anda, corre pro quarto e vai escrever. Tira esse turbilhão de sentimentos de dentro de você — disse ela, e falou bonito.

Eu me levantei em um pulo depois de dar um beijo bem apertado nela. E quando estava saltitando rumo ao meu quarto, ela descomplicou o que considerava estar complicado na minha cabeça (e, cá entre nós, estava um pouco mesmo):

— Zeca, não sinta como se você tivesse ido até seu pai pedir a permissão dele para fazer os vídeos. Você só foi se livrar do peso que sente em relação à opinião dele.

Sorri emocionado e mandei um beijo para ela.

— Outra coisa: não fica se culpando por gostar da Tônia. Eu sempre te disse que ela é bacana. Foi muito bonito o gesto dela de te dar o *ring light*. E eu já te falei mil vezes que a culpa de eu me separar do seu pai não foi dela. Ela não era casada, seu pai que era. Na verdade, a gente tem que ser grato a ela, que tirou aquela nuvem pesada do nosso cantinho tão feliz.

Ah, para, gente. Não *guento* minha mãe, não!

Fui para o quarto bem secando uma lágriminha sapequinha que escapuliu sem querer.

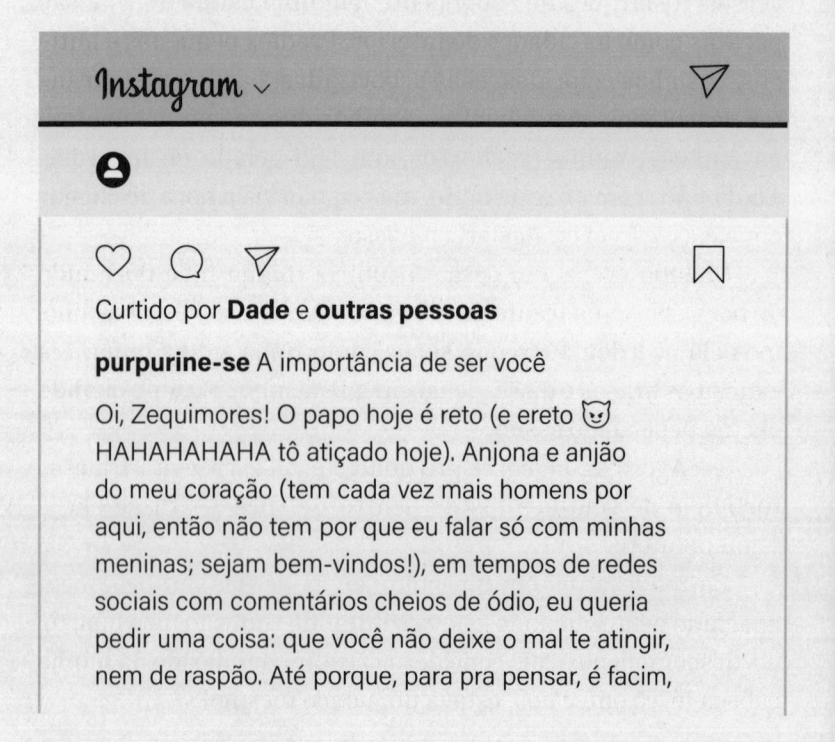

Instagram ⌄

Curtido por **Dade** e **outras pessoas**

purpurine-se A importância de ser você

Oi, Zequimores! O papo hoje é reto (e ereto 😈) HAHAHAHAHA tô atiçado hoje). Anjona e anjão do meu coração (tem cada vez mais homens por aqui, então não tem por que eu falar só com minhas meninas; sejam bem-vindos!), em tempos de redes sociais com comentários cheios de ódio, eu queria pedir uma coisa: que você não deixe o mal te atingir, nem de raspão. Até porque, para pra pensar, é facim,

facim ser agressivão na internet. Não pague pelos pecados de quem não tem a grandeza de se colocar no lugar do outro e fere sem medir consequências.

Prometa que nunca vai se odiar por postar algo que não agrade a todo mundo. (Até porque, pelo amor de Getúlio!, nunca agrada, *néam*? Toda unanimidade é burra, lembra do Nelson — o Rodrigues, criatura!) Nem deixar de fazer o que quer por causa dos outros. Em vez disso, ame-se e faça o que você ama, a vida é uma só até que provem o contrário. O outro sempre vai ter uma opinião. Todo mundo tem. E julga, por mais que diga que não. Então minha dica para purpurinar sua autoestima hoje é pra lá de profunda: liga o seu CAGUEI interior e faz acontecer do seu jeito. É você que paga seus boletos!

Como o meu lema sempre foi "o incomodado que vaze, eu tô aqui para incomodar", este perfil está tomando outro rumo. A partir de agora, vou dar mais atenção a outras formas de... manifestação artística, digamos assim, seguindo a minha linha de entretenimento com pimenta, de conteúdo com amor e humor.

A partir da semana que vem, farei vídeos para vocês sobre maquiagem (eu acho meio cafona falar *make*, mas talvez eu mude de ideia) e outras coisas que ainda não sei. Mas vou continuar escrevendo, que eu não sei viver sem escrever, só não vai ser prioridade postar o que escrevo, tá?

Vamos continuar falando de boys, autoestima, amor-próprio e autoaceitação por aqui, embora com menos frequência. Agora vou ficar uns dias offline (não me encham de mensagens pedindo textos porque agora vou focar nessa mudança) para melhor servi-los,

Zequimores. Foram muitos os pedidos, e eu, que sou lindo de alma, resolvi embarcar nessa nova aventura por causa de vocês. Quem vem comigo?

Ah, se não gostar da novidade, simplesmente fica quieto, não precisa agredir, não, tá? Gentileza gera gentileza, já dizia o profeta.

Um beijo,
Zeca

Não demorou dois segundos para chover mensagens no meu celular.

BEREBS
BEREBS: Aê! 👏 👏 👏 Acabei de ler, é isso aí, irmão!

Ai, tem coisa mais hétero que "irmão"? Saco. Aquele Berebs me deixava louco!

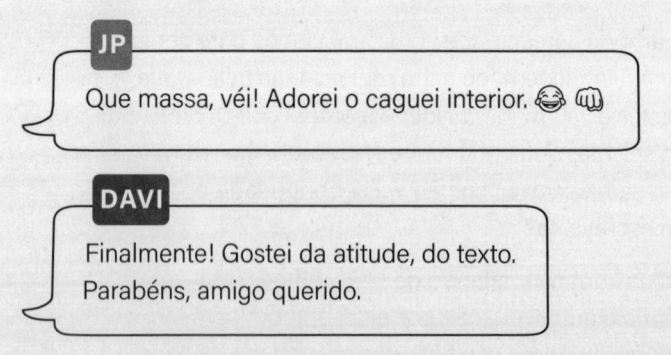

JP
Que massa, véi! Adorei o caguei interior. 😂 🎤

DAVI
Finalmente! Gostei da atitude, do texto. Parabéns, amigo querido.

Bonitinho! Mesmo parecendo um velho falando, o Davi é muito bonitinho. Depois de postar meu texto no feed, achei de bom-tom divulgar a mudança nos stories também. Vi que tinha ganhado mais 104 seguidores. Que maravilhoso!

Encaminhei o carrossel com meu texto para os stories e taquei frases que, apesar de não terem sido escritas por mim, representavam tudo que eu acreditava e queria defender daquele dia em diante:

"Seja uma boa pessoa, mas não perca seu tempo provando isso."
— AUTOR DESCONHECIDO MAS GENIAL

"Chega de dizer sim para coisas que você odeia."
— AUTOR DESCONHECIDO

"Já fui um livro aberto. Mas, depois de um tempo, percebi que nem todo mundo merece conhecer minha história. Algumas pessoas só querem destruir."
— JEY LEONARDO

"Cuidado com o que você fala da boca pra fora. Tem gente que escuta do coração pra dentro."
— AUTOR DESCONHECIDO E PRA LÁ DE SENSÍVEL

"Enquanto você for o que os outros quiserem, você não vai ser nada."
— AUTOR DESCONHECIDO QUE SABE TUDO DE TUDO

Depois botei minha cara e meu carisma pra jogo e me gravei falando para meus seguidores:

— Não percam os próximos episódios da série "Zeca e Sua Incontrolável Vontade de Ser Feliz". Essa rede vai ganhar movimento, anjonas e anjões. Obrigado pelo carinho, Zequimores. Amo vocês.

TETÊ
Já disse que te amo hoje?

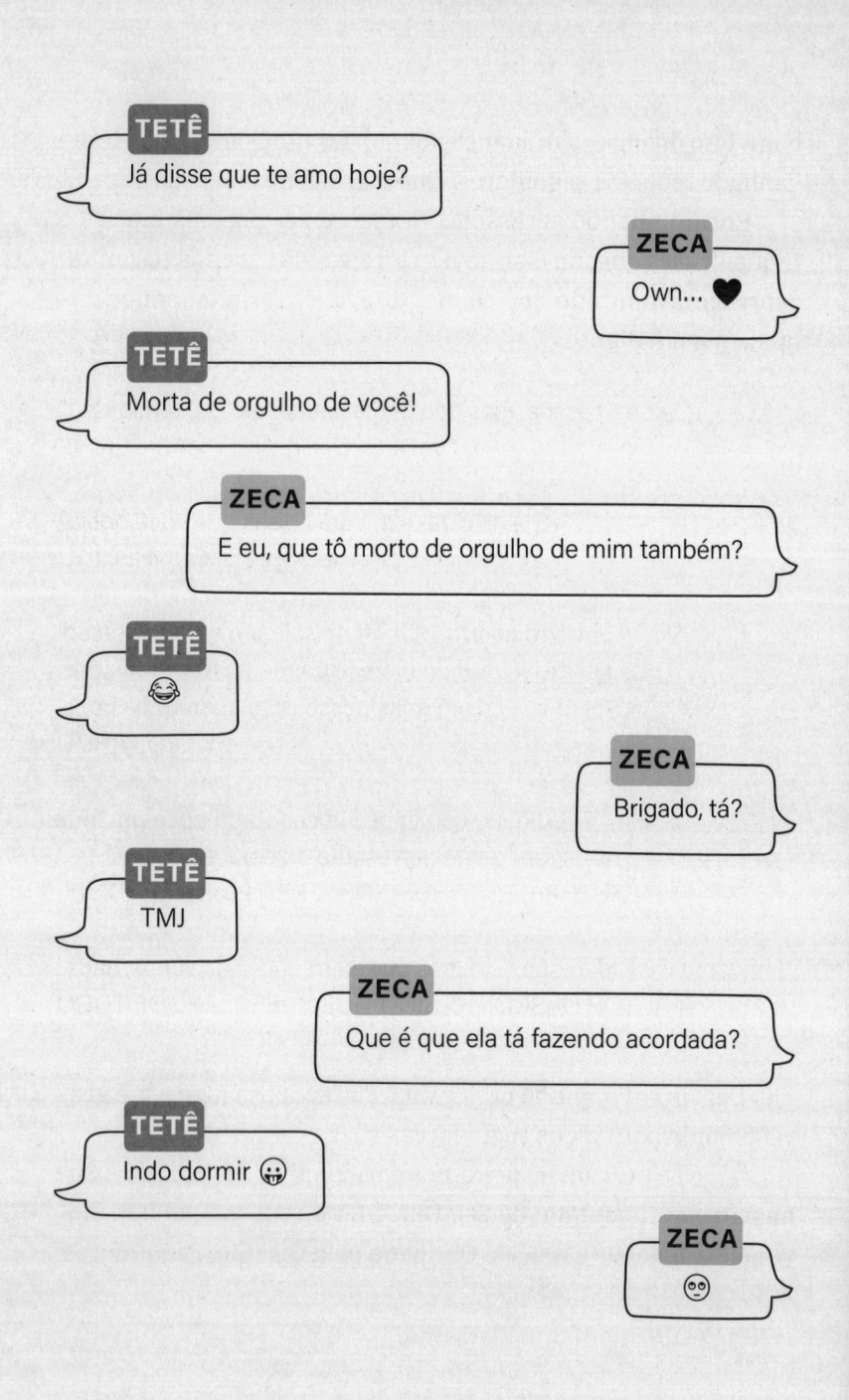

ZECA
Own... ♥

TETÊ
Morta de orgulho de você!

ZECA
E eu, que tô morto de orgulho de mim também?

TETÊ
😂

ZECA
Brigado, tá?

TETÊ
TMJ

ZECA
Que é que ela tá fazendo acordada?

TETÊ
Indo dormir 😛

ZECA
🙄

TETÊ: Duduau veio me ver, acabou de sair daqui.

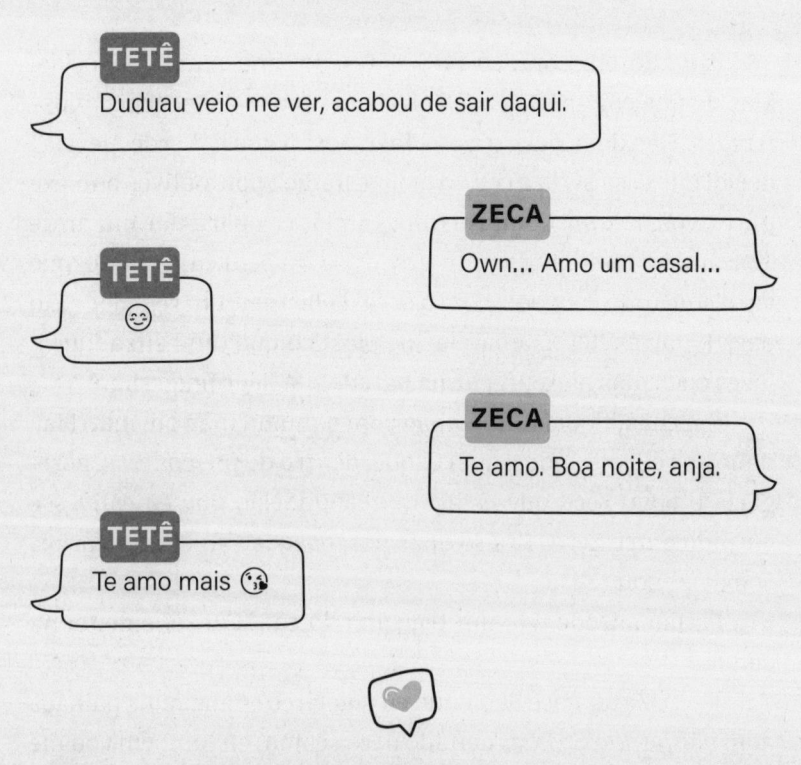

ZECA: Own... Amo um casal...

TETÊ: 😊

ZECA: Te amo. Boa noite, anja.

TETÊ: Te amo mais 😘

Aproveitei o sábado para acordar cedo e me mandar para a Saara, o melhor mercado popular a céu aberto do Rio de Janeiro. Nas lojas você encontra absolutamente tudo: de tampa de vaso sanitário a flor de plástico, de brinquedos a cestas de palha, de baldes a eletrônicos, sem contar com as fantasias de Carnaval, sempre maravilhosas. Ao contrário do que você pode estar pensando, o nome não tem nada a ver com o deserto, significa: Sociedade de Amigos das Adjacências da Rua da Alfândega. Por isso muita gente fala "vou dar um pulo no Saara" em vez do certo: "Vou fazer umas compras na Saara". Impressionante o poço de conhecimento que eu sou. Impressionante.

Era chegada a hora de transformar parte do meu quarto em um estúdio minimamente arrumadinho, bem LGBTQIAPN+, com direito a arco-íris, quadros coloridos...

Falando em cor... eu PRECISAVA de uma parede colorida! Mas de que cor, meu Deus? Entrei em uma loja e peguei o mostruário. Não demorei para escolher. Assim que li "Verde Alegria", decidi que essa seria a cor do meu "estúdio", por motivos autoexplicativos, *néam*? Comprei uma gambiarra para dar um ar de Toscana ao meu quarto, um urso rosa de pelúcia, gigante, que vesti com uma camiseta com a cara da Britney, um regador roxo para botar as flores amarelas de plástico que também adquiri, luzes coloridas para pregar na parede... ia ficar lindíssimo!

Em casa, fiquei um tempão com a minha mãe ouvindo Madonna e redecorando o quarto que, dentro de poucos dias, abrigaria o novo Zeca que estava nascendo. Não que eu estivesse virando outro Zeca. Era só mais um, porque sou vários, várias, sou livre, sou todxs.

Pintar parede deu um trabalho do cão. Cansei e deitei na cama.

— Ô, Zeca, você acha que eu sou circo? Cabe mais palhaço aqui não, amor. Se ficar deitado nessa cama, eu também vou me deitar, porque tenho mais o que fazer.

Me segurei pra não rir. Eu não sou assim à toa, percebem?

— Mãe, tá doida? Parei dois segundos pra descansar!

— Deixa de ser cínico, José Carlos. Tá aí há uns dez minutos com cara de paisagem e eu aqui fazendo tudo sozinha. Não eduquei filho pra ser folgado, não. Eu, hein! Isso é abuso, tá?

— Que injustiça, eu sou zero folgado! — menti. Sou folgadíssimo, folgadésimo, desde pequeno.

— Todo folgado tem um sufocado que se sufoca pra manter a folga do folgado. E. Eu. Não. Sou. Dessas. Fui!

Ela disse isso e saiu batendo pé e a porta, irritadíssima. E hilária. Eu gargalhei.

— Eu tô ouvindo! — gritou ela lá da sala, me fazendo rir mais ainda.

Eu tinha chamado minha gangue da época da escola para me ajudar naquela tarde. Em pouco tempo, Tetê e Dudu estavam lá para me dar uma força. Davi eu não chamei porque ele é o gay com o pior senso de estética que eu conheço. Por mais que eu não tivesse mais tanto contato com a Laís, chamei, porque mão de obra nunca é demais e ela é forte, sabe? Mas ela estava em Búzios com a Samantha. Valentina, rica, estava na França estudando moda, e eu só pude avisar por mensagem o que estava fazendo, mas ela vibrou tanto por mim no Facetime que foi como se tivesse me dado um abraço apertado pessoalmente. Fofa a Valentina Pequenina ex-Vaquina e agora minha Amiguina.

— Prontos? — perguntei.

E foi um tal de arrasta cama, muda poltrona de lugar, prega coisa, pinta, arruma, tira, bota de novo, ajeita, posiciona *ring light*... O tempo voou. Pedimos um temaki de um japinha bom, bonito e barato que tem perto da minha casa e, enquanto comíamos, Tetê puxou assunto.

— E aí? Já ensaiou?

— Ensaiei o quê, gente?

— O que você vai falar enquanto maquia o Ted Bereb...

— Só eu posso chamar ele assim. Pra você é só Ted mesmo.

Tetê revirou os olhos, rindo.

— Zeca, você precisa ensaiar, ver como se movimenta com a câmera do celular ligada o tempo todo...

— É, Zeca. Tem que testar antes equipamento, enquadramentos, luz... — completou Dudu.

— Primeiro tem que escrever o roteiro, as piadas... Ai, Zeca, tenho que te ensinar tudo?

— Afe! Criei um monstro, né, Tetê?

Rimos todos, e eu decidi:

— Então bora. Vem, Teanira.
— Eu?
— Tem outra Teanira neste quarto?
— Vem o quê? Você vai me maquiar, Zeca? — disse ela, com aquela voz derretidinha e felizinha que eu amo.
— Quer ou não quer?

Ela nem respondeu. Sentou rapidinho na poltrona com aquele narizinho empinado, botou a carinha pra cima e disse:
— Sou toda sua.

Duduau ligou o *ring light*, posicionou o celular e mandou:
— Gravando!

Comecei limpando a pele da Tetê com algodão e, enquanto limpava, conversava com a câmera e com ela.
— Oi, Zequimores, esta é a Tetê. Tetê, pessoas, pessoas, Tetê.

Ela deu um tchauzinho tão fofo para a câmera que deu vontade de socar a cara dela todinha. Coisa *marlinda*!
— Bom, ela é minha melhor amiga. Mas pensa que a pele dela sempre foi essa coisa bela aqui? Não, ela tinha a pele toooda cagada, tod...
— Ei! — reclamou ela fofamente.
— Shhh! É verdade ou não é, Dudu? Quando ela te conheceu, ela era cheia de espinha, eu que levei no meu dermatologista, porque espinha é coisa séria e não dá pra achar que vai espremer e se livrar delas sozinho. Existe uma pessoa que estuda anos para se formar em medicina e se especializar em dermatologia pra você achar que é só tacar pasta de dente no vulcão que tá tudo certo? Não tá! Lembra como você era monocelhuda, amor?
— Vem cá, não sei mais se quero ser cobaia sua. Você só me gonga! — disse ela, fazendo graça.
— Eu sou sincera, amor. Amigo gay mentiroso não rola, tá? Continuando, a Tetê agora tem a pele linda porque cuidou, porq...
— Eu cuido ainda!

— Pois é, milagre não existe. Mas essa base aqui, ó (tá *focââândo*?) é bafônicaaaa! Se você transpira mais que tampa de marmita, tipo a minha amiga aqui, ela é perfeita. Dura nada mais, nada menos que trinte e seis horas, tá, anjonas?! É à prova de lágrima, é à prova de chuva, só não é à prova de mar, porque ninguém vai pra praia maquiada, *néam*? E se alguém que tá assistindo vai, para agora porque isso é crime com pena severa. Olha aqui como a cobertura fica bacana! E não precisei tacar nem um décimo daquela quantidade enorme que muita gente que faz tutorial taca. Não aguento nem ver aquele desperdício. A gente tá aqui para otimizar o tempo e para e-co-no-mi-zar. Até porque a MAC, por enquanto, não tá me dando dinheiro, só produtos maravilhosos, e é tudo tão bom que quero que dure muito, não que acabe em dois, três vídeos. MAC, sua linda, se quiser me dar dinheiro além de produto, fica super à vontade, tá?

— Pra mim também! — gritou Tetê. — Dinheiro não, que não tenho essa cara de pau. Mas produtos siiiim!

— Pra mim também! — Dudu fez coro. Tetê fez cara de espanto.

— Pra dar pra mim, amor?

— Não, senhora, deixa de ser fominha. Por que é que homem não pode usar maquiagem, gente? Onde é que tá escrito isso? Olha Dudu aí, todo abatido, parece que levou um soco em cada olho. Não adianta ter muitos dias de vida se não tem vida nos seus dias. Essa cara do Dudu tá mais pra Walking Dead que qualquer outra coisa. Depois eu dou um *glow* em você, Duduau! Voltando aqui...

E assim foi. Sem frescura, sem reboco, tudo com leveza, descontração e dicas de maquiagem. Em muito pouco tempo, o vídeo estava gravado. Não deu nem meia hora. Dudu e Tetê rolaram de rir das bobagens que eu falei durante a conversa, que acabou caindo em autoaceitação, já que a Tetê não se dava bem com o espelho quando me conheceu. Falamos da importância de se cuidar por fora, sem exageros, claro, para ficar melhor por dentro. Lembramos de nossas histórias enquanto eu ensinava a fazer o côncavo no olho, a "quebrar a cara" com base ou pó mais escuro para afinar o rosto... também ensinei truquezinhos, como o de colocar umas gotinhas de álcool na sombra ou no blush caso eles caiam no chão e se despedacem (uma das sombras que usei nela tinha se acidentado no mês anterior e estava novinha em folha para ser usada por conta desse truque), cantarolei, entrevistei a Tetê e o Dudu... Enfim, me diverti horrores.

— É esse seu vídeo de estreia — afirmou Dudu.

— Não! Isso era só ensaio, doido! — falei.

— Não, não. Deu muito certo! Você nasceu pra isso. Edita e publica.

— Mas e o Ted? — perguntou Tetê. — O Zeca já tinha combinado com ele.

— Amor, ele pega a deixa da minha olheira e maquia um homem no segundo vídeo. Aliás, você me deve essa, José Carlos.

— Pelo amor de Getúlio, Dudu! Fiquei nervoso agora!

— Esquece isso! Segura na mão de Getúlio e vai! — encorajou Tetê.

— Mas o cenário ainda não tá pronto, minha pele tá brilhando, meu cab...

— Para de se boicotar e posta logo essa porcaria desse vídeo! Se não a gente nunca mais vem te ajudar a arrumar nada! — ordenou minha amiga.

E eu obedeci. Postei o vídeo no dia seguinte, no fim da tarde.

Capítulo 8

QUANTO MAIS EU CHEGAVA PERTO DO PORTÃO DA PUC, MAIS MEU coração acelerava. *Tum tum tum tum*, por que é que ele estava daquele jeito? *Tum tum tum tum*. Sério, fazia muito tempo que ele não batia assim, rápido, correndo, tomando conta de toda a caixa torácica, como se eu tivesse corrido uma maratona.

Tum tum tum tum tum. Acelerei o passo para tentar justificar a *rave* dentro de mim. *Tum tum tum tum*. O que estava acontecendo? O retorno do vídeo estava sendo lindo. Já tinha passado de duas mil reproduções e até o momento tinha doze compartilhamentos, não era pouco. Eu já estava feliz e realizado. *Tum tum tum tum*, a sensação era de doze marretadas por segundo. *Tum tum tum tum*, será que eu ia ter um troço? *Calma, Zeca, respira*, eu disse para mim mesmo. São só meus amigos que estão vendo? Não! Eles já tinham escrito pra mim no post, eles amaram e me encheram de paz. Agora eram meus não amigos que, além de me ver pelos pilotis da faculdade, me viam pagando mico como influenciador barato. Barato nada, eu ganho coisas da MAC. *Tum tum tum tum*, eu era uma máquina de ressonância ambulante, Nossa Senhora dos Exames de Imagem, protegei meu coração, eu não posso morrer agora, eu não pos...

— Zeca!

Ao ouvir a voz dele e vê-lo caminhar na minha direção, senti o *tum tum tum* se multiplicar por vinte e ficar cada vez mais intenso, mais forte, e entendi tudo.

Eu estava tendo uma crise de ansiedade por causa dele, do Túlio, que naquela manhã parecia uma visão saída de um desfile Armani. Ele estava todo de bordô (e olha que eu odeio bordô!), calça, blazer e gravata, com camisa e tênis brancos em perfeito match. Uau! Uau não para o look, mas para a minha percepção do que aquele professor causava na minha cabeça. Isso que fez meu peito arder.

A opinião do Túlio tinha *esse* peso para mim! Me assustei com a constatação. Talvez pelo passado que ele dividiu comigo, tão parecido com o meu, talvez por ele ser um homem hétero de 40 e poucos anos que podia ser meu pai... Talvez por ele acreditar tanto em mim e eu não suportar a ideia de decepcioná-lo. Será que ele viu? O que será que ele achou? Será que a Joice viu? Será que... A voz dele cortou meu pensamento.

— Que vídeo é aquele com a sua amiga? Ai.

— Gostou? — perguntei, morrendo de medo da resposta, meu nome agora era Poço de Insegurança.

— Claro que não. Óbvio.

Mas tudo bem. Porque... pensa, ele não é meu público, é mais velho, é...

— Eu amei! Vi em looping com a Joice, e ela disse que quer ser sua amiga, pra ser maquiada um dia.

!!!

E de repente, não mais que de repente, o silêncio voltou dentro de mim. E eu respirei fundo, engoli em seco, e meus olhos devem ter brilhado mais que lua cheia no mar, porque vi que ele ficou feliz de me ver feliz. Que lindo...

— Sério? A Joice Araújo viu meu vídeo em looping?

— A Joice e *eu*, pastel! O que você faz ali é maravilhoso! Não é um mero tutorial. Você inventou um talk show que, em vez de famosos, tem gente como a gente, como a sua amiga! Você inventou um jeito engraçado de falar de maquiagem, deu dicas, maquiou perfeitamente, fez rir e, mais importante de tudo... você foi você, Zeca.

E aí foi a vez de o Túlio se emocionar. E foi tão bonito viver aquele momento! Eu podia morar nele para sempre. Eu admirava tanto ele, tanto, tanto...

— Puxa, Túlio... — foi o que consegui dizer. Acho que se eu falasse mais ia acabar chorando.

Ele não era a minha mãe, que iria aplaudir mesmo se eu saísse vestido de melancia. Ele não era nem meu amigo... era meu professor! Professor, essa profissão tão nobre e tão desprezada neste país. Professor de linguística, matéria tão importante na carreira que escolhi. Depois de conhecer sua história, eu passei a gostar mais ainda dele. E era dele, não por mensagem, não por áudio, não por comentário, que eu estava recebendo a opinião mais valiosa e imparcial sobre aquele novo momento da minha vida.

— Quando é o próximo?
— Não sei. Vou gravar hoje com o Beré... c-com o Ted.
— Com o Ted? Que bárbaro! Ótima ideia! E a coisa de misturar maquiagem cara com barata é sensacional. Zeca, você é nota dez, garoto.

E então ele me deu um abraço. Um abraço apertado que, de novo, me deu vontade de chorar. Estava parecendo que eu era bom de câmera, de comunicação, de maquiagem...

— Você é a definição de carisma!

Carisma, você leu certo, foi isso que o Túlio disse. Eu tinha mil emojis agradecidos dançando no meu cérebro, aqueles que sorriem com os olhinhos fechados e cheios de corações em volta, sabe? Não, muito mais de mil! E não só no cérebro, no corpo todo. Eu precisava daquilo para, finalmente, ter orgulho de mim. Sim, eu estava orgulhoso de mim. De ter peitado meu pai, de ter saído da minha zona de conforto, a escrita, para dar a cara a tapa, de ter realizado em vez de deixar para amanhã, como tantas vezes eu fiz.

— Grava logo vários, pra você ter uma frente. Não deixa de postar, mesmo se não der o resultado que você gostaria. Não é hora de se preocupar com *likes*, é hora de se preocupar com a entrega de um conteúdo diferenciado e de qualidade. É hora de se preocupar com o fazer diário. Pode ter certeza de que cada vídeo vai ser melhor do que o outro, você vai ver.

— Caramba, Túlio... Sei nem o que dizer. Tenho nem roupa pra receber um elogio seu.

— Vai receber muitos ainda. Você é um entrevistador nato!

— Que loucura, eu nem tinha pensado nessa coisa de entrevistar as pessoas. Simplesmente fluiu. A Tetê é minha amiga, a gente foi conversando, mas era pra ser só um ensaio, não era pra publicar. Ela e o namorado que ficaram me botando pilha pra postar.

— Que bom. Eu adorei saber como vocês se conheceram, como você a influenciou a se aceitar... Parabéns! Saindo daqui vai gravar, né?

Olhei fundo nos olhos dele, e meus olhos estavam sorrindo como há muito tempo não sorriam. E disse que sim, que ia gravar, sim. Ele avisou que tinha que correr pois estava atrasado para a sua primeira aula e ainda precisava de um café para terminar de acordar.

— Túlio.

Ele se virou, com toda aquela beleza de um Ncuti Gatwa (o Eric, de *Sex Education*, a melhor série da vida!) maduro, e eu disse, do fundo do meu coração:

— Muito obrigado, Túlio. Muito obrigado mesmo.

— Eu é que agradeço. Você é um vencedor, Zeca. Não é

qualquer um que me botaria pra ficar grudado num vídeo de maquiagem. O nome disse é talento. Talento de vencedor, e nunca deixe ninguém te convencer do contrário.

Nem preciso dizer que foi lindo ver o povo da faculdade elogiar meu vídeo durante o dia. "Gostou, divulga! Nunca te pedi nada", eu dizia para quem vinha falar do meu post. "Inédito", "original", "hilário" e "faz mais" foi o que eu mais ouvi durante toda a manhã. Que sensação gostosa.

> **TÔNIA DEMÔNIA**
> Zecaaaa! Pelo amor de Getúlio, como você diz! Que vídeo é esse? Estou vendo sem parar! Parabéns, arrasou muito! Vc é uma mistura de Bial com Fernando Torquatto. Affe! 👏

Gente... Demônia me elogiando! Que demais!, pensei.

> **TÔNIA DEMÔNIA**
> Quero mais ainda ser maquiada por você! A gente pode cantar junto, fazer um dueto. Você é afinado, menino! Adorei você cantando Johnny Hooker!

> **ZECA**
> Imagina, foram só uns versinhos...

Uau. Demônia tinha gostado mesmo. Será que...

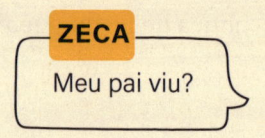

ZECA
Meu pai viu?

Respirei fundo e apaguei. Acho que ela não leu, ela teria falado. Então, num ímpeto, tomei uma atitude extrema.
Telefonei.
— Pai, tá ocupado ou pode falar? Se estiver ocup...
— Oi, Zeca, pode falar.
— Queria saber se você viu meu vídeo — falei, com o coração na boca.
Depois de um suspiro, ele disse:
— Vi. Com a Tônia.
— E aí? Gostou?
— Ela adorou!
— E você?
Por que eu fazia isso comigo? Por quê?
— Eu não entendo dessas coisas, né, filho?
Não entende o quê? Não tem nada para entender. É para ver e gostar ou não gostar, simples assim.
— Tendi.
Silêncio. Eu só ouvia o batidão funk no meu peito. De novo. Meu sangue parecia pulsar em cada centímetro cúbico do meu corpo.
— Você gostar é o que importa, filho. Você gostou?
— Eu amei, pai.
Mais silêncio.
— Então. É isso o que é mais importante. Será que está nascendo um novo maquiador? Espero que...
— Tá nascendo uma estrela, pai — afirmei.
Sim, pelo amor de Getúlio, eu disse isso!

— Isso que é autoestima, parabéns. Olha, deixa eu ir que estão me ligando.

♡

Segui o conselho do Túlio e combinei de maquiar Dade, JP e Ted Berebebear lá em casa às quatro da tarde naquele mesmo dia. Meu quarto já estava mesmo com cara de estúdio de influenciador cool, eu ia aproveitar. Em começo de carreira, mas cool.

No almoço com meu porto seguro que atende pelo nome de Zeni, ganhei o afago que eu merecia.

— Acabei de ver, seu vídeo tá bombando, filho! Tá lacrando hein?!

— Ai, mãe, lacrar é tão 2020.

— Ah, Zeca, você entendeu!

Adoro zoar com ela, me julgue, hehe.

— Mandei todas as minhas amigas postarem.

— Ô, mãe, não precisava...

— Claro que precisava!

— É, precisava. Precisava mesmo — concordei, fazendo ela rir.

— Negócio de engajamento, palhaço. Você que me explicou isso.

— Eu sei, mãe! — falei, rindo. — Ai, mãe, foi tão intuitivo essa coisa de maquiar e bater papo que agora como é que vai ser quando eu não tiver mais ninguém pra chamar? Tô tenso com isso.

— Deixa de bobagem. Quando esse dia chegar, você pensa nisso. Por enquanto, vai só fazendo e brincando de ser feliz, meu anjo.

— Adoro quando você me chama de meu anjo.

— Mas você é! E eu já vi que me lasquei com essa história, né? Vou ser a última da fila.

— De jeito nenhum! Olha, os meninos só chegam às quatro. Quer gravar depois do almoço?

— Óbvio! Tô de *home office* hoje.

Depois que terminamos de comer, enquanto minha mãe lavava a louça, eu fui preparar tudo para receber a rainha no meu humilde aposento. Normalmente, sou eu que lavo a louça do almoço, tá? E sou ótimo nisso. Mas ela insistiu, e eu não sei dizer não para deusas.

Ela adentrou meu quarto com aquela pele linda que nem de primer precisa (mas eu ia botar mesmo assim) e olhou tudo em volta com um sorriso encantador. Sorriso de orgulho. Aquela ali realmente, como disse o Davi, era minha fã.

Liguei a câmera.

— Oi, Zequimores! Como é que vocês estão? Bom, a pessoa que eu vou maquiar hoje é muito importante pra mim. Na real, ela é a *mais* importante do mundo pra mim. A pessoa que só vê coisas boas em mim, a que mais me incentiva, que me bota pra cima, a pessoa que me deu a vida. Para vocês, ela é a Zeni, mas pra mim é meu norte, meu sul, minha rainha, meu grande amor... minha mãe!

Quando olhei para ela, para minha surpresa, ela estava com os olhos marejados.

— Ô, mãe... Chora não... — falei, dando um abraço nela. — Não, chora, sim, e chora tudo agora, porque se fizer isso depois de maquiada eu vou ficar chateado achando que você não gostou!

Ela riu, se ajeitou na minha cadeira, respirou fundo e disse:

— Não vai me deixar com cara de quenga velha, hein, Zeca?

— Hahahahaha! Vocês podem ver que meu humor não nasceu do nada. É de sangue mesmo. Enquanto eu limpo a sua pele com essa maravilhosa água micelar, que eu não ganhei de ninguém, mas comprei com meu dinheiro, me diz: dona Zeni, como é ser minha mãe?

Ela deu uma breve pausa antes de responder.

— É a melhor coisa do mundo, meu filho — respondeu ela, fofinha.

— Só isso? Desenvolve, mãe.

— Você é a coisa mais especial que... ai, Zeca, cuidado com meu olho, seu bruto! — chiou ela, me dando um tapa hilário no braço, maravilhosa, quando enfiei no olho dela, sem querer, claro, o algodão com que limpava sua pele. — Quero que você me maquie com a mesma delicadeza que maquiou a Tetê. Só porque eu sou sua mãe vai virar esculacho? Cê me respeita, garoto!

Eu ria alto! Minha mãe sempre me matou de rir, desde quando eu era criança.

— Zeca, já não tá bom dessa água, não? Gente, vai afogar meus poros! Tem que passar isso tudo mesmo?

— Não, mãe. Não tem. Mas a verdade é que eu já testei. Quando a gente usa água micelar pra limpar a pele, a gente tira o excesso de oleosidade, de resíduos e tal. Por isso, a maquiagem acaba durando mais, fixando melhor na pele, entendeu?

— Hum — fez ela, nada convencida. — Acho meio frescura, mas tudo bem.

Zeni maravilhosaaaaa!

— Sério, mãe. Me fala como é ser minha mãe. Não, melhor: fala como é ter um filho gay. Não, fala os dois! Fala o que você quiser. Anda, eu preciso de material pro vídeo ficar num tamanho decente.

— Ah, Zeca... Já te disse, eu sempre soube. Mãe de gay sempre sabe, não tem jeito. E eu não só sempre soube como sempre amei. Você sempre foi minha sombra, me fazia rir o dia todo e ainda me elogiava, todo apaixonado por mim. Filho gay é o máximo! E o meu ainda me maquia. Chora de inveja, mundo!

Morri, mas prossegui, porque sou profissional.

— Você nunca ficou... sei lá... chateada por eu ser gay? Pera. Chateada talvez não seja a palavra. Ah, apreensiva, preocupada, tensa...?

— Tensa, sim. Mas por um motivo só. O Brasil é um dos países que mais matam gays no mundo, e isso preocupa qualquer mãe. Mas eu acredito na evolução do ser humano, e quanto mais a gente falar disso, mais chance a gente vai ter de mudar o ser humano para melhor. A gente precisa mudar essa realidade, essa estatística. O que me deixaria extremamente preocupada e triste é se você fosse mau-caráter, se roubasse, se fosse viciado em drogas... *Isso* sim preocuparia. Eu tenho o maior orgulho de ser sua mãe, Zeca.

— Ai, mãe, para de ser perfeita! Não posso chorar porque eu fico com cara de sapo, você sabe.

— O sapo mais lindo desse mundo todinho. Vai ser bonito assim lá em casa!

Gente, minha mãe é uma peça! Uma maravilhosa comédia.

— Você vai tacar mais coisa ainda na minha cara? Cadê a maquiagem? Rímel, sombra... Ô, Zeca, eu não tenho o dia todo, cê sabe, né?

— Isso aqui é um hidratante, mãe. Gostosinho, pra base não craquelar.

Ela revirou os olhos bufando. Eu amo quando ela bufa.

— Eu achei que fosse mais rapidinho. Eu tenho que ir trabalhar!

— E assim, mãe, enquanto eu aplico a base com a mão, que eu acho que fica mais leve (e tem muita gente que não tem pincel), o que você gostaria de dizer para as mães de filhos LGBTQIAPN+?

— Pra dar amor. Mãe é amor, né? Eu não entendo como é que tem gente que perde tanto tempo pensando na sexualidade das pessoas. Sei lá, pra mim é tudo tão natural, as pessoas é que problematizam. Acho muito louco uma mãe ou um pai ficar mal com o fato de um menino gostar de menino, ou uma menina se apaixonar por outra menina. Não consigo nem entender. E, ó, não tem nada que "aceitar" ou "não aceitar". Quem tem que aceitar é a pessoa que ama seu filho quando ela for pedida em namoro ou em casamento. O resto não tem nada com isso. E olha: pra namorar o meu filho tem que ser muito especial, senão eu varro daqui. Ai, Zeca, isso faz cosquinha!

— E quem não tiver a cabeça como a sua? Quem for mais... careta, mais retrógrado?

— Que enfie a viola no saco e entenda que amor é amor. Jesus não falou "Amai-vos uns aos outros como eu vos amei"? Não aguento quem fala o nome de Deus em vão pra justificar preconceito, pra justificar violência, ódio, homofobia. Espera, dá uma pausa, deixa eu olhar pra câmera aqui que isso é muito sério. Eita, eu tô linda. Você que tá vendo esse vídeo, que é pai, que é mãe de alguém LGBTQIAPN+, presta atenção: acolha seu filho. Até porque imagine o mundo sem pessoas diferentes de você. Ia ser tão chato! O mundo sem diversidade ia ser um pentelho branco. Digo isso porque não tem nada mais deprimente que pentelho branco. Quem já passou dos 45 vai me entender.

— Manhê! — gritei, antes de explodir numa gargalhada.

Zeni nasceu para as câmeras, até isso eu havia herdado dela. Só não tinha ideia.

— Quero fazer um apelo aqui também aos pais de filhos homofóbicos. Eles não são assim à toa. Olhem para dentro, conversem seriamente com vocês mesmos, e depois com eles. Tirem o ódio do coração deles, expliquem que amor não tem cor, não tem gênero, não tem cara. Amor é só amor. Só ele salva. Como é aquela música do Lulu? "Consideramos justa toda forma de amor", né? Pode botar essa pra encerrar o vídeo, hein, Zeca? Ou tem que pagar? Se tiver que pagar, bota outra. Nossa, sou ótima dando ideia pro meu filho. Que dupla incrível a gente, hein, gente?! — concluiu ela, dando um tapinha na minha mão.

Em uma hora e meia, eu terminei, com direito a dicas para colar cílios e tudo. E ainda disse que cílios é o plural de cílio, que não existe "um cílios", como ouço muita gente falando por aí e quase morro do coração. Sim, eu sei gramática.

Foi lindo, emocionante e engraçado como meus textos. Essa sempre foi a minha proposta com o blog e eu estava, sim, conseguindo traduzir a alma dele para aqueles vídeos. E ficando cada vez mais confiante.

Minha mãe foi uma *excelente* entrevistada, e ficou mais linda ainda maquiada. Fiz uma coisa leve, e ia colocar como título do vídeo "*Make* de ficar em casa". (Eu sei, eu disse que não gosto muito de falar *make*, mas geral gosta, então ia ser *make* mesmo. Eu queria agradar e engajar, me deixa.)

Eu estava editando o vídeo quando a campainha tocou. Olhei para o relógio: quatro da tarde.

Capítulo 9

— NOSSA, A SENHORA É MESMO LINDA! BEM QUE O ZECA SEMPRE falou — elogiou Dade, ao chegar com JP.

— Linda e elegante. Ele sempre disse que a senhora tem porte de bailarina sem nunca ter feito balé — complementou JP.

— Eu tive a quem puxar, né, *mores*? — zoei, já levando os dois para o meu quarto.

— Ah, a beleza você puxou de mim mesmo, porque seu pai é pior que trombada de jegue com Kombi velha.

Rimos todos.

— Querem pão de queijo?

— Sim! — gritei, achando ótima a ideia.

— Vai fazer então, Zeca! Pode deixar que eu fico aqui conversando com seus amigos. Aqui em casa é assim. Se deixar, o Zeca não faz nada. Nada!

— Que mentiraaa! — falei rindo, já caminhando rumo à cozinha.

Enquanto tirava o pão de queijo do congelador e botava o forno para pré-aquecer, fui tomado por uma sensação muito boa. Era uma intuição de que aquela brincadeira ia dar certo, e de que, mesmo se não desse, era aquela história: o importante não é a chegada, mas o caminho que a gente percorre até lá.

Nossa, eu estava muito livro de autoajuda. Mas era verdade. Eu estava me divertindo com gente que eu amava, praticando maquiagem, que eu amava também, e sendo feliz. Genuinamente feliz.

Acabei me juntando a eles quando voltei para a sala e ficamos de papo até chegar a hora de tirar o pão de queijo do forno. Ver minha mãe conversando com meus amigos, fazendo os dois rirem com causos da minha infância, foi especial. Eu meio que saí um pouco do meu corpo para olhar a cena de longe, de cima, e achei lindo. Como era fácil gostar da minha Zeni.

Ted Berebs mandou mensagem dizendo que ia chegar mais tarde, porque tinha ido ao médico e a consulta tinha atrasado à beça. Ficamos mais um pouco na sala, e Dade e mamãe já eram melhores amigas de infância. JP estava meio deslocado, mais calado que o habitual, parecendo sem jeito, sem saber onde botava as mãos.

Aquele garoto era um enigma para mim. Eu o adorava, mas ele, apesar de me adorar também (quem não me adora?), não me deixava entrar. Parecia vestir uma armadura que sinalizava para todos até onde a gente podia ir. Por fora era todo moderno, cheio de atitude, estilosão, mas por dentro sabe-se lá o que ele tinha. Dade, não. Dade era dada, conversada, animada.

— Ficou uns cinco anos mais novo sem barba, JP — comentei.

— Tirei um pouquinho, gosto de variar — disse ele, com aquele delicioso sotaque pernambucano. — E achei que sem barba daria pra você fazer mais coisas.

— Ah, que fofoooo!

Findo o pão de queijo, levei os dois para o meu quarto/estúdio e comecei com a Dade, com quem eu não conversava muito fora da faculdade e da padoca. É tão bom conhecer melhor as pessoas! Como eu gosto de gente, impressionante. Outro traço que herdei do gene de dona Zeni.

Gosto de me aprofundar nas histórias das pessoas, e a da Dade era linda. Caçula de três irmãos, ela sempre foi o patinho feio da casa. Enquanto eu a maquiava, contou que nasceu de sete meses e quase não vingou. A gestação dela foi bem complicada e ela ficou dezoito dias na UTI depois de nascer. Seu nome é Piedade porque sua mãe, devota de Nossa Senhora da Piedade, prometeu batizar a filha com o nome da santa caso ela sobrevivesse. Dito e feito. Tadinha, parei na hora de achar o nome feio.

Durante nossa conversa, ela abriu o coração com uma honestidade ímpar. Contou que, por ser pequenininha e franzina, sofreu muito bullying na escola e passou maus bocados por isso. Que foi diagnosticada com TDAH, o transtorno do déficit de atenção e hiperatividade, e que achou que nunca conseguiria se formar na escola, quiçá entrar em uma faculdade, já que era muito difícil se concentrar, focar em uma coisa só.

Os pais dela brigaram muito por conta do seu tratamento (seu pai sempre foi contra o uso de medicação e a mãe, a favor). Durante muito tempo, ela desejou ter morrido na UTI neonatal. Ela se achava um estorvo para os pais, um motivo de desavença. Sentia a falta de paciência da mãe com ela, mas também o amor.

— Ela errava no tom, nas palavras... mas era por amor, hoje eu sei — contou Dade.

— É o que eu digo: quem tem amor em casa, tem tudo — falei, enquanto passava o rímel.

— Sabe, fiquei muito lesada com o remédio, odiei. Virei outra pessoa, foi desesperador. Eu conseguia me concentrar pra estudar, pra ler e tal, mas não era eu. Não parecia eu. E é horrível a sensação de não se reconhecer no próprio corpo, Zeca. Pedi para os meus pais me darem um voto de confiança, e eles deram. Fui fazer terapia, mergulhei no mundo dos óleos essenciais, tem vários maravilhosos para foco e atenção, entrei na aula de ioga, fiz acupuntura, entrei na nutricionista... Comecei a comer mais alimentos ricos em ômega 3, que aumentam a atenção e influenciam inclusive a qualidade do nosso pensamento... enfim... acabou dando certo.

Nesse momento, minha mãe entrou no quarto.

— Ih, desculpa, filho... Fiz suco de melancia... Vou deixar aqui. Desculpa, eu nunca entro sem bater, desculpa — disse ela, enquanto saía de fininho.

Claro que isso entraria no vídeo, ópfio. Rimos todos, e Dade prosseguiu:

— Tenho muito orgulho de mim e dos meus pais por permitirem que eu voltasse a ser eu, em vez de ficarem trocando toda hora de psiquiatra e de remédio. Os dois só faltaram soltar fogos quando eu passei no vestibular pra PUC.

— Tem uma música do Chico, uma das primeiras dele, se não for a primeira, que tem um verso que diz "a dor da gente não sai no jornal". A gente não sabe o que as pessoas passam, a gente não vê dentro da cabeça delas, da casa delas. Que história linda, de superação, de força de vontade. Caiu um cisco aqui no meu olho — falei, emocionado.

Rimos e, ao final, perguntei para ela, que tinha se aberto tanto e tão lindamente no nosso bate-papo, o que eu podia e o que não podia usar no vídeo.

— Bota tudo que você quiser.

Arregalei os olhos, espantado. E ela reforçou:

— É sério, Zeca. Pode pôr. Acho ótimo falar disso, botar esse assunto em pauta. Tem muita gente nova que te segue, as mães agora vão seguir também, pra pegar suas dicas. É sempre bom discutir esse tema tão recorrente entre crianças e adolescentes.

— Puxa, Dade... Brigado... Mesmo — falei, antes de dar um abraço apertado nela.

— Imagina, eu é que agradeço. Acho que vou cancelar meu terapeuta e vir aqui me maquiar toda semana com você! Hahahaha!

Depois foi a vez do JP, e, enquanto eu o maquiava para disfarçar algumas espinhas, aproveitei para conhecer melhor a história dele. Com ele não rendeu tanto. JP tinha o coração grandão, no lugar certo, mas era tímido e de pouca conversa. Contou que tinha feito dois anos de Direito antes de ir para Letras, que era filho único e odiava isso, que sua família era pequena e que seus pais nunca foram de muito diálogo. Que na primeira tatuagem ele quase foi expulso de casa e que quando botou o alargador na orelha o pai ficou duas semanas sem falar com ele...

— Eles são caretas, acham coisa de marginal, vai entender. Mas sou do interior de Pernambuco, mais precisamente de Petrolina, que fica a mais de setecentos quilômetros de distância do Recife. Tu faz ideia do que é isso? Tudo demora a chegar no interior e eu sempre fui assim, diferente, gostava de roupa diferente, de cabelo diferente, de filme diferente, de gente diferente. Aí já viu, né? Lascou. Virei o louco da família. Quem me entende é tia Belinha, irmã de minha mãe. Ela que me defendia quando eu tinha umas ideias doidas, tipo fazer música pro Carnaval quando eu tinha 13 anos.

— Você compõe?

— Nada, eu só queria estar perto do Carnaval do Recife. Queria sair no Galo, no meio da multidão. Sou louco por frevo, sou louco por Carnaval.

Quanto mais eu o maquiava e conversava com ele, mais bonito o achava. Ele era um cara muito bonito, bem cuidado, bem tratado, cheiroso. E culto. O pouco que falava, falava bonito. Aos poucos, ele foi se soltando, entregou que não sabia ainda se Letras era a carreira que ele realmente queria, que se bobeasse ele mudaria de novo porque não tinha problema nenhum em mudar.

— Desde que a gente veio pra cá, há seis anos, eu já mudei de casa quatro vezes. Mudar realmente não é problema pra mim e pros meus pais — contou ele.

JP agora estava viciado no Carnaval de rua do Rio, mas realizou o sonho de sair no Galo quando fez 18 anos. Foi com tia Belinha, claro. Percebi que ela era uma figura de referência e apoio para o JP.

Por mais que eu puxasse papo, ele não parecia muito confortável falando. Começava a se empolgar e logo a empolgação diminuía. Normal, tem gente que trava mesmo quando está sendo filmado. Independentemente de qualquer coisa, eu tinha certeza de que o vídeo ia ficar bom. É o que eu já sabia e o que o Túlio tinha confirmado. Assim como os textos do blog, não eram todos os vídeos que ficavam incríveis. E beleza! Uau, isso é que é evolução de espírito. Celebrei o dia em que espantei o impostor que morava em mim e disse para ele que aquela síndrome idiota não ia me pegar, mas não ia mesmo!

Pouco depois que Dade e JP saíram, a campainha tocou. Era meu amor, meu Berebs... Arrepiei todo só de pensar que aquele deuso meio gringo, meio brazuca, ia entregar aquele rosto peculiar para mim.

— E aí? Qual vai ser a do seu canal? Já tô louco para ver o próximo vídeo.

— Own, seu lindo! Primeiro que não é canal. Dá muito trabalho e isso, por enquanto, é só um hobby. Segundo que o próximo vídeo vai ser com a minha rainha Zeni. Ficou demais.

— Sério, Zeca? Que máximo!

Contei que falamos muito sobre sair do armário, sobre sexualidade, sobre pais homofóbicos, sobre preconceito, sobr...

— Todo gay tem um pouco de preconceito consigo mesmo, não é?

Gente... Que frase madura. Como era maduro e inteligente e... Menos, Zeca. Foi só uma frase normal. Pertinente e coerente, só isso. Eu estava carente e me apaixonar por Berebs hétero (pelo menos é o que ele era socialmente) seria uma roubada tamanho GG.

— É verdade, tem. Infelizmente tem. Mesmo nos dias de hoje. Mas vamos deixar pra conversar com a câmera rodando?

— Bora lá.

Entramos no meu quarto, e ele elogiou cada detalhe. Reparou na combinação de cores, no bordado da manta jogada na cama, no traço fino do papel de parede. Pessoa detalhista, gosto disso.

— Você tem muito bom gosto, Zeca.

— Você também, já que sabe que eu tenho bom gosto.

Ele riu. Achei lindo ele rindo... Que delícia fazer Berebébson rir...

— Você não pode ficar só fazendo vídeo pro Instagram! Larga de preguiça e cria logo um canal no YouTube.

— Fofura. Brigado, mas não. Eu sou um universitário atarefado.

— Pena que não dá pra trazer o céu de hoje pra dentro do quarto — disse ele. — Que dia lindo, né? Não me lembro de ter visto um céu tão azul como o de hoje.

— *Naquele dia, fazia um azul tão límpido, meu Deus, que eu me sentia perdoado para sempre. Nem sei de quê* — recitei.

— Mario Quintana, né?

Quá morri. Meu Deus, aquele menino não parava de ser perfeito! Sem esconder meu encantamento por ele gostar *and* conhecer um dos meus poetas favoritos, fiz que sim com a cabeça, meio tímido (o que foi estranho, porque eu nunca sou tímido). *Ai, Zeca, para de se apaixonar por hétero! Mas e se ele não for?* O lado emocional do meu cérebro cutucou o racional.

— Eu amo — falei.

— Eu amo também.

Ele disse isso e ficou com o globo ocular bem paralisado no meu por alguns segundos. Eu juro pra você. Gloriosos segundos de cumplicidade, de conexão, sintonia, ah, sei lá qual a palavra, fiquei nervoso. Achei que ele olhou fundo demais. Fiquei entre ressabiado e esperançoso. *É gay? É? Minha Nossa Senhora do Vale, que ele seja!*

Liguei a câmera.

— Zequimores, esse é o Ted, Ted, esses são meus Zequimores. Bom, pra mim ele é Teddy Bear. Ted Bear, Ted Bebebebear, Berebs, Berebébson...

Ele estourou numa gargalhada e eu vi em 3D aquela arcada dentária perfeita, sem uma obturação aparente, sem um sinal de bafo.

"Credo, que lindo", eu quase falei.

— Isso, mas só eu posso chamar você assim, tá? Pra vocês ele é só Ted e ponto final. Bom, vou começar limpando a pele dele com esse adstringente aqui. Berebs, você tem a pele oleosa, você usa alguma coisa? Sabe que pele oleosa parece pele cagada, né, amor? Pode não.

— Não uso nada. Pra que é que serve isso?

Não sabe para que serve adstringente? Zero gay. Droga.

Mas eu ainda tinha esperança. Ele podia estar no mesmo processo do Davi uns anos antes, que certamente também não tinha ideia do que era adstringente quando se descobriu homossexual. Respira fundo e vai, Zeca. Você está aqui para maquiar e entreter.

— Não vai me dizer que você é o tipo de homem que não usa nada na cara? Amor, o mundo dos cosméticos é maravilhoso e está aí pra fazer a gente mais feliz, e mais pobre também. Mas não importa se você é homem ou mulher, eles fazem a gente ficar melhor com a gente mesmo, sabe? Eles são praticamente um livro do Dalai Lama em forma de creme, sabe?

Ele riu de novo. Que bonitinhoooo! Amo que ele ria das minhas bobagens.

— Depois de deixar a pele dele com poros fechadinhos e bem limpinha, vou dar uma hidratada com um hidratante para o tipo de pele dele. Não vai tacar na cara qualquer hidratante, porque isso é o mesmo que cagar no maiô branco, tá? Bom, Tedji Berébson, você disse que eu podia fazer o que quisesse com você, né?

— Super. Sou todo seu.

— Ainnn, não fala assim que eu me apaixono.

— Hahahahahahahahah!

— Então, hoje, pra não ficar me repetindo, resolvi fazer uma coisa diferente. Lembra lá no começo do ano, quando a gente se conheceu e você falou que adoraria ter sardinhas que nem seu pai?

— Você lembra disso?

Fazendo o sedutor canastra, respondi:

— Eu lembro de tudo o que você fala, Berebs...

Rimos juntos e pedi a ele permissão para fazer sardinhas nele.

— Nossa, é sério que dá pra fazer isso com maquiagem? Que da hora, manda ver!

"Da hora" é muito hétero. Ódio.

— Antes, deixa eu colocar um corretivo nessas olheiras que não estão boas, não. Tá cansadinho, amor? Se quiser eu faço massagem relaxante depois da *make*.

Quando peguei o corretivo, rolou outro momento de olhar dele congelado no meu. Prendi a respiração, antes de pedir que ele olhasse para o teto, para que eu pudesse aplicar da melhor maneira.

— Olha aí quanta diferença que faz... Agora vamos ao que interessa. Para fazer as sardas falsas, ou *fake freckles*, se você for meio gringo que nem o Berebs, você vai precisar ou de um lápis de olho marrom ou de uma sombra da mesma cor, caso não role o lápis. Eu vou fazer com sombra porque eu prefiro, mas se joga aí no que você tem no nécessaire. Um pincel fininho com as cerdas molhadas se encarrega de fazer a sombra virar sarda de uma forma natural. Tá sem pincel? Pega um grampo, molha a pontinha e sai sapecando sardinhas. Nariz, bochechas, perto dos olhos... Aí é só pegar um pó pra selar e elas ficam na sua cara por bastante tempo. Não é fácil?

Dei o espelho a ele. É infalível o espelho depois de uma maquiagem bem-feita.

— Gente, não é que fiquei bem? — comentou ele.

— Bem tô eu, amor. Você tá um espetáculo. Leão com ascendente em Beyoncé.

Apesar de a maquiagem ter sido rápida, pude conversar bastante com meu Berebebear. Sobre a dor que foi a mudança dos Estados Unidos para cá, dos amigos que ficaram, do medo de dar errado e não se adaptar no Brasil...

— Com 10 anos, eu achei muita sacanagem meus pais decidirem meu futuro sem me questionarem se eu queria. Fui apenas comunicado e, na época, achei um absurdo. Hoje, claro, se eu fosse pai faria o mesmo, porque eu era criança, pô! Criança obedece, ponto-final. Era só o que faltava eu fazer birra e dizer que não, não vou, serei independente a partir de agora. Era trabalho da minha mãe, e bem remunerado, não tinha como não vir. E meus pais são aquele casal que irrita, que mesmo depois de séculos juntos não se desgruda, eles estão sempre se agarrando pelos cantos, um saco.

— Hahahahaha!

— Tá rindo porque não foi você que se sentiu em segundo plano sua infância inteira. Eu e meus irmãos sofremos com esse amor louco dos dois.

Own, tadinho, vem aqui, vem que eu tiro esse sofrimento! Não falei, só pensei.

A gravação foi ótima. Focamos nas diferenças entre Brasil e Estados Unidos, no que ele sente falta de lá e do que ele não abre mão daqui, dos hábitos, o que ele mais estranhou e o que ele mais ama. Foi muito bacana, ficou um conteúdo diferenciado. Uau. Eu estava montando uma frente muito maravilinda para a minha primeira temporada.

Ficamos conversando depois e nem vimos o tempo passar. Falamos dos vídeos da Dade e do JP também. Berébson era mais próximo deles do que eu.

— Às vezes fico achando que eles tinham que namorar, sabia? — falei.

— Aqueles dois? Nossa, discordo totalmente. Não vejo química nenhuma entre eles. E química é isso, ou tem ou não tem, né? — filosofou meu quase gringo.

— Exato. E quando existe é indiscutível, tipo Julia Roberts e Hugh Grant em *Notting Hill*, né? A gente simplesmente sabe que tá certo, a gente vê.

— É... Qual filme? — Ele fez uma cara de interrogação.

— Ah, não, para tudo! *Um lugar chamado Notting Hill*. Você não conhece esse filme?

— Olha, preciso te confessar que eu nunca vi.

Ah, não! Nunca viu *Notting Hill*. Cem pontos para "talvez seja mesmo hétero".

Então resolvi ser ousado.

— Olha, eu sei que já anoiteceu, mas você topa esticar e corrigir esse defeito horrível da sua existência agora mesmo? Vamos assistir agora?

E para minha surpresa e felicidade, ele topou.

Cem pontos para "talvez não seja tão hétero assim". Só tinha um jeito de descobrir.

Capítulo 10

PEGUEI MEU CRUSH PELA MÃO E LEVEI PARA A COZINHA. FIZ pipoca, peguei duas cocas sem açúcar e nos dirigimos para o meu quarto. Sentamos na minha cama e colocamos *Um lugar chamado Notting Hill*, que é um dos filmes favoritos da minha mãe. Tentei ainda disfarçar o choque com alguém que não se abala quando não viu um filme da Julia. Eu amo/sou Julia Roberts.

Demos muita risada por mais de uma hora e meia, ele amou tudo. E eu fiquei muito amarradão por ter apresentado a ele essa pérola cinematográfica. Depois do final feliz na tela, congelamos nossos olhares novamente. E dessa vez eu não tive dúvida: ele queria. Ele me queria.

Se Ted era ou não gay, se era ou não a primeira vez que ele desejava estar intimamente com um homem, não sei. O que eu sei é que ele, naquele momento, estava querendo muito me beijar. E também sabia outra coisa: eu estava decidido a beijá-lo.

Depois de alguns segundos daquele delicioso e infinito momento de olho no olho, olho na boca, olho no olho, olho na boca, eu fui para cima dele. E que boca macia, que boca gostosa, que linguinha perfeita e em compasso com a minha. Hum, que delícia. Num primeiro momento, ele recuou, mas não demorou muito para se entregar.

Até recuar de novo.

— Desculpa, Zeca... Eu... eu... eu não... — Ele baixou os olhos. E eu baixei os meus. — Eu não quero... eu não... não tá certo. Eu, eu não sou gay.

Suspirei arrasado, sem conseguir disfarçar minha tristeza, minha decepção. Como é difícil ser gay, gente! Como é difícil... será que um dia ia ficar mais fácil?

— Putz... *my bad* — falei. — Achei que você queria.

Ele respirou fundo e, com palavras, botou toda a sua sinceridade para fora.

— Por um momento eu achei que queria também, Zeca. Mas... não... nada a ver. Seu beijo é bom, não me leva a mal, mas quando a gente começou a se beijar, eu simplesmente entendi que não era pra gente estar se beijando — explicou ele, me rasgando inteiro por dentro.

Mas mantive a linha. Minha fisionomia estava pleníssima.

— Eu gosto de mulher. E, mais do que isso, eu gosto muito de você. Como amigo!

Isso, corta meu peito com essa faca afiada que atende pelo nome de língua, quase gritei, dramático. Mesmo com a nobreza que é tão minha, tive vontade de falar aquele palavrão que começa com *pu* e termina com *erda*, mas logo depois ele disse, da forma mais linda e elegante, uma das palavras mais bonitas que existem:

— Desculpa...!

Ah... Desculpa? Sério? Como é que eu vou te odiar e te xingar com você se desculpando por gostar de mulher? Eu quase retruquei, mas só pensei aquilo. Ai, como sou dramático. Vê se eu tenho que odiar um cara porque ele não quis me beijar? Ele só é bobo, porque meu beijo é ótimo.

— Por que você me beijou de volta, então? — perguntei, genuinamente curioso.

— Porque... porque me deu vontade de te beijar. Porque te admiro, porque gosto muito de você, admiro muito a sua garra, seu jeito de fazer acontecer. E você é bonito, é gente boa... Se eu fosse gay, eu adoraria namorar você.

— Ah, Berebs, que saco! Vou ficar torcendo para que você se descubra gay. Ou pelo menos bissexual.

Ele sorriu constrangido, e a sensação era de que a palavra "desconforto" tinha se materializado no meu quarto. Na companhia de "estranhamento", ela entrou pela janela aberta sem pedir licença e ficou ali, entre mim e o Berebinha.

Ai, Berebinha foi péssimo, parece perebinha.

— Vou nessa, tá?

— Claro, te levo na porta.

Ele estancou quando estava quase saindo do meu quarto, se virou para mim e pediu:

— Não comenta com ninguém sobre isso, tá?

— Imagina. Não é toda bicha que é fofoqueira — tentei fazer piada.

Berebs não riu. Saiu da minha casa meio cabisbaixo e me deixou com pena de mim, com pena de um bando de *bees* de 18 anos que deve ser igual a mim. Vira e mexe a gente torce para um amigo hétero que a gente adora ser gay também ou se descobrir gay. Não sei qual era a do Berebs, ele sempre lidou bem com as minhas brincadeiras, rola de rir quando elogio o tamanho do pé dele, que "parece uma lancha, imagina o...". Nem lembrar disso me fez sorrir. Pelo contrário, meus olhos se encheram de tristeza.

Que difícil ser eu. Por que é tão difícil alguém gostar de mim?

Um pouco depois que Berebs saiu, Tônia me ligou e percebeu que minha voz não estava boa. Mas logo desconversei. Bonitinha, ela queria cantar pra mim um trecho da música que estava compondo para o nosso vídeo, para ver o que eu achava.

Se você acredita, rapaz
Segue seu coração e é da paz.
Não é o outro que tem que dizer
O que você deve ou não fazer.

Menina, não é que a música era boa? Falava sobre ela, sobre mim, sobre todo mundo que corre atrás de um sonho ou, simplesmente, da felicidade.

Percebendo meu astral, ela perguntou se eu não queria ir para a casa dela. Achei um encanto, mas já estava bem tarde. Além disso, encontrar meu pai depois de levar um toco realmente não era bem o que eu almejava. Disse para ela que preferia ficar quietinho, que estava cansado de gravar o dia todo.

Antes de dormir, terminei de editar o vídeo da minha mãe e resolvi postar.

Quando acordei na manhã seguinte, fui dar uma olhada na repercussão do vídeo.

Levei um susto.

Estava com mais de doze mil reproduções e sessenta e seis compartilhamentos! E eu tinha postado tipo uma da manhã, ou seja, aquilo ainda ia crescer.

Pulei da cama e entrei no quarto da minha mãe para acordá-la com muitos beijos agradecidos. Primeiro, ela ficou meio pau da vida por eu pular em cima dela quando ela ainda estava entregue a Morfeu. Mas depois, quando conseguiu entender o que estava acontecendo, e mais, a dimensão do que estava acontecendo... ela chorou.

É, chorou. Chorei também. Choramos juntos. Um choro de soluçar e rir junto, um choro de espanto, de encanto, um choro de "COMO ASSIM?".

— A gente viralizou! O que era pra ser uma brincadeira viralizou! — falei, sob forte emoção.

— É porque você é coração, Zeca. Tudo que você faz é de verdade por causa disso.

O coração dela é especial, meu amor.

— Olha as mensagens, mãe! Olha essa: "Zeca, não te conhecia, mas já te amo. Obrigada por espalhar amor num momento de tanto ódio descabido. Quero botar sua mãe e você num potinho e... se estiver solteiro, chama aqui".

— Olha eleee! — gritou minha mãe, enxugando as lágrimas. — Até pretendente eu te arrumei, hein? Fala sério, eu arraso demais, arrasei demais fazendo filho!

— Arrasa sim, mãe. Mas pretendente é tão antigo...

— Antiga é sua mãe! — disse ela, tacando o travesseiro na minha cara, às gargalhadas.

— Sério, mãe. Você é a melhor do mundo fazendo filho, criando filho, educando filho, passando para ele os melhores valores...

— E fazendo vídeo com filho! — falou ela gargalhando e me abraçando.

Continuamos a ler os comentários e vimos que também tinha mensagem de ódio entre eles. Óbvio, porque odiar é quase sinônimo de internet. "Que imoral uma mãe apoiar sem-vergonhice de filho", "Você é mãe mesmo ou é o demo disfarçado de gente?". Pesado.

Só que eram muito mais mensagens de incentivo, elogio e amor do que qualquer outra coisa. "Por mais mães como a

Zeni", "Veja até o fim e ganhe seu dia", "Um tapa na cara dos homofóbicos", "Não é sobre aceitar, é sobre amar", "Um mundo com mais Zenis seria colorido como um arco-íris", foram algumas das formas carinhosas que as pessoas do bem estavam usando para espalhar meu singelo vídeo por aí.

Fiquei com ela de conchinha na cama, lendo os comentários emocionado, ainda sem entender direito a dimensão de tudo que estava acontecendo. Até o dia anterior, eu era um aspirante a escritor que de repente passou a explorar as redes sociais de uma nova forma.

— O que será que vai acontecer? Será que eu vou ficar famos...

— Não pensa no amanhã, meu amor. Pensa no agora. Se o mundo acabasse daqui a cinco minutos, você já não ia estar superagradecido com tudo isso?

Fiz que sim com a cabeça. Claro que sim.

— Então. Curta o momento, viva o presente. É só ele que a gente tem.

Eu nunca quis ser famoso. Pelo contrário. Eu sempre rezei para ser invisível, porque seria melhor do que levar soco na barriga aos 8, 9 anos, ouvindo meus agressores, todos da mesma idade que eu, me chamarem de "bicha!" quando me acertavam e me matavam de dor (na alma e na minha inocente barriguinha infantil). E eu nem sabia direito o que era bicha — palavra que ouvia do meu pai também, como já contei aqui —, nem por que era tão ruim ser bicha. Só no ensino médio eu comecei a me aceitar como eu era e a não me importar tanto com esses xingamentos, olhares tortos e todas as formas de preconceito. Parecia que farejavam minha insegurança em ser quem eu era, e aí é que me esculhambavam das maneiras mais vis.

Quando me aceitei de verdade, por inteiro (porque é isso que o Berebs falou mesmo, a gente tem preconceito com a gente, a gente tem vergonha de se assumir para a gente, imagina para o mundo), tudo mudou. Com o apoio da minha mãe, a cada ano eu botava para fora a bicha maravilhosa, estilosa e escandalosa que eu sou. E comecei a fazer rir, e rir ajuda a quebrar muito preconceito, muita sisudez. (Palavra bonita, né? Sou lindo *and* letrado. Como não ser convencido de que sou incrível?) E aí as pessoas viram que não tinham por que ter medo de mim, muito menos aversão. Eu era legal. E por acaso era gay. Fim.

Agora, recebendo essa enxurrada de amor de gente que eu nunca vi na vida, eu só conseguia agradecer a mãe que eu tinha, que me fez ter orgulho de ser quem eu sou.

Na hora em que cheguei na faculdade, olhei o perfil: tinha ganhado quarenta mil seguidores. No intervalo, já eram mais de — senta pra não cair — sessenta mil novos seguidores! Hugo Gloss, David Brazil e Klara Castanho repostaram o meu vídeo. Eu estava *chokito*.

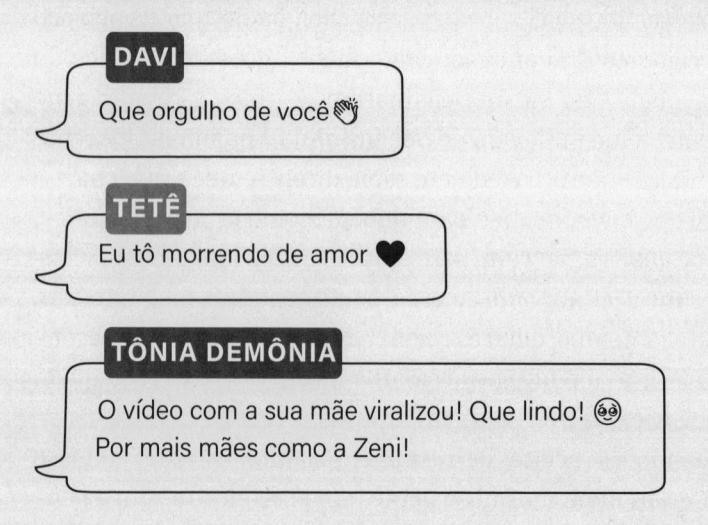

> **DAVI**
> Que orgulho de você 👏

> **TETÊ**
> Eu tô morrendo de amor ♥

> **TÔNIA DEMÔNIA**
> O vídeo com a sua mãe viralizou! Que lindo! 🥺
> Por mais mães como a Zeni!

> **JP**
> Véi, tua mãe tem que ficar amiga da minha. Piramos com o vídeo, parabéns!

Meu WhatsApp estava lotado de mensagens lindas. Que sensação maravilhosa a de se sentir querido... Eu estava nos pilotis ainda atordoado. Eu tinha meio que virado uma celebridade na PUC, e foi muito legal, confesso. Toda hora alguém me reconhecia, vinha falar comigo, até selfie eu fiz com Zequimores, tá?

— Que irado, Zeca! Parabéns, nunca vi isso aqui na PUC — disse JP.

— Se ficar famoso e parar de falar comigo, vou te expor na internet e contar seus podres todos — brincou Dade.

— E esse menino lá tem podre? — perguntou Berebs. Own, que fofinho!

Para minha felicidade, rolou zero clima estranho com meu gringuinho. Ele era muito mais legal que muito hétero que retribui beijo gay e depois recua. Pelo menos ele foi sem preconceito e sem medo. Viu que não era a dele e, com educação e, acima de tudo, respeito, bateu a real e disse o que estava sentindo. Simples assim. As pessoas é que complicam. Nem tocamos mais no assunto e vida que segue. Túlio, aquele deus nagô, passava apressado pela entrada da faculdade, mas parou ao me ver. Estava ansioso para me contar uma novidade.

— Joice ficou louca com seu vídeo. Você toparia dar entrevista para o jornal dela?

— Gente... eu, na televisão? Que tudooooo. Claro que topo!

— Eu não entendi direito, mas acho que é isso, ela quer te levar para a TV. Me mostrou hoje de manhã o seu vídeo, mas não consegui ver tudo porque eu estava atrasado. Mas ela amou, mandou para tudo que é amiga. Adorei. Sabia que você ia arrasar. Mais tarde eu vejo, campeão. Posso dar seu contato para ela? — perguntou, já caminhando apressado rumo a sei lá onde.

— C-claro.

— Ih, agora lascou! — disse JP. — Zeca vai ficar insuportável!

Eu ainda estava atônito e mal ouvi o que meu amigo disse.

Não pude deixar de pensar que, do alto de seus 40 e poucos anos, o Túlio era tudo o que eu queria que meu pai fosse. Mas chega de meu pai.

Ou não.

> **TÔNIA DEMÔNIA**
> Mostrei o vídeo da sua mãe para o Hélio. Posso levar ele no dia que a gente for gravar?

Oi? Gente... Pelo amor de Getúlio! O que estava acontecendo? Meu pai, de novo, *meu pai* queria ir lá em casa? Queria ver a gente gravando? Deve ter gostado do vídeo, então. Será?

Aaaaaaaah! Isso é muito marav...

> **ZECA**
> Pai, Tônia acabou de mandar mensagem!

Eu não resisti, escrevi para ele. Nossa, finalmente meu pai estava dando valor para mim, isso era inédito e muito gostoso de sentir.

> **ZECA**
> Fiquei feliz que você vai lá em casa. ☺
> Vou preparar um ranguinho bem gostoso pra você. Você ainda gosta de rabada?

Já estava dando um Google em receita de rabada quando chegou mensagem dele. *Oba!*, comemorei.

> **PAI**
> 👍

Um joinha. Ah. O emoji mais irritante de todos os emojis irritantes. O emoji mais antipático, antissocial e insuportável já criado no fantástico reino dos emojis.

Tudo bem, pensei, *ele deve estar ocupado*.

E, como era de costume, perdoei.

🤍

À noite, quando eu jantava com a minha mãe e dava a ela a notícia de que meu pai iria lá em casa algum dia daquela semana, ela deu de ombros. Sei que ela não ia com a cara dele, mas sabia que nossa relação era complicada, para dizer o mínimo, e achou bacana termos um evento juntos, como uma grande família feliz.

— Eu não vou cozinhar pro Hélio, nem vem, Zeca.

— Imagina, mãezinha. Eu é que vou. Já tô pedindo ajuda da Tetê na receita. Ia fazer rabada, mas acho que vou de bacalhau, ela vem me ajudar.

O telefone tocou.

— Sem celular na mesa, Zeca, era só o que faltava.

— Mas é o Túlio!

— Não.

— Mas...

— Come e depois liga de volta. Ele não vai morrer se você não responder agora.

Engoli a comida e corri para o quarto quando terminei de lavar a louça. Liguei para o Túlio e foi a Joice quem atendeu.

— Oi, Zeca!

— Oi, Joice! O Túlio me disse que você queria falar comigo.

— Queria, sim! Mandei seu vídeo para uma amiga minha que é da produção do programa *Encontro* e ela amou. Topa ir lá?

— Oi?

— Oi — repetiu ela, rindo.

— Oi, oi, oi?

— Hahaha, Zeca.

— Lá, você diz, é o programa *Encontro*? Eu entendi direito?

— Sim! Isso mesmo. Topa?

— Me amarrota que eu tô passado. Eu já estava quase me urinando de felicidade quando o Túlio disse que você queria me entrevistar no jornal.

Ela riu.

— Ele disse isso? Ele é doido. Acordou atrasado e estava zureta das ideias quando falei do seu vídeo. Não entendeu nada!

Em silêncio, eu só conseguia pensar em caixa-alta: PROGRAMA *ENCONTRO*??? DA GLOBO????

— Ei. Tá aí ainda?

— T-Tô, claro!

— Posso passar seu telefone para a minha amiga? Patrícia é o nome dela.

— Mas é claro que pode, Joice. Claro que pode. Gente... brigado. Nem sei com...

— Não tem nada que agradecer.

— Claro que tem, você mandou meu vídeo pra ela.

— Porque eu sabia que ela ia rir e se emocionar — explicou, muito querida.

— Linda... Só que sua amiga só me conheceu por sua causa.

— Do jeito que viralizou, ela ia te conhecer mais cedo ou mais tarde, Zeca. Dei só uma acelerada no processo.

— Caramba... Eu nem sei o que dizer...

— Você merece, garoto. Muito feliz por ter feito essa ponte. Vai lá, arrasa e manda beijo pra mim! Hahahaha!

Quando desliguei o telefone, estava completamente chocado com o diálogo. Fiquei um tempo em silêncio, atônito, besta mesmo, processando o que estava acontecendo. (E naquele momento eu já estava com 351 mil seguidores!!!!! Na verdade, haja ponto de exclamação para descrever minha alegria.) Respirei fundo, ainda com o coração acelerado e a mão gelada, abri a porta do quarto e fui correndo para a sala, onde minha mãe via a novela das nove.

— Eu Vou No *Encontro*! Eu Vou No *Encontro*!

Surpresa, ela se levantou em um pulo e gritou junto comigo:

— AAAAAAAAAH!!!

Capítulo 11

NA SEMANA SEGUINTE, MAIS PRECISAMENTE NA QUARTA-FEIRA, um carro da produção do programa iria me pegar (sou chique, benhê). E ainda chamaram minha mãe para ir junto. Ela iria aparecer também! Que loucura essa vida! Eu nunca tinha sido tão feliz. Acho que nunca tinha feito bem para tanta gente. E essa sensação não tinha melhor, não.

Chamei o Davi para ir almoçar comigo depois da faculdade e ele chegou com o Gonçalo. Toda vez que eu os via juntos, pensava em quanto o Davi era corajoso por se jogar desse jeito na vida, sem rede de proteção, entendendo o que Gil cantou tão lindamente no século passado, que o melhor lugar do mundo é aqui e agora. Isso é frase para ser tatuada, se não no corpo, dentro da cabeça.

Contei para eles do beijo no Berébson, e Gonçalo, que era uns três anos mais velho que a gente — ou seja, praticamente uma *cacura*, termo gay para homossexual de idade avançada, ou "bicha experiente", "bicha vivida" ou "bicha velha" mesmo —, deu seu parecer.

— É um disparate ser gay na nossa idade e não ter muitos gays para conversar, para nos ajudar a entender quem somos.

— Verdade, Gonça. Sorte que eu tinha o Zeca — disse Davi.

— Ah, mas você ficou quietinho, só veio se abrir depois — falei, fofo.

— Porque é difícil mesmo — disse Gonçalo. — Para quantos amigos héteros eu quis dar de beber pra ver se eles, com a bebida, se descobriam não só gays, mas apaixonados por mim... É um disparate querer converter amigo hétero em gay. Mas acredito que seja recorrente entre os gays.

— Você é inteligente, né, Gonçalo? Fala bonito — elogiei.

— Só vivi um pouco mais que vocês. Errei antes, portanto. Creio que seja psicológico todo gay em algum momento da vida desejar que um amigo *straight* seja gay, mas ainda não saiba. Até porque nos sentimos tão vulneráveis que desejamos alguém "forte", com cara de hétero, para nos defender. Inconscientemente, acho que pensamos e desejamos isso.

Uau. Eu nunca tinha parado para refletir sobre aquilo, mas fazia todo o sentido. É um medo inconsciente que a gente tem. De sofrer bullying de novo, de apanhar, de ser agredido de verdade, de morrer por conta do ódio de gente infeliz. Porque só gente infeliz se importa tanto com a vida alheia a ponto de querer machucar alguém só porque discorda do jeito que esse alguém leva a vida.

— Não faz meu amigo sofrer mais não, Gonçalo...

— Zeca! — Davi me repreendeu, vermelhinho de vergonha.

— Conversamos muito, está tudo certo. Estamos a viver o hoje. Não se sabe o dia de amanhã mesmo... E Davi tem muita gana de ir morar em Portugal.

— Desde quando?

— Desde que conheci o Gonçalo, ué.

Gonçalo estava no celular naquele momento, e falou a frase que eu jamais pensei ouvir.

— Chegaste a quatrocentos mil seguidores, Zeca. Já editaste o próximo vídeo? Tens que correr com isso para manter alto o engajamento.

Sorri com a cara inteira. Quatrocentos mil seguidores? Quatrocentos. Mil. Seguidores. O que estava acontecendo? Nada daquilo tinha sido planejado...

— E agora meu pai vem aqui com a Tônia.

— Tônia? A Demônia morreu? — brincou Davi.

— Bué fixe teu pai ir ter consigo. Davi me disse que a relação de vocês é por vezes conturbada.

— Bota conturbada nisso, Gonça. Meu medo atual é que meu pai queira estar perto de mim porque agora tô famoso. Tipo, não sou bom pai, mas tenho filho famoso, sabe?

Os dois riram.

— Não é nada disso, tenho certeza — apaziguou Gonçalo.

— É, mas não fica criando expectativa, você conhece o seu pai — ponderou Davi. — Toda vez que você esperou alguma coisa dele, você se frustrou.

Baixei os olhos.

— Mas acho que agora, pelo que você falou, ele vem por você mesmo. Deve estar orgulhoso — disse Davi.

Sorri com os olhos.

— E pelo amor de Getúlio, para com isso. Você *não* é famoso.

— Sou sim, Davi! Sou sim, sou sim, sou sim! Fim.

Geral estava me achando famoso, por que eu não podia me achar também? Imagina depois que eu aparecesse na Globo? Ia ganhar mais público ainda, mais visibilidade e mais mimos (já tinha perdido a conta de quantas marcas tinham entrado em contato para me mandar *coisitchas*, mamis nunca mais que ia usar produtos mequetrefes, aleluia). Os meninos foram embora e eu terminei de editar o vídeo da Dade. Nossa, como ficou bonito! Achei que tinha grande chance de viralizar também, por conta do lance do TDAH, da emoção dela, da verdade e da falta de medo de se expor... Confesso que fiquei apreensivo. Depois daquele sucesso todo, eu não podia tacar um vídeo qualquer. Tinha que ser esse.

Apertei o enter, mandei mensagem para ela, dizendo que estava no ar, e fui estudar. Tinha prova no dia seguinte.

Acabei dormindo em cima dos livros, mas acordei com o tanto de *plim* que meu telefone fazia. Era um bando de gente curtindo, comentando e compartilhando meu vídeo. Várias DMs de nutrólogos e endócrinos falando da importância daquele vídeo, psicólogos e psiquiatras me dando os parabéns, outros meio irritados porque discordavam.

Mas, meu Deus, outro público, outro nicho, e um novo vídeo bombando. "Mais um dia de fama, aí vou eu", disse para mim mesmo, depois de me espreguiçar com a baba do sucesso escorrendo pelo canto da boca e vinte e sete mil seguidores a mais.

A roda seguia girando. Vrau!

JP
Zeca, tá muito massa o vídeo com a Dade!

ZECA
Tá, não tá?

JP
Muito! Por isso eu vim aqui pra dizer que sei que meu vídeo não deve ter ficado lá essas coisas. E que se vc quiser a gente refaz outro dia, mas não publica ele agora que você tá com tanto engajamento.

ZECA
Ah, JP, que fofura... Imagina...

> **JP**
> Não! É a sua carreira! Depois da Dade você tem que botar um vídeo minimamente arrebatador, coisa que o meu não vai ser nem que você seja um gênio da edição rsrs

Meu Deus, que coisa mais linda o JP preocupado com a minha audiência. E mais lindo ainda perceber quanto meus amigos se importavam comigo e torciam pelo meu sucesso. Isso não tinha preço.

No dia seguinte, depois da faculdade, saí com a Tetê para comprar o bacalhau e todos os ingredientes do jantar que eu prepararia para o meu pai com a ajuda da minha amiga. Ela inventou um prato (ela estava nesse nível de insuportável, *inventando* receita) que levava, em vez de creme de leite, creme de leite de amêndoas, porque "ficava mais leve, ainda mais para ser comido no jantar", segundo ela. Ela estava cada vez melhor na cozinha, um orgulho. E ela com orgulho de mim e do meu pai, por ter me dado uma brecha para que eu respirasse sem peso no peito.

— Não foi nada disso que eu disse, Zeca — bronqueou ela. — Falei que acho bom ele abrir essa brecha para se *aproximar* de você.

Ok, bronca recebida com louvor.

Ela foi para casa comigo e me ajudou com tudo, a cortar, picar, descascar, porque eu era um desastre na cozinha, mas meu paladar era excelente. Eu intuitivamente sabia que alimentos combinavam e quais não tinham nada a ver. Tetê me elogiou.

Foi uma superamiga. Deixou tudo prontinho comigo e foi embora, para me deixar à vontade com minha família. Era só reaquecer na hora de servir.

À noite, eu já estava uma pilha. Não me lembrava da última vez que meu pai tinha ido lá em casa. Ele e Tônia chegaram cedo, como combinamos. Cauê tinha ficado com a babá para que eles "curtissem apropriadamente o rolê", como explicou minha madrasta.

Convidei meu pai para assistir à gravação com a Tônia Não Mais Demônia, mas ele não quis, disse que não precisava, que ia nos deixar encabulados, vê se pode. Ele ficaria na sala batendo papo com minha mãe e todos jantaríamos depois.

Ao me cumprimentar pela virada na "carreira" de "influenciador", seu Hélio não parecia exatamente orgulhoso, mas ele também nunca foi muito de revelar as emoções. Faz o tipo contido desde que eu me conheço por gente.

— Então vou deixar você e a mamãe sozinhos enquanto gravo com a Tônia. É rapidinho, coisa de uma hora, no máximo.

— Uma hora só, sério? Chocada com você. Achei que gravava muito mais. Mas não é bom ter muito material bruto pra editar, né?

Nem ouvi o que Tônia desandou a falar a caminho do meu quarto. Ela parecia ansiosa e empolgada, e eu achei isso bem bonitinho. Antes de ir atrás dela, dei uma paradinha para olhar para os meus pais. Os dois sorriram para mim, desejaram boa sorte e ficaram na sala beliscando amendoim enquanto tomavam vinho. Eu vivi para ver aquela cena. O passado tinha claramente ficado lá atrás. Todas as desavenças e mágoas pareciam ter ido embora de vez. Foi de cair as duas bandas da bunda.

Meus pais juntos de novo, depois de todo o inferno pelo qual passaram, por *minha* causa. Por minha causa.

Suspirei quase explodindo de felicidade. Senti que, aos poucos, eu e meu pai iríamos nos aproximar, sem pressa, sem horas de distância, com assuntos em comum, com a ajuda da Tônia, que tinha deixado de ser Demônia sei lá por quê...

Obrigado, vida!

Prometi para a Tônia editar o vídeo com a música que ela tinha feito especialmente para mim (Fofuchaaa! Eu gosto de muitas vogais para expressar alegria, me deixa, me deixaaaa!) e combinei de fazer nela uma maquiagem de show, bem tchanã.

Ia ser minha primeira maquiagem mais pesada. *Make* de palco é diferente, tem que aparecer, não pode sumir com as luzes. Mas ela não precisava se preocupar, eu alertei, porque ia ser forte porém suave, como ela, que apesar de alta, com estrutura óssea larga, cabelão e bocão, tinha um quê de fragilidade, de pessoa que quer ser protegida.

Na conversa, a primeira com mais de dois minutos que tive com ela, eu finalmente pude conhecer a mulher do meu pai e olhá-la com outros olhos. Ela contou que enfiou o sonho de cantar bem fundo numa gaveta quando o Cauê nasceu, como se não quisesse resgatá-lo. Foi a morte repentina do pai — que adorava vê-la cantando — que a fez virar a chave, entender que se ela não fizesse o que sonhava desde criança, morreria pensando: *E se eu tivesse tentado? E se? E se?*

— Te entendo tanto... Também pensei assim na hora de fazer os vídeos aqui. "E se" mata qualquer ser humano com o mínimo de profundidade.

— A gente não se dá conta da nossa mortalidade, né? O que a gente tem é o hoje, é o agora, é o que eu falo na música que fiz inspirada em você. É muito inspirador ver a sua disposição para o novo, a sua total ausência de medo de mexer em time que tá ganhando. Quantas vezes eu desisti de pensar em ir para o *The Voice* por medo de as cadeiras não virarem? Quantas vezes fiquei com medo de o Cauê ter vergonha de mim caso isso acontecesse? Agora, não, agora eu quero correr o risco, quero matar meu filho de orgulho. Quero tentar, tô com um frio na barriga bom. E essa força pra acreditar em mim, Zeca, quem tá me dando é você.

Getúlio do céu, me amarrota que eu tô passada!

— É assim que você me vê? — indaguei, bem, beeeeem, bem chocado. — Imaginaaaa! Eu morri de medo! Ainda morro. Mas me agarro nele e vou com medo mesmo! Eu demorei muito a criar coragem. Ficava dando mil desculpas pra não mexer em time que tá ganhando. Pra você ver, né? Olha o que é a internet, a gente é o que a gente mostra e também o que a gente realmente é. Que bom que te dei força, adorei. Ih, pera, vou pegar água para botar na sombra, me dá dois segundos.

Botei no pause e deixei Tônia lá no quarto. Antes de ir ao banheiro pegar água, fui pegar uma banana na cozinha para mascarar a fome. E ouvi meus pais conversando. A rainha estava me elogiando.

— Ele aprendeu tudo sozinho. Nunca fez curso, nunca fez nem uma aula, viu tudo na internet. É dom, Hélio! E olha o que ele tá fazendo com esse dom, olha o que...

— Você não pode estimular essa bobagem, Zeni. Isso é uma bobagem, uma perda de tempo! — sussurrou ele. — A gente paga faculdade pra isso? Pro Zeca virar celebridade? Pro Zeca virar *maquiador*? Maquiador?! Faça-me o favor, mulher, bota a mão na cab...

Ao ouvir aquilo, meu peito foi ficando quente, pegando fogo, e meu coração foi ficando tão pequenininho, tão pequenininho... e eu... eu...

— Desculpa, eu não queria interromper — avisei, entrando na sala, desconcertado. — Eu vou só pegar um pouco de água para terminar de maquiar a Tônia. Já, já tá acabando.

Tentei disfarçar e fingir que não tinha ouvido, mas um elefante branco chamado climão tinha sido largado bem no meio da sala.

Voltei para o quarto arrasado. Qual era o problema de ser maquiador? E celebridade? O que a faculdade tinha a ver com isso? Nem quando eu fazia sucesso ele ficava feliz? Família não tá aí para torcer? O acordo não é esse?

Que coisa horrível ser ele... Que coisa horrível... Horrível e... triste. Muito triste.

Entrei no quarto, e Tônia logo percebeu que algo não estava bem.

— Que foi? Aconteceu alguma coisa? — perguntou ela.

Sem rodeios, fiz a pergunta para a qual eu já sabia a resposta:

— Foi você que obrigou ele a vir, né?

— Obriguei? Claro que não, Zeca! Eu só...

— Você que teve a ideia de trazer meu pai, não o contrário, né?

— F-foi, mas... por quê? O que foi que aconteceu?

— Nada.

— Zeca. Olha pra mim. Nada não foi — falou ela, séria. — Você saiu do quarto alegre e volta com essa cara... Seu pai fez alguma grosseria com você?

— Não — respondi, prendendo o choro. — Eu ouvi ele falando que... ah, não quero falar sobre isso, não. Vamos, deixa eu te maquiar. Maquiar me acalma. Deixar as pessoas mais bonitas, de boa com o espelho, me faz muito bem, Tônia.

Ela sorriu com os olhos para mim. Olhos empáticos e cheios de compaixão.

— Boa, garoto! — comemorou ela. — Zeca, eu quis trazer o seu pai para ele ver como é bacana você fazer da sua arte o seu sustento.

— Sustento, susteeeento, ainda não é...

— Ainda. Mas vai ser, e já tá sendo, de certa forma. E você tem que dar muito valor a isso, porque é muito difícil viver de arte no Brasil. E maquiagem é uma arte.

E nessa hora eu fui invadido por um orgulho gigante de mim mesmo. Ouvir aquilo de uma artista era muito bom. Principalmente depois do banho de água gelada que levei ao ouvir meu pai na sala. Que necessário estar perto de pessoas que botam a gente para cima.

Voltei a acreditar em mim naquele minuto e tive a certeza de que eu, por estar feliz, estava fazendo simplesmente o certo.

— Ô, Tônia... Brigado por me dizer tudo isso.

— Imagina, Zeca, digo de coração, digo com admiração. Sempre gostei de você, mesmo você não indo muito com a minha cara. Baixei os olhos, rindo sem graça. Perguntei se podia voltar a gravar. Ela disse que sim e continuamos nossa conversa para lá de terapêutica.

— Tudo bem não ir de cara com a cara da madrasta, né? — instiguei.

— Tudo superbem. E que bom que o tempo passa e que a gente tá tendo essa chance de se conhecer melhor, de dividir sonhos e vídeo de maquiagem.

Ah, que fofura! Eu gostava mais dela a cada minuto que passava.

— Quero ter a sua coragem, Zeca. Quero viralizar, quero ser selecionada pro *The Voice* e ficar no time do Lulu, quero estourar com uma música minha, quero ganhar a vida com o meu canto. Chega de ser artista frustrada, chega de me esconder atrás do diploma de administração, eu não sou essa pessoa. Eu quero cantar, compor, atuar, entreter, fazer rir, chorar, pensar... Isso é o que eu quero... É pedir demais?

Sorri com os olhos.

— Que bom que resolveu batalhar pelo seu sonho, gata — elogiei.

— Eu quero bombar que nem você. Ver você brilhar e ganhar popularidade tão de repente faz qualquer artista se mexer.

Mas seu pai é esquisito... Ó... Depois edita isso, mas... seu pai é xucro, Zeca. Não liga pra ele, pras opiniões dele.

— Ele nunca me deu força. Pra nada, Tônia.

— Talvez por ele nunca ter tido apoio dos pais dele. Já pensou nisso?

Fiz que não com a cabeça, enquanto caprichava no olho dela.

— Não, mas agora eu só penso nessa pálpebra, que é um verdadeiro parque de diversões para quem ama maquiar, olha isso, gente!

Ela gargalhou e disse que todo maquiador pira com o olho dela, grande e expressivo. Fiz uma *make* inspirada em uma que a J-Lo usou para um Met Gala da vida e Tônia ficou belíssima. Ela parecia ter acendido. A nuvem que meu pai carregava sobre a cabeça parecia deixar qualquer um na sombra, até uma mulher bonita e determinada como minha madrasta.

— Gente, eu tô linda! Como assim? — falou ela, olhando no espelho.

— Maquiagem, bebê. Olha pra essa câmera. Gente, olha esse côncavo, mais profundo que o Atlântico, sente essa boca toda trabalhada no gloss, mais brilhosa que pele oleosa! Se não tiver gloss, já falei, só se lambuzar com a gordura de um frango de padaria, facinho, facinho.

Tônia riu. Pelo menos ela achava graça de mim. Mais um vídeo para a conta. Agora era só editar.

— Posso te dar um abraço? — pediu ela, emocionada.

Abraço? Eita...

— P-pode. Claro...

E Tônia me puxou para ela, e a gente se abraçou bem forte e bem bonito... Ela era ótima de abraço... Que coisa bem boa de sentir...

— Se seu pai não te dá força, vai sem a força dele mesmo. É o que eu tô fazendo. E acho que não ter força de quem a gente ama acaba dando mais força pra gente seguir em frente — sussurrou ela no meu ouvido, antes de dizer que estava roxa de fome.

— Bora comer — falei, enxugando as lágrimas que não consegui prender com tanto afeto e tantos sonhos em comum e desabafos mútuos.

Que mulher bacana... Que ódio de mim por ter criticado tanto aquele poço de doçura. Antes que eu abrisse a porta do quarto, ela segurou meu braço e disse:

— Eu queria te pedir desculpas...

— Desculpas? Desculpas por quê?

— Ah, por tudo, né? Por ter entrado na vida da sua família de repente, por ter tirado seu pai do seu convívio diário... Eu só queria te falar que... eu só queria... quando... quando o Hélio me contou que era casado, eu já estava completamente apaix...

— Tudo certo, Tônia. Você não tem culpa de nada, o errado foi ele. Mas julgando pelo fato de que tanto ele quanto a minha mãe estão bem mais felizes agora do que quando eram casados, foi um erro muito bom de ver meu pai errar.

O alívio no semblante dela me fez morrer de amor. Mas ressuscitei rapidinho.

— Vem, dá mais abracinho, dá.

— E é a primeira vez que ele faz bacalhau, hein? — contou minha mãe, gemendo a cada garfada.

— Mas minha amiga supercozinheira me ajudou, vamos ser justos — falei.

— Ah, mas está demais. Estou me sentindo num restaurante com estrela Michelin.

— Menos, Tônia, menos — pediu meu pai.

Novo CSt, Clima SuperTenso, dessa vez na mesa de jantar, uma delícia. Zeni cortou o silêncio.

— Contou pra eles do *Encontro*?

— Que encontro? — quis saber meu pai.

— O Zeca foi convidado pra ir no programa *Encontro*! E eu vou também! — completou minha mãe, cheia de empolgação e orgulho.

Pronto, lá estava eu ficando exausto de novo pelo simples fato de conversar com meu pai.

Mastigando ele estava, mastigando ele reagiu.

— Olha... Que bacana...

Jurei que ele ia dizer "que bosta", mas foi "que bacana". Com tom de bosta, sabe? Ele disse isso e deu um olhar enviesado para a minha mãe, como se fosse culpa dela o convite para aparecer na televisão, como se fosse culpa dela eu ser quem eu era, eu batalhar para todos os dias fazer do limão uma limonada.

Eu queria muito, mas muito mesmo, terminar de contar sobre essa noite com a frase "O jantar correu bem". Mas não conseguiria enganar ninguém. Nem a mim.

Capítulo 12

OS MEUS PRÓXIMOS MAQUIADOS SERIAM GONÇALO E DAVI, QUE iriam naquela tarde gravar comigo mais dois vídeos para o canal. E eu tinha tido uma ideia na noite anterior, inspirado por... Ney Matogrosso.

Antes de dormir, e depois do fatídico jantar com meu pai lá em casa, mamãe estava lendo a biografia do cantor, de um autor chamado Julio Maria. Peguei o exemplar do colo dela quando fui dar boa-noite e aproveitei para folhear. Minha mãe é viciada em livros, e aquele eu estava doido para ler também.

"Convivo" com o Ney desde pequeno, quando dona Zeni arrumava a casa ao som de "O Vira", que eu amooo, "Sangue Latino" e outros clássicos da carreira do cantor. Minha mãe sempre foi boa de música, e de me apresentar boa música. E, ao contrário da maioria dos adolescentes que conheço, eu era aberto a "música de velho", como meus amigos chamavam as canções que os pais ouviam. Ney Matogrosso é de uma importância ímpar, na música e fora dela. Quebrou padrões, apareceu maquiado em plena década de 1970, com seu timbre especial só seu, agudo e ao mesmo tempo "muito homem", como canta em "Homem com H", dando um tapa na cara da caretice da época, com seu figurino extravagante e sua potente presença de palco. Maquiado com os olhos bem marcados de preto e uma expressão espetacular, o Ney do começo da carreira já era um artista completo — que cantava, dançava, interpretava muitíssimo bem as canções que defendia, um verdadeiro *performer*. E foi justamente vendo as fotos do livro que eu tive a inspiração para o vídeo com o Gonçalo.

Quando ele sentou na cadeira do meu "estúdio" para começar a gravar, eu já fui propondo:

— Gonça, tudo bem se eu fizer uma maquiagem diferente em você? Uma coisa meio Ney Matogrosso? — perguntei.

— Ah, que giro. Meus pais gostam imenso dele.

— Jura? Ah, então a gente pode falar sobre isso no vídeo, sobre nossos pais e a importância deles no nosso gosto musical. E sobre música em geral.

— Muito fixe! Excelente ideia, Zeca — elogiou o tuga. — Vamos falar de música brasileira. Cá no Brasil não se tem por hábito ouvir músicas portuguesas, mas em Portugal somos todos apaixonados pela vossa música, pelos vossos compositores.

— Taí uma verdade.

Davi chegaria um pouco depois, porque tinha combinado de ir a uma exposição com a avó no Instituto Moreira Salles, um centro cultural lindo de viver no alto da Gávea, cercado de verde, com jardim projetado pelo Burle Marx, o famoso paisagista brasileiro, e que era pertinho da minha casa.

Como não tinha nada para pintar a pele do Gonça de branco, como Ney fazia muito, catei na internet umas referências e achei uma foto do cantor bem do comecinho da carreira com uma maquiagem incrível: um dos olhos tinha um círculo preto em volta, indo até acima da sobrancelha, um escândalo, e o outro tinha um círculo vazado, só o contorno do delineador fazendo o mesmo círculo, só que não preenchido. Em várias apresentações ele também usava um batom preto. Fechei os olhos para me concentrar, respirei fundo, liguei a câmera e comecei a conversar com o Gonçalo. Mas ele é que saiu perguntando!

— Vejo que há pouca gente jovem cá no Brasil a ouvir música nacional. A que achas que se deve isso, Zeca?

— Opa! Adoro convidado que entrevista. Cara, eu acho que a minha geração veio com uma espécie de aversão à música brasileira, e não faço ideia do porquê. Porque eu acho que dá pra ouvir de tudo, sabe? Sou zero preconceito, inclusive com música. Por que a gente não pode amar Beyoncé e Iza? Caetano e Bruno Mars? Madonna e Elza Soares? Melim e Justin Bieber? Sei lá, acho muito ruim quem se fecha, sabe? Morro de pena, na verdade.

Passei um gel no cabelo do Gonçalo e botei tudo para trás, para ressaltar bem a maquiagem.

Falamos sobre sair do armário, sobre se assumir para a família, sobre entender que não tem absolutamente nada de mais em ser gay. Falamos um pouco sobre a história dele com o Davi, do medo que o meu amigo tinha de se aceitar, de se ver como gay e da importância que Gonçalo sabia que tinha na virada dele.

— Penso que todos os gays passam pelo momento "eu não quero isso, tenho de curar-me disso". Um amigo meu, brasileiro até, foi fazer terapia e pediu ao psicólogo que o "consertasse", olha que triste.

— Isso tudo vem da sociedade em que a gente vive. E, por mais que se fale disso, a gente ainda esbarra em preconceito. Não tenho paciência pra gente preconceituosa, *dermelivre*!!

Gonçalo riu.

— Acho sensacional tua maneira de falar coisas sérias enquanto estás a maquiar. Tu falas com naturalidade e leveza sobre assuntos muito importantes, muito necessários. Sou teu fã, Zeca — declarou ele.

— Own... Eu sou bom mesmo, né, menino? — descontraí, fazendo-o rir de novo. — Agora momento fofoca. Menino, conta pra gente: você e o meu amigo estão juntos de novo, é?

— Sim... Quando fui embora, disse a ele que não é porque não era pra sempre que não podia ser eterno...

— Aaaaaah. Eu lembro... lindo isso... Mas lembro também do miserê que...

— Eu e ele somos eternos, Zeca, nossa história é eterna. Se vai ser para sempre, aí já não se sabe... Mas o que é que se sabe, não é mesmo? O que sabemos da vida, Zeca?

— Bonito e sábio, afe, não te aguento! Vontade de socar a sua caraaaa! Com amor, claro.

A gravação fluiu linda, falamos de amor, de bonito e giro, de fixe e legal, borbulhas e espinhas, suar do rabo em vez de suar na bunda. Rolamos de rir. Acho que foi o vídeo mais engraçado até então. Se sem *make* o Gonçalo já era bonito, com os olhos realçados, meu Deus...

— Nossa Senhora do Delineador Preto à Prova d'Água, me rabisca que tô a própria pálpebra com primer.

Terminamos o vídeo dançando como Ney, ou pelo menos tentando, porque ele é inigualável.

Eu precisava arrumar o estúdio para maquiar o Davi, que, discreto como ele só, já havia me pedido para fazer algo leve.

Enquanto eu ajeitava o quarto, Gonçalo lia os comentários dos vídeos. "Você está fazendo história com esses vídeos. A comunidade LGBTQIAPN+ precisa de você, não pare nunca", "Sempre gostei de maquiagem, mas tutorial de maquiagem com conversa e gente como a gente é demais", "Eu quero ser maquiada por você", "Tem namorado? Vê seu direct!" e por aí vai.

— Tu podes fazer um concurso para chamar algum seguidor para ser maquiado, já que tens tantos a pedir isso.

— Já pensei, mas não sei... Não sei se quero, pelo menos por enquanto... Trazer estranho aqui pra casa, sabe?

— É, nisso tens razão...

Nesse instante, a campainha tocou. Gonçalo pediu para abrir, para surpreender o Davi, cujo queixo fez cataploft ao cair no chão. Ele ficou bem espantado. Não consegui entender se ele estava feliz, triste ou pau da vida de ver o namorado daquele jeito. Ou só surpreso mesmo.

— E então? Gostaste? — perguntou o portuga. Davi nada disse.

— E aí??? Vai ficar mudo que nem uma múmia, aí parado na porta? — indaguei, nervoso já.

— C-calma — disse Davi, entrando. — Eu só não estava esperando por isso.

— Não importa. Gostou ou não gostou? Anda, desembucha! — insisti.

— Gostei, gostei... É inspirado naquela banda, como é mesmo o nome... Kiss?

— Não, pastel! Quem é Kiss na fila do pão perto do Ney Matogrosso, amor? — brinquei. — Ney está todo fitness, sarado e gato, e eles todos meio largados, com pancinha e pele maltratada. Kiss que lute! Kiss que se dane!

— Ah, o Ney, claro! Poxa... Que bacana, Zeca...

— Bacana mesmo? — duvidei.

— Super. Calma. Eu só não esperava chegar e ver meu namorado completamente diferente.

— Diferente e lindo? — eu quis saber.

— Quando é que ele não fica lindo, me diz?

Os dois deram um beijinho e eu morri de amores.

— Mas isso aí não é tutorial, né? Onde é que a pessoa vai usar isso?

— Ah, Davi, eu sei lá. Posso batizar de "Tutorial para ouvir Ney". Ou simplesmente "*Make* para calar a boca da caretice".

Ele riu. Ufa!

Eu fico tenso com a falta de reações do Davi. Ele é todo travado, nunca sei distinguir se está triste ou com o intestino preso.

— Em mim não vai ser nada assim, né, Zeca? Eu te falei que...

— Fica quieto, Davi, vou só fazer uma pele em você, já não falei?

Davi era meio caretinha, como já tinha dado para perceber. Mas foi incrível ver como ele foi se soltando aos poucos enquanto eu o maquiava.

— Quanto mais eu olho pra você, mais bonito eu te acho com essa maquiagem, Gonçalo.

— Ownnn... Parem de ser lindos! — pedi encarecidamente.

— Olha como realçou o olho dele. E, mais intrigante de tudo, realçou a masculinidade dele. Porque as pessoas falam gay, bicha isso, bichinha aquilo, mas a gente é homem, né? E ele, mesmo com esse olhão pintado, ficou mais viril do que sem maquiagem. Que doideira.

Gente... olha o Davi filosofando e soltinho na marola, pensei, enquanto limpava a pele dele. Ele e o Gonçalo, ao contrário de mim, todo purpurinado e escandaloso, sempre foram discretos. O Davi, então... Nem abrindo a boca dava para saber se dormia ou não na caixa (quem dorme na caixa é boneca, quem não dorme não é, simples assim). Porque tem bicha que de boca fechada é hétero, mas quando abre para dar um oizinho já entrega que é moradora do vale há tempos.

Quando terminamos nosso vídeo (outro que não rendeu muito, porque Davi era tímido e de pouquíssimas palavras), fiquei meio chocho, confesso.

— Que foi? Eu não fui o melhor convidado, né? Eu falei que...

— Ah, Davi... não é isso. Você até que foi ok. Mas agora sei lá. Vou no *Encontro*, certamente meu perfil vai crescer mais ainda e eu... eu vou ficar fazendo maquiagem de ficar em casa pra sempre?

— Gente, mas não era essa a ideia?

— Era, mas sou bicha inconformada, você me conhece. Tô aqui babando pela obra de arte que fiz na cara do Gonçalo e pensando... Quem mais além do Ney pode me inspirar a fazer diferente? *Make* de carnaval eu até posso fazer quando chegar perto da data, mas... Ah, sei lá... Eu tô com medo de ficar desmotivado, ou pior, de cair na mesmice. Não só por não ser todo convidado que rende um bom papo com a câmera ligada, mas por achar que mais do mesmo pode enjoar as pessoas, sabe? Se deixa de ter novidade, o povo não engaja mais...

— Por que você não pensa no problema só quando ele aparecer, amigo? — perguntou Davi.

— Ou, se o Zeca está a se preocupar tanto, por que não fazes mais maquiagens elaboradas? — indagou Gonçalo.

— É! Por que você não ensina *make* de halloween?

— Quando chegar a época, né, Davi? É que nem Carnaval...

— Noiva? — sugeriu Gonçalo.

— Hum, pode ser — fiz que sim, mas desanimado.

E então notei Davi meio que absorto no rosto do Gonçalo. Então, eu o vi dizer para o namorado, sedutor:

— Não tira essa maquiagem, não...

— Ah, para! Eu ando com um ódio de gente transante que você não faz ideia! — reclamei, depois de mais um beijo do casal insuportavelmente feliz. — Eu aqui todo borocoxô, não querendo deixar a peteca cair, e vocês aí, esfregando essa paixão de além-mar na minha cara linda.

Após o beijo, Davi ficou olhando de novo para o rosto do Gonçalo, mas agora como quem analisa uma obra de arte. Ficou um tempo em silêncio, vendo detalhes, estudando as formas.

— Que foi, querido? — perguntou Gonça.

— Zeca — disse Davi. — Se você tá aí todo disposto a mudar e a fazer acontecer, por que você não aproveita essa deixa da maquiagem do Gonçalo e faz, sei lá, maquiagem para teatro?

— Pra teatro, Davi?

— É, pelo menos dá pra você usar seu talento fazendo coisas mais artísticas, de palco sabe? Pra luz especial, como você fez com a Tônia ex-Demônia...

— Hum, palco? — comecei a achar aquelas sugestões inspiradoras.

— Verdade, Zeca! Por que não fazes maquiagens artísticas, para concertos, digo, shows, como dizem cá...

— Gente, vocês acabaram de me dar uma ideia muito louca...

— Conta! — pediu Davi, curioso.

— Eu posso maquiar *drag queens*!!

— *Drags*?! Que inusitado. Mas olha, pode ser muito interessante — ponderou Davi.

— Ah, que bom que você gosta, Davi.

— Tás doido, Zeca?

— Doido por quê, amor? Não vejo absolutamente nada de errado nisso, muito pelo contrário. Sabe que eu gostei mesmo da ideia? Uma *drag* que não é *drag* ensinar a maquiar *drag*... — argumentou Davi.

Gonçalo ficou pensativo.

— Hum... Não sei, não sei se me agrada a ideia... Porque já é outra proposta, não sei... tens de pensar bem, Zeca.

— É, talvez eu esteja viajando. Não ia ter chance de eu fazer isso, não. Meu pai ia enfartar — completei, meio sem pensar.

— O que é que eu já falei sobre seu pai, Zeca? — perguntou Davi.

Baixei os olhos. Ele tinha razão.

Quando os dois foram embora, me permiti navegar um pouco mais naquela ideia doida e, assim como quem não quer nada, comecei a pesquisar sobre *drag queens* no Instagram.

Passei a seguir a Bianca Dellafancy, a Alexia Twister, fui fuçar no perfil da *RuPaul's Drag Race*, que eu já seguia, mas nossos algoritmos não se cruzavam. Comecei a ver *drags* dublando, *drags* no Reels, *drags* no YouTube em performances impecáveis em cima de um salto 15 dos infernos, *drags* se maquiando... *Meu Deus, como elas arrasam na automaquiagem*, elogiei em pensamento. Mas realmente, não tinha vídeo de profissionais maquiando *drag queens*. Fiquei com a pulga atrás da orelha.

E entrando por pouco tempo no mundo delas, parei para pensar o que nunca tinha parado para pensar antes: as *drags* são uma imensa homenagem às mulheres em forma de arte. Nesse minuto em que o tempo parecia ter ficado em suspenso no meu quarto, chegou uma mensagem da Joice.

> **JOYCE**
> Todo mundo animadíssimo pra sua presença no *Encontro*, hein? Acabei de falar com a minha amiga.

Naquele momento, fui arrancado do mundo virtual e jogado no mundo real com força, porque a ansiedade começou a bater forte. O programa seria dali a dois dias. Eu nunca tinha ido a um estúdio de TV. E me expor daquele jeito, ainda mais com a minha mãe na plateia, para dar entrevista, seria... sei lá, um turbilhão de emoções no meu peito.

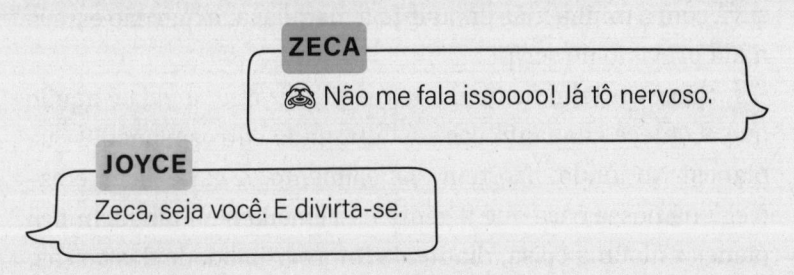

> **ZECA**
> 🙈 Não me fala issoooo! Já tô nervoso.

> **JOYCE**
> Zeca, seja você. E divirta-se.

> **ZECA**
> Posso fazer uma consultoria, já que você é... minha fã?

Perguntei para ela o que ela achava de fazer *make* de *drag*, ou inspirada em *drags*, quanto tinha de loucura naquela ideia, quanto tinha de loucura no fato de eu estar cogitando real.

Para meu espanto, ela não só superapoiou como se convidou para ser minha cobaia.

> **ZECA**
> Mas eu não tenho ideia de como se faz isso.

> **JOYCE**
> Então entra num curso e aprende ué.

Curso? Nossa... Será? Que loucura! Curso de maquiagem de *drag*, gente! Não! Eu não podia... não podia fazer isso... Ia desvirtuar da proposta inicial, como bem colocou o Gonça. Imagina. Se bem que... a proposta inicial, inicial-real-oficial--mesmo, era distribuir dicas para aumentar a autoestima em forma de *texto*. Depois, a ideia descambou para maquiar e ensinar a maquiar só para eu mostrar a cara e diversificar o conteúdo. Mas aí, vrau, viralizei com o vídeo em que conversava com a minha mãe enquanto a maquiava, o que não estava nada previsto no script...

Não é do John Lennon a frase que diz que "a vida é aquilo que acontece enquanto você está fazendo outros planos"? Que planos? No fundo, não tem planejamento. A vida chega e esfrega na nossa cara que a gente não é nada nem ninguém pra planejar alguma coisa, diante da imprevisibilidade das coisas.

A gente acha que vai fazer sol e... cai um temporal. A gente acha que vai viajar e... um imprevisto — bom ou ruim — acontece e muda nosso destino. Então... planejar o quê? Pra quê?

A noite chegou e eu não consegui dormir, porque fiquei vendo vídeos e mais vídeos. Chamei minha mãe para assistir comigo a um documentário maravilhoso, dirigido pela Leandra Leal, chamado *Divinas divas*, sobre as precursoras de todas as Pabllos que existem hoje, com Rogéria e Jane di Castro (já falecidas), Fujika de Holliday, Divina Valéria e outras maravilhosas que, em um momento especialmente repressor da nossa história, sambaram de glitter na cara do preconceito e deram a cara a tapa sem medo de mostrar sua arte, de entreter, de dublar, de cantar, de dançar... Que artistas!

Eu e mamis nos emocionamos e fomos dormir supertarde falando sobre o assunto, sobre o filme. Nem comentei nada com ela sobre minha ideia estapafúrdia de fazer maquiagem de *drags*. Ela é aberta e toda coração, mas confesso que não sabia qual seria a reação dela a isso.

O dia seguinte voou, e nem vi as horas passarem. Fui para o quarto e decidi ver a última temporada de *RuPaul's Drag Race*. É tudo tão maravilhoso! As dublagens, ela falando "lip sync for your life" (em tradução livre, "duble pela sua vida"; amo, bem exagerado, bem *drag*), os jurados, as participantes... Minha mãe entrou e viu que eu estava assistindo ao programa.

— Nossa, quanto tempo que eu não vejo você assistindo ao RuPaul. Você amava uns anos atrás, lembra? Quando você tinha uns 12, 13 anos...

— Ah, amava é exagero, vai.

— Amava, sim, não discute com a mamãe.

— Para, mãe! — eu ri. — Nunca vi uma temporada inteira. Isso é amar desde quando?

— Gente, essa bicha não envelhece. Continua linda, igualzinha a quando cantou com o Elton John.

— RuPaul já cantou com o Elton John?

— Ah, vai me dizer que você não sabia?

— Não! — respondi com mil exclamações. — Quando?

Eu amei o filme sobre o Elton John e amava o repertório dele também, graças à minha mãe.

— Que música?

— "Don't Go Breaking My Heart", uma música de quando eu ainda engatinhava, amor. Mas na década de 1990, se não me engano, ele regravou com o RuPaul. Aliás, é o ou a RuPaul?

— Tanto faz. Ele já disse algumas vezes que podem se referir a ele tanto no feminino quanto no masculino. Mas arrasou na pergunta, dona Zeni.

Ela sorriu e pegou meu notebook para catar o MARAVILHOSO clipe com os dois, em que eles interpretam vários casais famosos, de Cleópatra e Marco Antônio a Maria Antonieta e Luís XVI, de Sonny e Cher a Danny Zuko e Sandy, de *Grease*. É simplesmente muito, muito, muito sensacional. E, realmente, ele não envelheceu nada. Impressionante.

De repente, minha mãe me pegou pelo braço e me puxou para dançar. E foi muito gostoso dançar com ela. Eu cantava as partes do Elton John, ela as da RuPaul.

Don't go breaking my heart, eu comecei impostando a voz.
E ela continuou, bem exagerada, coreografada, toda dada:
I couldn't if I tried!
Oh, honey if I get restless.
Zeca, *you're not that kind*, brincou minha rainha.

— Que delíciaaaa — gritei, ao me jogar na cama com minha mãe, com o coração acelerado de dançar e cantar e me divertir com a pessoa que eu mais amo na vida.

Depois de performar no nosso palco particular e invisível e ver o clipe mais uma vez, ficamos assistindo na minha cama ao reality, e acabei dormindo com o computador no colo. Foi bom, acabei me distraindo e parei de pensar na pilha de nervos que era o meu estado por conta da entrevista do dia seguinte. Meio que acordei quando minha mãe se levantou, me cobriu e me deu um beijo na testa.

— Te amo — disse ela.

— Te amo mais — sussurrei, entre sonhando e acordado.

Capítulo 13

O CARRO DA PRODUÇÃO DO PROGRAMA PEGOU A GENTE EM CASA bem cedinho. Minha mãe, que trabalhava em uma empresa de *branding*, pediu a manhã de folga e falou para todo mundo no escritório nos assistir. Ela estava empolgadíssima, e achava que estava conseguindo fingir naturalidade com a situação, mas eu conheço minha rainha. Ela estava mais nervosa que eu. Só não queria me deixar mais ansioso do que eu já estava.

— Será que a gente vai poder tirar foto com os apresentadores, moço? — mamãe perguntou ao motorista.

— Olha, não sei, mas parece que eles tiram foto com todo mundo — respondeu ele.

Jurandir era o nome do motora. Gente boa, bonitão, ele e minha mãe engrenaram em um papo ótimo, enquanto eu, de fone no ouvido, assistia a mais vídeos de *drags*. Vi até um episódio da primeira temporada de *RuPaul*. Caramba, eles estrearam em 2009! Choquei. Não fazia ideia de que o programa estava há tanto tempo no ar. Que incrível. Não bastasse a produção impecável, o programa é um reality com tudo que a gente gosta, provas, tretas, música. E certamente inspirou muita gente a botar sua diva interior para fora.

De repente, pularam mensagens no meu celular.

TÔNIA
Passando pra te desejar boa sorte. A TV já tá ligada aqui.

ZECA
♥

TETÊ
Ansiosaaaaa! Já deu certo. Manda beijo pra mim!

ZECA
😳

JP
Já deu certo. Tá?

ZECA
♥ 😘

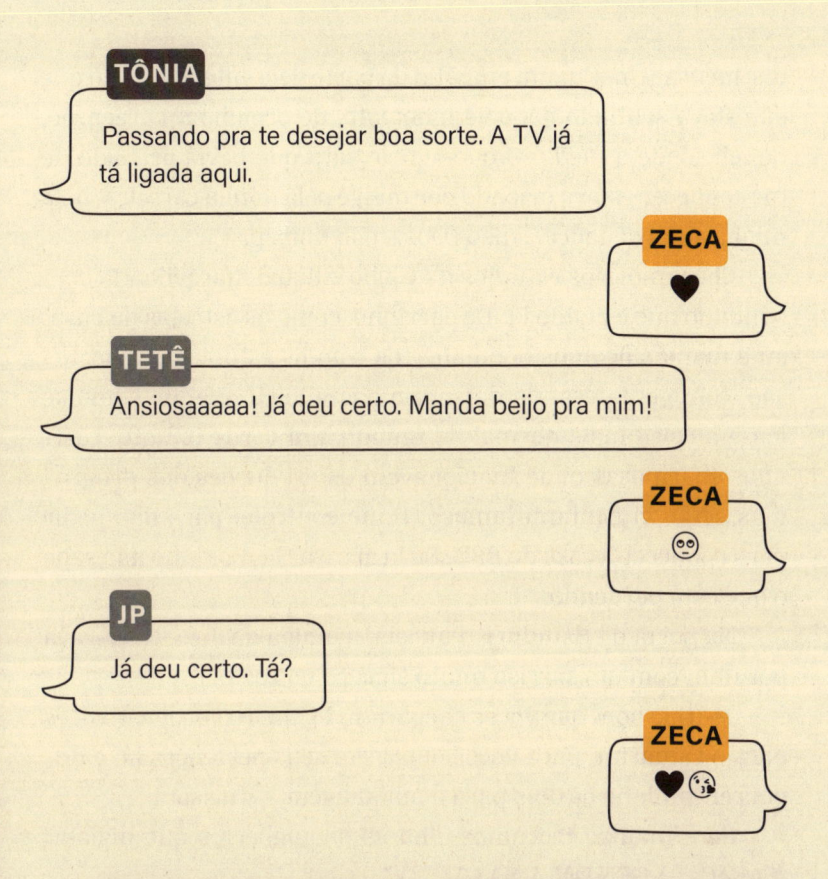

Depois vieram mensagens animadas e queridas do Dudu, do Davi, do Gonçalo, do Berébson e da Dade. Ownnn... que fofos meus amigos! Até o professor escreveu.

TÚLIO
Eu vou estar em sala de aula com o pensamento em você. Arrebenta, garoto. 💪

Fiquei um tempo olhando para a mensagem dele. Era tanta gratidão que não caberia nem em mil balõezinhos com um "obrigado" escrito. Que amor um professor que eu admiro tanto mandar mensagem. Quanta empatia da parte dele entender tudo que eu estava sentindo naquele momento, de orgulho a apreensão, de felicidade a medo. O que aquele cara que havia acabado de me conhecer estava fazendo por mim e pela minha carreira, pela minha autoconfiança... meu Deus... não tinha preço.

Chegamos aos estúdios da Globo e fiquei maravilhado com o mundo que é aquilo lá. De carrinho, como as estrelas da casa, eu e mamãe ficamos boquiabertos com os estúdios em profusão, com gente vestida de século passado circulando como se fosse a coisa mais normal do mundo, um verde infinito, casinhas charmosas onde funcionavam as produções dos programas... Não vi nenhum famoso. E me controlei para não pedir para conhecer a casa do BBB. Eu ia arrasar lá, Boninho não sabe o que está perdendo.

Na porta do Estúdio F, Patrícia, a amiga da Joice, esperava por mim com um sorriso muito sincero no rosto.

— Que bom que vocês chegaram. Primeiro vou levar vocês para o camarim, para vocês deixarem seus pertences lá, e depois encaminho os dois para a maquiagem — avisou.

Eu e mamãe trocamos olhares boquiabertos que diziam: "CARACA, A GENTE TÁ NA GLOBO!".

Lá dentro era um gelo! Bem que todo mundo diz que em estúdio de televisão faz um frio danado. Quase surtei quando vi que na porta do camarim estava escrito Zeca e Zeni. Oi? Fiz uma selfie e postei. "Zequimores, vivi pra ver isso, Braseeeel! Daqui a pouquinho quero todo mundo ligado no *Encontro*, hein!"

Tum tum tum. Eu vesti uma bermuda jeans desfiadinha e botei uma camisa de botão e manga curta com um arco-íris lindíssimo estampado. Mamãe estava com um vestido lindo azul-marinho e bege e um tênis branco. Na maquiagem, fui recebido com tanto carinho que quase chorei. É impressionante o alcance da internet, era muito doido ver o impacto dos vídeos nas pessoas. Cláudia, a maquiadora do programa, quis tirar foto comigo, vê se pode? Uma fofa, contou que tem aprendido muito com meus vídeos. E eu *quá* morri. Foi ela que maquiou a minha mãe, com direito a cílios postiços e tudo.

— Sei que não tenho o talento do seu filho, mas... gostou? — perguntou a maquiadora, doce que só ela, enquanto minha mãe babava por ela mesma no espelho.

— Tá ótimo. Muito obrigada — respondeu Zeni.

Naquele momento eu tive a certeza de que ela estava muito mais nervosa que eu. A respiração meio presa, os ombros quase grudados nas orelhas. Fomos tomar um café e comer uns pãezinhos delícia que estavam em outra sala. Dei a mão para Zeni, e ela estava tão gelada quanto a minha.

— Nossa Senhora da Luva de Caxemira, esquenta minha mão! — clamei.

— Vai beber água — ordenou mamãe ao perceber minha boca desértica.

Água. Muita água. Não tanta, para não dar vontade de ir ao banheiro, eu me recriminei. Depois de um tempo de espera, fomos chamados ao estúdio. Respirei fundo e entrei com o pé direito.

Os apresentadores foram uns fofos, supersimpáticos, e deixaram os convidados muito à vontade. O programa falava de várias coisas legais, sobre superação, sobre sonhos e sobre viradas na vida. Eu entrava nessa gaveta aí, obviamente. Depois da chamada ao vivo, em que falaram quem estaria no programa, já senti o aumento do número de seguidores e engoli em seco.

Eu não podia ficar mudo, eu não podia ficar falante demais, eu não... *Respira, Zeca, respira*, implorei para mim mesmo. A minha cabeça não parava de rodar. Todo mundo lá era tão gentil e gente boa que não dava brecha para o nervosismo entrar. Até porque ele já tinha entrado em cada célula do meu corpo, eu queria mesmo era que ele saísse, hahaha!

Meu celular tremeu. Uma pontinha verde de esperança se acendeu no meu coração, mas não, não era o meu pai. Era só a Tetê pedindo beijo de novo. Nem respondi. Agora minhas mãos suavam em bicas. Mamãe estava linda na plateia, nervosa mas nitidamente muito orgulhosa de mim. E era disto que eu precisava: amigos e minha mãe felizes de me ver ali. Se o meu pai não visse, ou por não poder ou por não querer, isso era problema dele. *Eu estou aqui para brilhar que nem purpurina*, disse a mim mesmo quando o programa entrou no ar. Chegou a minha vez e foi tudo tão natural que juro que não estava mais tão tenso. Perguntaram se a intenção do vídeo com a minha mãe era viralizar, se eu tinha ideia de quanta gente eu e minha rainha estávamos ajudando com ele, se meu pai também me apoiava, se eu pensava em maquiá-lo também.

— Ah, meu pai é mais fechadão, nunca que ia deixar que eu o maquiasse, mas me apoia, sim. Bastante — disse, engolindo em seco antes de concluir. — Ele quer que eu faça o que me faz feliz.

— O seu perfil já está com quase setecentos mil seguidores, isso é muita coisa para tão pouco tempo. O que te motivou a dar essa virada, a sair dos textos para os vídeos?

— Os amigos pedindo mesmo, nunca tinha sonhado com isso.

— Olha só, mas agora tá aí, uma celebridade da internet. Quais são os seus planos para o futuro, Zeca? O que é que você pensa em fazer agora que é seguido por tanta gente?

Ai, meu Deus. Falei outro dia que esse negócio de plano não existe, que eu não queria pautar minha vida nem meu bem-estar em plano nenhum...

— Meu plano é ser feliz vivendo o hoje. Não sou de planejamento, não. Olha os vídeos, quando que eu planejei esse sucesso todo, gente? Quando que sonhei estar aqui? — A plateia estourou num aplauso, o que me motivou a ir além.

— Eu só não quero que as pessoas enjoem de mim, sabe?

Quero sempre apresentar um conteúdo diferenciado. Anteontem mesmo estava conversando com amigos e surgiu a ideia de ensinar a fazer maquiagem de *drag queen*. Maquiando e conversando, entendendo o universo delas, sei lá, não pensei direito ainda.

Pronto, vomitei. Digo, falei. Digo, falei sem pensar. Taí outra coisa que eu não tinha planejado: falar uma coisa dessas em rede nacional, sendo que dias antes eu nem tinha certeza se era uma ideia totalmente estapafúrdia.

— Olha que interessante! Pode ser bem bom isso, hein? Não se fala muito sobre *drag queens*, né? E você ainda vai mostrar a maquiagem delas, que é super-rebuscada.

— Ah, elas são *tudo truqueira*, né? Não tem *bad hair day* nem cara cagada praquelas ali, não!

Risos empolgados da plateia me aqueceram o coração e deram força para seguir.

— Você sabe fazer? Porque não parece ser nada fácil.

— Naaaada fácil, mas o que é que é fácil nessa vida? Me diz! Tô pensando em seguir o conselho de uma amiga e entrar num curso. Se eu aprender direitinho e for capaz de ensinar... Por que não?

— Por que não? — repetiu a apresentadora, e eu me apaixonei mais ainda por ela. — A senhora deve ter muito orgulho desse filho, não é, Zeni?

— Isso aí? Isso aí é a minha vida. Tudo que eu puder fazer pra esse menino ser feliz eu faço. É de ouro esse garoto. E é muito bom mesmo maquiando, nunca fez aula, é autodidata. Até a sua maquiadora elogiou ele lá no camarim.

Sorri com a cara inteira e quase deixei uma lágrima escapar.

Ao fim do programa, fizemos selfies, eu, minha mãe e os apresentadores do programa. Quando fui postar, vi que tinha ganhado mais cinco mil seguidores.

Já esperando o carrinho que nos levaria à Portaria 3, a mesma onde desembarcamos ao chegar, enquanto eu checava as mil DMs e mensagens de WhatsApp, minha mãe perguntou que negócio era aquele de maquiagem de *drag queen*. Glup.

— Ah, mãe, n-nada, esquece, eu... e-eu nem tinha pensad... foi só uma ideia idiota que eu t...

— Ei. Não precisa gaguejar, não. Só quero te dizer que eu dou força, tá?

— Jura?

— Preciso jurar?

Dei um suspiro aliviado. Pela força dela, por ter nascido daquela mulher especial. Nosso carrinho de golfe chiquetésimo chegou, mas senti uma mão no meu ombro. Era um cara de seus 22 anos, barbinha por fazer, cabelinho cacheadinho, todo estiloso, com um sapato meio árabe, com a ponta virada para cima, um sorriso largo encantador e um perfume muito bom...

— Amor, tudo bem? Afe, tô ofegante porque vim correndo pra te pegar aqui ainda. Chô te falar. Meu nome é Wiled, prazer, eu trabalho na produção. Vim só te conhecer ao vivo e falar que você arrasa, além de ser lindo, claro. Peguei seu telefone lá com o pessoal, vou te mandar mensagem, não me ignora não, tá? Tenho um amigo que pode te ajudar com a coisa da *make* de *drag*, só preciso falar com ele.

Senti um clique como há muito não sentia.

Sorrimos um para o outro e, sei lá, ficamos um tempo nos olhando, naquele instante em que o mundo parecia ter parado, até minha mãe pigarrear. Entendi a deixa e, enquanto entrava no carrinho, me despedi dele.

— Poxa, valeu. Não vou ignorar, não. Pode deixar.

E ele deu uma piscadinha. E eu sorri sem saber que estava sorrindo.

— Tó. Meu cartão. Assim a gente não se perde de vista.

Sorri com os olhos para ele. Sorri com vontade, entendendo que alguma coisa estava diferente dentro de mim, sei lá por quê.

— Que olhinho brilhante é esse aí, hein? — perguntou minha mãe, me deixando totalmente encabulado. — Gente, ficou vermelho. Ai, meu pai, é séria a coisa.

— Para, mãe!

— Ele é lindo. E te achou lindo. Investe, Zeca! — soltou minha mãe.

Fiz que não com a cabeça enquanto olhava o cartão. Wiled Garcia Sobral, assistente de produção. Nem sabia que as pessoas ainda tinham cartão. E também não tinha a menor ideia do que fazia um assistente de produção. Mas achei tudo nele fofo, especialmente a atitude de correr esbaforido para me oferecer ajuda. Hum... Olha as coisas melhorando, comemorei internamente, sorrindo bobo. Bobo, bobo.

Capítulo 14

A SEMANA CORREU LINDAMENTE COM AQUELE SUCESSO COM O qual eu já estava começando a me acostumar. Não me leve a mal, nem me ache blasé, por favor, não é nada disso. Mas é que era tanta gente me dando carinho a cada vídeo, a cada vitória... Tá, "costume" talvez não seja a palavra, mas já não era mais surpresa receber elogios das mais diversas pessoas, sabe?

Menos do meu pai, óbvio. Ele não me ligou nem mandou mensagem depois do sucesso da minha entrevista com mamis na Globo. Não mandou flores, carta, sinal de fumaça, nada. E dessa vez eu me segurei e não perguntei para a Tônia se ele tinha assistido. *Yes!* Tampouco mandei mensagem para ele me rastejando. Todo mundo via meu talento e torcia por mim. Se ele não via, eu só tinha que aceitar, do mesmo jeito que ele disse que me aceitava.

Ele não ligava para mim, mas muita gente ligava. Meu número de seguidores depois do *Encontro* só aumentava, e a cada dia entrava mais gente no meu perfil para passar a me acompanhar. Sem contar o bando de famosos que falaram de mim no Twitter e no próprio Insta. Até a Iza, a *Iza*, aquela força da natureza, aquele talento abundante, que estava lançando música no programa no dia em que eu fui, falou que queria ser maquiada por mim. Por mim!!! Lembrei da Gottmik, uma *queen* da décima terceira temporada de *RuPaul's Drag Race*, o primeiro homem trans que participou do reality e que é maquiador de celebridades. Ele já maquiou a Paris Hilton, que eu amoooo! Amo aquela cara blasé de quem acorda entediada mesmo com milhões de dólares no banco.

Na sexta, depois da faculdade, eu tinha marcado na temakeria da rua José Roberto Macedo Soares com Davi, Tetê e JP. A Dade e o Berebs não iam poder. Com cerveja bunda da foca (como eu chamo as cervas beeeem geladas) para comemorar tudo de bom que estava acontecendo na minha vida e mais peixe cru com alga e arroz? Eu estava no paraíso. E de repente meu celular fez *plim*.

WILED
Desculpa só escrever agora. Tá podendo falar?

Tum tum tum tum tum tum tum tum. Que legal sentir isso depois de tanto tempo, comemorei em pensamento, com um sorriso escancarado no rosto.

ZECA
Achei que você tinha esquecido de mim.

Ah, fiz charme, sim, me julgue. Morri de vontade de escrever para ele? Morri. Escrevi? Não. Por quê? Não sei, deve ser burrice.

WILED
Como é que eu ia esquecer de um boy lindo como você, gente? Só se eu fosse tonta 😝

ZECA: 😊

WILED: Me enrolei com prova e trabalho, tá punk!

ZECA: 👍

WILED: Peloamorrrrr de Deus, não me manda joinha! Joinha não dá! Da próxima vez eu corto relações e digo que está tudo acabado entre nós!

ZECA: 😂😂😂😂😂

WILED: Eu sou cringe. Escrevo sem abreviar, amo Friends e odeio emoji de joinha.

ZECA: Entendido. Pior que eu odeio tb! Rsrs Não mandarei mais. 😊

WILED: Tô saindo do Projac. Oncetá?

Achei tão fofo o *oncetá*...

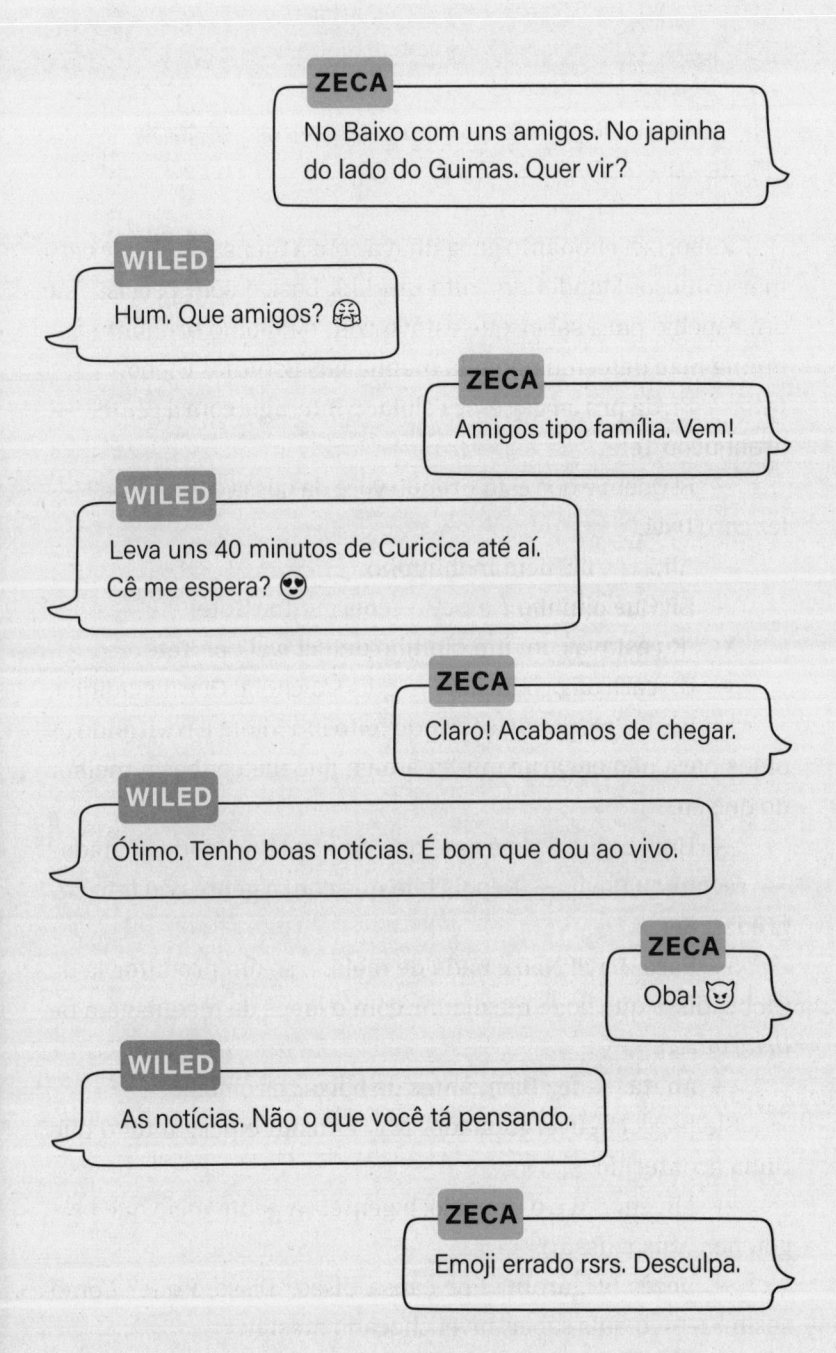

ZECA
No Baixo com uns amigos. No japinha do lado do Guimas. Quer vir?

WILED
Hum. Que amigos? 😬

ZECA
Amigos tipo família. Vem!

WILED
Leva uns 40 minutos de Curicica até aí. Cê me espera? 😍

ZECA
Claro! Acabamos de chegar.

WILED
Ótimo. Tenho boas notícias. É bom que dou ao vivo.

ZECA
Oba! 😈

WILED
As notícias. Não o que você tá pensando.

ZECA
Emoji errado rsrs. Desculpa.

> **WILED**
> Errado? Afe! Já tava aqui todo esperançoso 😭😭😭

Ruborizei enquanto gargalhava com a mensagem. Que cara maravilhoso! Mandei de volta um kkk básico sem precisar de um espelho para saber que estava com o tal olho brilhante que minha mãe detectou naquela manhã nos Estúdios Globo.

— Ei, dá pra largar esse celular e interagir com a gente? — bronqueou Tetê.

— É! Quem é que está tirando você da nossa companhia? — fez coro Davi.

— Ah... — fiz, bem menininho.

— Ei! Que olhinho é esse? — perguntou Tetê.

Xi... Eu estava com um olhinho detectável por Tetê.

— É o cara da produção? — quis saber ela. Que danadinha.

— É... — respondi, sorrindo feito um idiota e revirando os olhos para não encarar minha amiga que me conhecia melhor do que eu.

— Hum... Que cara é esse que eu não tô sabendo de nada? — reclamou Davi. — Depois fala que com a gente não tem segredo... Sei...

— Para, Davi! Não é nada de mais. É só um produtor lá da Globo, disse que pode me ajudar com o lance de maquiagem de *drag queen*.

— Ah, tá — fez Davi, antes de baixar os olhos.

Ele parecia envergonhado. Não entendi e perguntei o que tinha acontecido.

— Ah, eu... eu e o Gonçalo, a gente... A gente meio que brigou por causa disso.

— Vocês brigaram? Por causa disso? Disso o quê? Como assim? — eu quis saber, nível chocado master.

— Ah, depois da nossa conversa... Ele achou que... ah, ele achou que...

— FALA, DAVI! — implorei.

Odeio reticências, odeio quando ele prende o verbo na boca. Ele estava nitidamente constrangido. Respirou fundo e vomitou as palavras todas.

— Ele achou que não tem sentido nenhum você maquiar *drag*, que você não precisa disso — conseguiu finalmente dizer. — Disse que eu não tinha que ter apoiado nada, que eu tinha que ter ficado calado, que...

— Foi ótimo você apoiar! Eu me senti muito acolhido por você ter curtido, Davi. E não tem essa de "ficar calado" com a gente...

— Exatamente, foi o que eu falei.

— Mas ele alegou o quê, Davi? — questionou Tetê, tão encafifada quanto eu.

— Ah, eu acho que é mais preocupação do que qualquer outra coisa. Mas... deixa pra lá.

— Não deixo pra lá, não, pode contar. Tá só a gente, com a gente não tem treta. Aliás, cadê Duduau?

— Foi ao cinema com a dona Maria Amélia. Disse que se não estivesse morrendo de sono passava aqui para dar um beijo na gente depois.

— Ah, bem. Achei que vocês tinham brigado também — falei.

— Claro que não. Só porque vim sozinha?

— Não, porque senti falta dele mesmo. Sabe que eu odeio casal que não se desgruda pra nada — expliquei. — Agora anda, Davi, desembucha.

Meu amigo respirou fundo antes de responder. Parecia estar escolhendo as palavras a dedo.

— Ele acha que você vai se expor desnecessariamente... ele acha que... que pode vir pedra pra cima de você, que tem muito gay que acha *drag* uma coisa... Como é que eu vou dizer? Meio *over*, sabe?

— Como "meio *over*"? — questionei.

— Ah, ele me contou que um amigo dele lá de Lisboa ficou com um garoto que se montava e, quando contou, todo mundo caiu zoando em cima dele, uns até deixaram de falar com ele. E eu não estou falando de héteros, estou falando de gays, tá?

— Gays? E desde quando gay tem preconceito com *drag*? — perguntou Tetê, indignada.

— Ah, Tetê, gay é um troço complexo... Tem gay que não pega gay mais afeminado, tem gay que só pega gay bombado de academia, tem gay que só gosta de urso...

— Urso? — fez Tetê.

— É, os mais fofinhos, digamos assim — expliquei. — São barbudinhos, peludinhos, gorduchinhos.

— Pode crer. Na décima terceira temporada de *RuPaul*, uma das *queens*, a Kahmora Hall, disse que o namorado não gosta que ele se monte e, por causa disso, ele só se monta duas vezes por mês, e nunca na frente do boy.

— Nossa, que triste... — falou Tetê.

— É triste mesmo. Mas... poxa, não vamos crucificar o Gonçalo, por favor... eu acho que... eu acho que entendo...

— *Acha* que entende? Entende o quê, Davi? — reagi, chocado. — A gente não pode entender preconceito, especialmente entre os nossos. Eu, hein! A gente pega quem a gente quiser e maquia quem a gente quiser. Eu mesmo, às vezes sou superbicha e outras sou macho pra cacete.

— Exato. Desculpa, mas não é nada coerente isso que você tá falando, Davi... — acrescentou Tetê.

De repente, JP, que estava quietinho até então, resolveu dar sua contribuição.

— Gente, desculpa me intrometer no papo, tô quieto mas tô acompanhando. Olha, o mundo não é coerente, Tetê. É como o Davi disse, eu acho que o Gonçalo tá muito mais preocupado com uma possível repercussão negativa do que com o fato de você maquiar *drags*, ou de se montar de *drag*. Talvez ele ache que as pessoas não estão preparadas para isso, vai saber. E ele tá no direito dele de pensar assim também, né, gente?

— Falou tudo, JP! Tava quieto mas, quando falou, foi absolutamente sensato — apoiou Davi.

— É, faz sentido... — ponderou Tetê.

— Mas me montar, JP? Mano, não existe a menor hipótese de isso acontecer. Quero só aprender a maquiar uma drag para fazer um vídeo, só isso.

— Mas e se te der vontade de se montar um dia, qual o problema? — questionou JP.

Nem deu tempo de continuar a discussão e argumentar com ele. Bem quando a chaleira ia apitar, Túlio e Joice chegaram de mãos dadas. Iam jantar com amigos no Sushi Mar. Que casal lindo... Fui logo perguntando, antes mesmo de dar boa-noite:

— Vocês acham boa a ideia de eu maquiar *drags* e ensinar como se faz? Sim ou não?

Joice nem deixou o Túlio responder (amo!).

— Concordo com a Joi. Vai ser outro golaço — completou Túlio.

Eu amava um casal. Casaria com eles. Sério.

— Obrigado! — falei, sarcástico, olhando em seguida para o Davi.

Ele percebeu que eu fiquei chateado com a opinião do Gonçalo, mas eu não queria focar nisso para não estragar a nossa noite. A minha noite, dá licença.

— Desculpa, Zeca...

— Tudo certo, Davi. Depois a gente conversa.

— Tá, só quero que você saiba que eu não concordo com ele, e que eu te acho incrível. Sou seu maior fã, e só quero que você seja feliz. Se você ficar feliz maquiando, desmaquiando, dançando, lambendo sovaco de *drag*, eu fico também — disse ele, me dando aquele sorriso *marfofo*-coisa-*marlinda*-desse-mundo-todinho-de-Deus.

Droga, já não estava mais chateado com o Davi. Eu me irrito bastante com a minha bondade infinita e meu coração gigante. Falando em coração... *Onde estava aquele Wiled que não chegava?*, me perguntei, ansioso.

Ficamos por ali mais um pouquinho falando de outros assuntos que não eu (um saco, eu sei, eu sou um assunto incrível), bebericando cerveja e enchendo a cara de japa bom, bonito e barato. Eu amo o Baixo Gávea à noite. Aquela gente bonita na rua, aquele lugar onde você não precisa marcar com ninguém, porque sabe que vai encontrar todo mundo, aquelas luzinhas estilo Toscana cortando o céu da calçada que vai do Guimas à banca de jornal da esquina, gente famosa, gente anônima, subcelebridades tipo eu... Hahahaha, ok, eu era quase uma subcelebridade, mas um dia eu chegaria lá, prometi a mim mesmo, dando uma gargalhada muito sensacional — e interna, claro, para ninguém me achar (mais) maluco.

E de repente, assim do nada, senti uma mão pousando gentilmente no meu ombro, fazendo um leve afago. Gostei da atitude e me virei. Sorri com a boca inteira.

— Wiled Garcia Sobral! Até que enfim!

— Olhaaaa, decorou meu nome... — reagiu ele, bem felizinho. — Gosto disso. E Curicica é outro continente, meu bem! Sabe o significado de Curicica, né?

— Qual é? — perguntei, sentindo, pela carinha dele, que vinha zoação pela frente.

— "Ricica" quer dizer "do mundo". O resto você conclui. É longe *mesmo*.

Eu gargalhei. Piada idiota e maravilhosa. Ele era naturalmente engraçado...

Apresentei meu novo amigo para meus velhos amigos e em pouco tempo eles estavam íntimos. Wiled é alegria em estado bruto, é purpurina jogada na mesa, é piada rápida, é gargalhada certa, é humor ácido, é ambiente cheio.

— Poxa, você pegou meu telefone, mas sumiu... — falei. Ah, falei! — Cadê seu amigo que pode me ajudar?

— Então... — começou ele, fazendo-se de envergonhado. — Não tem amigo nenhum, por isso que eu sumi e também dei graças a Deus por você não ter me procurado.

— Quê? — eu me espantei seriamente.

— Aquele dia que você foi no programa, eu só queria te ver de perto, falar com você e te dar meu número, uai. Mas olha, fica tranquilo que eu tenho umas bichas amigas e já tô vendo se alguma delas conhece alguém, tá?

Que malandrinho! Mas que amor também! Amei a estratégia do mal totalmente do bem. Para de falar e me beija logo, seu lindo!

Eu não conseguia parar de olhar para ele. Eu nunca tinha sentido aquilo, era como se ninguém mais estivesse ali com a gente. Só eu e ele. Só ele e eu. Estava bobo. Bobo por estar bobo, bobo com a minha indisfarçável cara de bobo vendo Wiled falar, bobo com o fato de sentir, dentro de mim, uma coisa muito linda e nova e pura nascendo de forma tão despretensiosa.

Eu não resisti e dei um beijo nele. Eu dei! Eu dei um beijo nele! Ele se assustou. Ficou olhando espantado para a minha cara. Ai, meu Deus, será que eu entendi tudo errado? Será que ele nã...

— Desculp...

— Cala a boca, Zeca — reagiu ele, me beijando mais logo em seguida.

Iei! Entendi tudo certo, então. Graças a Deus! Pelo amor de Getúlio! Palminhas e mais palminhas saltitantes dentro do meu cérebro aplaudiram esse espetáculo em cena aberta, senhoras e senhores. Wiled me pegou de jeito e me beijou de verdade, com vontade, calando minha boca do jeitinho que ela gostaria de ser calada. Que beijo bom, que boca boa, que língua sensacional...

Eu estava apaixonado. A-pai-xo-na-do. Não me apaixonando. Juro, juro que não é exagero, nunca ninguém tinha feito algo tão romântico por mim, inventar um amigo... que coisa mais louca e linda, meu Deus... Eu nunca tinha me sentido tão conectado com uma pessoa, aconchegado, à vontade, nunca me senti tão sem medo. Mesmo conhecendo nada dele, alguma coisa dentro de mim dizia que aquele cara ia ficar por uns bons anos na minha vida. Como eu sabia disso? Sabendo simplesmente, sentindo.

A gente ficou um tempão se beijando, com direito a olho no olho e muito carinho entre um beijo e outro. Estávamos sozinhos. Não estávamos, mas superestávamos. Você entendeu.

— Se isso fosse no subúrbio, onde morei quando cheguei no Rio, iam tacar pedra na gente, né? — disse Wiled, quando fizemos uma breve pausa na pegação. — Isso se não tacassem fogo! — completou, dando uma gargalhada. — Povo besta.

— Bota besta nisso. Muito triste... — falei.

— É, mas eu sou alegria. Onde queres bandido sou herói, meu amor. Herói. Eu e Caetano, que inventou esse verso que eu não entendo direito, mas acho tão chique citar — disse ele, dando uma gargalhada.

Que sorriso lindo. Como era bom vê-lo rindo aquele riso frouxo.

— Que dentes lindos você tem — elogiei.

— Tenho. Maravilhosos é uma palavra mais apropriada,

né? Meus dentes beiram a perfeição, são largos, brancos, fortes, um espetáculo. Eu invisto em dentista, tá, amor? — reagiu meu produtor de TV preferido, me fazendo rir de novo.

Como era bom estar com ele. Wiled era engraçado, leve, ele parecia um leãozinho, estiloso e simples ao mesmo tempo, total meu número.

Quando voltamos à Terra depois de nossa volta na Lua, o Baixo estava bem mais vazio. Mas Tetê e Davi seguiam ali.

— Nossa, enfim vão interagir com a gente? — implicou Tetê.

— Tô morto de sono, mas não iria embora sem conhecer o cara que vai ajudar meu amigo a dar mais uma virada na vida dele.

Eu amo esse menino doce chamado Davi. Sorri cúmplice para ele. Ele estava comigo mesmo. Do meu lado, como sempre.

— Conto tudo, deixa só eu ir ao banheiro.

Foi só Wiled sair para a Tetê, o Davi e o JP começarem a pular gritando "Êêêêêêê!" e me matando de vergonha. Certeza que ele ouviu.

— E aí? — perguntou Tetê.

— Não me chamem de louco, mas acho que encontrei o amor da minha vida.

— Como assim? Você conhece ele há dois minutos! — disse Davi.

— Eu sei! Mas nunca senti o que eu tô sentindo. Só sei que ele me faz rir, beija bem e ainda vai me ajudar com o lance da maquiagem de *drag* — expliquei meu furor uterino.

De repente JP virou pra mim e se manifestou com algo totalmente surpreendente.

— Deixa eu aproveitar que o menino foi no banheiro pra te dizer uma coisa que eu já tava pra dizer desde que você foi no *Encontro*. Naquela hora, eu me intrometi na conversa sobre *drag* porque eu conheço um maquiador que se monta de vez em quando, só pra causar mesmo, e é hilária de *drag*, faz o maior sucesso. O nome dele é Jonjon. E eu sei que ele vai dar um curso no fim do mês. Posso ver com ele se de repente rola uma permuta, tipo, você divulga o curso dele ou nos stories ou num vídeo seu, e ele te dá uma bolsa. O que você acha?

— Caramba, JP! Nunca ia imaginar que *você* seria a pessoa que me ajudaria com isso! Mas eu amei! Vê se ele topa!

— Que tudooo! Tá vendo, Zeca? Não veio pelo boy mas veio por um amigo. Amo a vida e essas surpresinhas marotas — disse Tetê.

— Surpresinhas marotas? Para de andar com o Davi agora! — zoei.

— E sim, vou fazer curso pra aprender a maquiar *drag*! ÊÊÊ! Os dois começaram a pular com direito a êêê de novo.

— Nunca mais trago vocês aqui, comportem-se, por favor!

Quando Wiled voltou, a conversa foi ótima. Ele contou como entrou na Globo, como se desdobrava em mil para pagar o aluguel do apê que dividia com duas amigas, que fazia pantufas divertidas nas horas vagas para presentear os amigos usando pelúcia, chita, lantejoulas e tudo o mais que a imaginação permitia, que era de Minas mas estava no Rio desde que tinha 15 anos, que toda tarde comia pão de queijo com café bem forte, sem açúcar, que cozinhava mal mas não morria de fome, que amava a adrenalina da televisão...

— E quantos entrevistados você já pegou? — perguntei.

— Menino, você é o primeiro, acredita? Sou bicha quieta, caseira, casadoira. Não sou pegador que nem o senhor, não.

Que amor!

— O Zeca é zero pegador — disse Davi.

— Pega nem gripe, imagina gente — completou Tetê. — Mas e esse nome? Vem de onde?

— Ih, menina, longa história. Quando eu tava pra nascer, meu dindo, Délio, morreu num acidente de carro. Aí minha mãe ficou com medo de o nome dele atrair morte, coisas negativas, sabe? Aí o que foi que ela fez? Pensou: o contrário de morte é o quê? Vida. E o contrário de Délio?

— Oiled? — Davi respondeu.

— Exato. Mas minha mãe achou que Oiled ia ficar esquisito e tacou um W pra ficar mais tchananã. Quer dizer, não tinha como eu não ser viado, né, gente?

Rimos muito, ele era um exímio contador de histórias, e a cada minuto que passava eu me apaixonava mais.

Ficamos ali até uma e pouco da manhã, bebendo, beijando, comendo. Tetê, Davi e JP foram embora em meia horinha e deram espaço para a gente namorar um pouco. Beijamos mais, aaaaah, que beijo bom!!!, e as coisas esquentaram, as mãos de polvo se multiplicaram, estávamos em chamas.

— Calma — disse ele, parando para respirar. — Não quero assim. Sou romântico e acho que nosso encontro é tão especial que merece que a nossa primeira vez seja especial também. Sou careta, menino. Pudico do interior de Minas.

— Ainnn, para de ser tão fofoooo! — gritei, segurando a nuca dele e bitocando seguidamente seu rosto.

Enquanto eu o enchia de beijos, quis muito convidá-lo para o aniversário do Cauê no fim de semana, mas não tive coragem. Imagina chegar de mão dada com outro homem na festa do enteado do meu pai? Soltei um suspiro triste. Ele perguntou em que eu estava pensando para suspirar daquele jeito. Engoli em seco antes de responder. *Chama ele pra festa, Zeca! Chama!*, implorei para mim mesmo.

— Porque eu não quero que isso aqui acabe — foi tudo o que consegui dizer.

Foi a mentira mais verdadeira que eu já tinha dito para alguém.

— Não quero parecer precipitado, carente, louco pra nam...

— Cala a boca, Zeca! — chiou ele. — Tá bom isso aqui, né? — perguntou, olhando bem fundo do meu olho enquanto mexia no meu cabelo.

— Tá nível se for sonho eu não quero acordar.

— Não é sonho. E gente como a gente merece se encontrar para viver uma história bonita.

— V-você... você quer viver uma história comigo, Wiled? — falei, completamente entregue.

— Você não quer? — rebateu ele.

Tum tum tum tum tum tum. Tum tum tum tum tum tum tum tum tum tum tum tum tum tum. Tumtumtumtumtumtumtum-tumtumtumtumtumtumtum. O meu coração estava assim, aceleradíssimo e pequenininho, do tamanho da cabeça de um alfinete. A minha cabeça, por sua vez, estava explodindo de certeza.

— Quero. Quero muito — respondi, sério, olhos brilhando mais que a lua cheia daquela noite.

— Namorados?

Ah, para! Se eu me transformasse num emoji eu seria aquele dos olhinhos de coração. Não, eu seria um GIF, com os corações no lugar dos olhos pulsando muito, muito forte.

— Eu falei que sou menino do interior. Gosto de sonhar, de namorar, de fazer coisa junto, de planejar a vida com alguém — disse ele, antes de pausar para uma longa respirada. — Eu sonho com um amor desde que cheguei no Rio, Zeca. Mas ele nunca aconteceu.

Meu Deus, nós estávamos mesmo sintonizados. Era real, o sentimento e a reciprocidade.

— Porque não era pra ser com qualquer um. Era pra ser comigo — falei.

— Jura? Você não vai sumir amanhã com medo de se machucar, de se apaixonar, dando mil desculpas, dizendo que o problema não sou eu, é você, que...

— Ei. Shhh! — fiz, colocando o indicador nos lábios dele.
— Claro que não. Você não tá entendendo que a gente tá na mesma vibe? No mesmo rolê?

Ele sorriu aquele sorriso de LED para mim, quase que aliviado por estar vivendo aquilo.

— Eu sou intenso, quase não se nota, né? — confidenciou ele.

— Eu também sou. E acho um privilégio encontrar uma pessoa como você assim, do nada. Você é igual a mim, sente, fala que sente. Odeio jogo, odeio o não saber da conquista.

— Eu também, Zeca! Eu também — disse ele, acariciando meu rosto. — Pra que ficar de jogo se tô vivendo uma coisa nitidamente especial? Pra quê?

— Nitidamente especial... E, ao contrário das outras vezes em que me envolvi com alguém, não tá rolando aquele medo de ser tudo tão perfeito que parece mentira, sabe? Aquele medo de me entregar e você acabar comigo depois. Sabe do que eu tô falando?

— Sei. Sei bem. Medo de criar expectativa e cair do jumento. Cavalo tem bicha rica, e eu só fico rico daqui a uns dois anos, pelos meus cálculos — disse ele, soltando aquela gargalhada que eu já amava adorar.

Ficamos ali mais um pouco. Depois, com o lugar bem vazio já, ele pediu o Uber e eu fui flutuando numa poeira de arco-íris até a minha casa. Não, não era entorpecimento da cerveja. Era entorpecimento de paixão, e, nossa, como eu estava com saudade de sentir isso...

Capítulo 15

COM A GRAÇA DAS DEUSAS IMPEDIDORAS DE CLIMÃO EM ANIVERSÁRIOS infantis, Wiled arrumou um trabalho no domingo, dia da festa do Cauê. Tinha fechado a produção de um desfile na Marina da Glória para fazer um extra (eu adorava isso nele, de estar sempre fazendo coisas, nunca dizendo não para nada, para fazer seu pé de meia, já que não tinha ninguém que o ajudasse com grana). "Quem quer dá um jeito, quem não quer dá desculpa", filosofou ele, coberto de razão. Quantas pessoas têm mil planos e vontades e não mexem um centímetro para fazer acontecer? Wiled não era desses. Nem eu.

Passamos o sábado juntos, bem grudadinhos, e foi tão romântico e belo e perfeito... Fomos tomar café da manhã no Parque Lage, comemos olhando para aquela piscina escandalosa, abraçados pelo verde e os relevos da geografia ridiculamente arrebatadora do Rio.

— Se essa não é a cidade mais linda do mundo, eu não sei qual é — disse ele, olhando embasbacado para o Cristo, que abençoava a gente lá de cima do Corcovado.

Nessa hora, meu celular apitou. Era Berebs, perguntando onde eu estava. Acredita que não senti nadica de nada? Nem um arrepio na nuca, nem tremedeira nas pernas, nem *rave* no peito. Nada. E como é bom não sentir nada. Simplesmente não respondi.

— Posso saber pra quem você fez a egípcia? Não que eu seja ciumento, imagina.

Eu ri. Da fofura, da insegurança, da falta de freio e de filtro do Wiled em me dizer as coisas.

— O Ted. Ele é um amigo muito querido, que eu jurei que era gay, mas ao que tudo indica é hétero.

— Mostra foto, meu gaydar é ótimo.

Mostrei e ele decretou: hétero. Como ele tinha tanta certeza? A explicação foi simplesmente maravilhosa.

— Gay que é gay tem aquele olhinho molhadinho, aquele olho de quem acabou de pingar colírio lubrificante, sabe? O dele não é molhadinho, é seco, seco, praticamente o Atacama inteiro na retina.

Como eu gostava de rir com ele. Como eu ria fácil com Wiled.

— Eu nunca ouvi isso! Eu tenho olho molhadinho?

— Óbvio — respondeu ele na lata, exagerando nos gestos e na fala.

Caminhamos de mãos dadas, fizemos fotos, namoramos, conversamos tanto, mas tanto! E quanto mais eu conversava com ele, mais eu babava por ele. Era impressionante, parecia que a gente se conhecia de outros carnavais, de outras vidas.

Tínhamos histórias parecidas, o pai nunca aceitou que ele fosse gay. Mas, ao contrário de mim, ele peitou o cara e falou grosso quando, certa vez, ouviu do seu progenitor que ele só andava "com viadinhos". De forma assertiva e segura, ele disse: "Eu ando com gente de quem eu gosto e que gosta de mim! Se eles são viadinhos, passarinhos, jacarezinhos ou capivarinhas... NÃO ME IMPORTA! Prefiro andar com todo o reino animal a conviver com você e todo esse seu preconceito!", antes de se trancar no quarto para fazer as malas para o Rio e nunca mais voltar para casa.

Forte. Por tudo que leio, vivo e assisto, é bem recorrente a questão dos pais com os filhos gays. Tudo bem que pais não aprendem a ser pais e acabam sendo os pais que conseguem ser. Com suas próprias histórias, seus próprios medos, seus próprios fantasmas.

— E hoje? — perguntei.

— Hoje tá melhor. A gente se fala mais e tal, mas não é uma relação incríííível. Tive uma conversa bem boa com ele recentemente e falei muitas coisas que estavam entaladas, coisas que eu nunca tinha dito. E, para minha surpresa, ele não tinha *ideia* da quantidade de vezes que me magoou de sair sangue da alma. *Jesuis*, sangue da alma, sou muito bicha.

— Amo.

— Eu amo também.

— A minha sorte é que foi meu pai que foi para longe de mim — falei. — Porque eu amo muito essa cidade, essa cidade me traduz, não sei se saberia viver longe daqui, dos meus amigos. Vamos ver como vai ser amanhã. Não falo com ele faz um tempo, ele sempre foi de sumir de vez em quando.

— Você vai contar do curso? Começa semana que vem, né? Deu tudo certo com o tal maquiador o negócio da permuta?

— Deu, sim! Ele supertopou! Tô animado! — respondi.

Sim, tinha o curso! Eu ia fazer essa espécie de loucura. Botei na cabeça que, se não rendesse um vídeo bom, seria, no mínimo, uma superexperiência. E eu aprenderia técnicas de maquiagem que certamente fariam diferença na hora de maquiar humanos que não se montam e que não sabem dançar e dublar em um salto 15.

Seriam quatro aulas de três horas cada, aos sábados. Confesso que estava bem curioso, e não tinha ideia do que esperar.

— Mas você vai contar pro seu pai?

— Não, mas ele deve ter me visto falando disso no *Encontro* — falei, baixando os olhos, sem acreditar muito naquilo, sem acreditar em nada naquilo. — Jura que pra você é de boa eu fazer curso de maquiagem de *drag* aos sábados?

— Claro, né? E teria algum cabimento eu ser contra? Sua profissão! E vai ser incrível!

— Ah, seu lindo! — falei sorrindo.

E então eu o beijei sem tirar o sorriso do rosto. Como era bom gostar tanto de alguém, me sentir tão à vontade com ele e receber dele todo o incentivo de que eu precisava.

— Maquiar normal você já sabe, bobo. Deixa de medo. Vai ser bom. E é só um mês.

Depois de passarmos o dia inteirinho juntos, descobrindo a cada minuto novas conexões e novos cantos da cidade que tanto amávamos, nos perdemos andando pelas ruazinhas do Jardim Botânico. Paramos no Bar Rebouças para nos esbaldar com as frituras deliciosas e muitíssimo bem-feitas, e lá, quando a noite caiu, ele me chamou para ir para a casa dele, em Copacabana, na rua Paula Freitas. E eu fui.

Era uma delícia de apê, com direito a varandinha e tudo. O DNA dele estava em cada metro quadrado dali, nas plantas, nos quadros descolados, no estofado, nos objetos de decoração, nos ímãs de geladeira...

— Não me ofereço pra cozinhar porque não quero que você fuja de mim.

— Impossível isso acontecer.

Owwnnnnn, nhommmm, nhact... eu estava muito fofinho, muito idiotinha e muito-muito apaixonado.

— Não fale sem conhecimento de causa — riu ele. — Nossa, Zeca, como você é bonito, né?

— Sou — fiz graça.

Ele pegou uns dez incensos de rosas vermelhas e saiu espalhando pela casa. Exagerado o Wiled? Imagina! Botou uma música que eu não conhecia, "All The Time", de uma banda chamada Bahamas. Música — como é que eu vou dizer? — meio que mal-intencionada, sabe? Música derretida, derramada, cremosa, se é que você me entende. Depois, entrou uma mais molenga ainda, "It's Great When We're Together", do Finley Quaye.

— Que músicas ótimas — elogiei.

— São boas, né?

— Você que fez essa playlist?

— Que nada. Tenho uma amiga que é ótima nisso, que gosta de fuçar música nova. Eu não entendo nada de música, sei nem mexer direito no Spotify — falou, me fazendo sorrir ao fim da frase.

Foi assim o dia todo. Eu rindo dele, ele de mim, nós dois rindo bobos. "La Vie en Rose" começou a tocar numa versão muito gostosa com a Victoria Abril, uma das atrizes preferidas do Almodóvar. Achei cult. Ele também amava Almodóvar. *Meu Deus, esse cara não tem defeitos, além de não entender de música?*, pensei com meus botões. A música parecia uma sopa quentinha, daquelas bem consistentes, macias, aconchegantes. Ao som desse hino que ficou imortalizado na voz da Piaf (Nossa Senhora da Sorbonne, obrigada pela graça de tanta cultura alcançada), o clima começou a mudar. Para melhor. Estávamos no sofá molinho dele, com a música meio que abraçando a gente, o ambiente iluminado apenas pela luz fraquinha de uma luminária laranja e pelas velas que ele espalhou pela casa quando chegamos. Ele começou a mexer no meu cabelo me olhando bem fundo nos olhos. E a gente ficou assim por sei lá quanto tempo. Eu poderia passar o resto dos meus dias assim. Sem comer, sem beber, só olhando para ele olhando para mim e cafunezando meu cabelo. Antes de me beijar, como se a boca dele estivesse com sede da minha, Wiled disse:

— Que lindo o nosso encontro, Zeca. Eu esperei você por tanto tempo... tanto tempo...

Pelo amor de Getúlio!, berraram todas as células minimamente românticas do meu corpo enquanto ziguezagueavam pelo meu sangue, que fervia àquela altura. Que sensação boa, que sensação tão certa... E olha que eu estava nervoso, apesar de aparentar uma calma gigante. Não é porque sou de boa comigo e com minha autoestima que eu não ia ficar tenso, né?

Eu estava longe de ser um poço de sabedoria no quesito sexo. Bem longe. Longe nível outro lado do mundo. Eu só tinha transado com o Emílio, aquele desalmado que teve coragem de me trair e que eu jurava ser meu primeiro grande amor. Tolinho. Eu não tinha ideia de que amor de verdade era o que estava acontecendo ali, naquele charmoso apartamento de Copacabana, bairro onde vivi a vida toda e pelo qual tenho muito carinho. Amor, para mim, era amor mesmo, por mais louco e apressadinho que pudesse parecer. Eu, enfim, entenderia a expressão "fazer amor", porque nunca tinha me sentido tão querido, tão desejado, nunca tinha sentido tanto afeto e tesão ao mesmo tempo.

Ele começou a beijar meu pescoço — *que-coisa-
-maravilhosa-meu-deus!*, eu berrava por dentro —, foi para a nuca e ficou mais maravilhoso ainda, cada pelinho existente no meu corpo totalmente, eu disse *totalmente*, arrepiado. Ele tirou a camiseta estampada, de botão, manga curta, o cara ainda se vestia bem. Puxei aqueles cachinhos e dei um beijão nele, na boca, enquanto ele tirava a minha camisa rosa-chá.

Eu nunca tinha sido tão feliz. Tão leve. Tão completo. O nervosismo, aos poucos, dava lugar à segurança que ele me passava a cada afago, o medo de errar evaporou e a minha autoconfiança chegou chegando, como se estivesse me vestindo com um tule de liberdade. Fomos da sala para o quarto e lá eu perguntei das meninas que moravam com ele.

— Esquece, enxotei as duas daqui hoje. Uma foi pra casa do namorado e a outra da namorada. Tudo certo.

— Ah, quer dizer que você já saiu de casa com tudo premeditado, né? — instiguei, fazendo charme.

Sou ótimo fazendo charme. Ótimo nível chora, Beyoncé.

— Amor, eu tenho essa cara, mas bobo eu não sou nada! — respondeu Wiled.

Foi a noite mais linda e mágica e romântica e perfeita da minha vida. Um encontro de almas e poros, de cabeça e coração, como eu acreditava que só existia nas séries. A conexão entre nós dois era bizarra — pele, química, beijo, sexo, tudo dava match, tudo deu bom, deu muito bom. Sentir que eu tinha alguém para me proteger da opinião dos outros e cuidar de mim naquele momento de mudança (mais um) era reconfortante. Eu sou um carente inveterado, sim, um ser humano com defeitos e fraquezas, como todos os outros.

No dia seguinte, acordei com um bem-estar que havia muito eu não sentia. Dormir é fácil, acordar junto é que é difícil, ensinou certa vez minha mãe. Só que estar ali naquele momento era o contrário de difícil, era tão simples, tão inequívoco... E para ter a certeza de que eu não estava sonhando, a porta se abriu e era aquele príncipe do sorriso largo, trazendo café da manhã na cama para mim. *Nossa Senhora das Comédias Românticas, me filma aqui!*, pedi, enquanto acordava com o cheirinho *bão* de café, trazido numa bandeja colorida com manteiga, queijo, suco de laranja, torradas de linhaça, ovos mexidos per-fe-i-tos e pães de queijo.

— Uau, jurei que eu tinha ido dormir na casa do meu... do meu *namorado*, mas... pelo jeito eu vim pra um hotel e esqueci, né? — brinquei.

— Tem problema não, eu te lembro. São oitenta e nove reais e meu pix é meu celular, pode passar.

— Mas que café mais caro, gente!

— Não fiz nada, só o café e o pão de queijo. O resto é tudo da padaria aqui da esquina — ele fez graça. — Saí cedinho pra comprar. Que bom que não te acordei. Você dorme tão lindinho, tão perfeitinho...

A gente se olhou enquanto deixava o riso do bom humor matinal sair de fininho de cima da cama. Era simplesmente tão bom olhar para ele e me ver refletido na retina dele... Bateu um ataque de paixão tão incontrolável que deu medo de derrubar todo o café na maravilhosa colcha de chita dele. Eu estiquei os braços como quem diz "vem, vem pra mim", e ele sorriu fofo de volta. Nossa, como eu queria aquela boca na minha de novo. *Como eu gosto desse homem!*, concluí, totalmente entregue ao momento romântico e passional que viveríamos em 3, 2...

— Amor, aqui, ó... eu não beijo de manhã, não. Beijo de manhã sem escovar os dentes só funciona em série e em filme, *dermelivre*, não há paixão que abafe bafo, Zeca. Cê me perdoa? — disse ele, com uma naturalidade que me fez gargalhar.

É, ele me fez gargalhar antes das dez da manhã.

Pulei da cama e corri para o banheiro. Era cheiro de menta que ele queria? Era negócio de dentes brancos e hálito puro que ele queria?

— Trabalhamos para melhor servi-lo — falei, antes de fechar a porta.

Capítulo 16

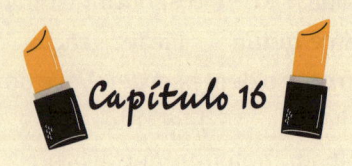

DEPOIS DE FICAR DE DENGO E DE PREGUIÇA COM O WILED A manhã inteira, fomos almoçar no Amir, um árabe muito delícia no Lido. Resolvemos ir andando pelo calçadão, cabelos ao vento, o cheiro de mar entrando pelo nariz e combinando com nosso astral como goiabada combina com queijo.

Pedimos a conta às quatro da tarde e, se não me engano, a festa do Cauê já devia ter começado. Pedi um Uber e deixei Wiled na Paula Freitas. Nos despedimos como se só fôssemos nos ver dali a cinco anos (ah, a paixão, essa danadinha), e parti rumo à Gávea. Cheguei no prédio do meu pai às quinze para as cinco e o play já estava animado, crianças gritando e correndo, balões de gás em formato de notas musicais, bolo com microfones, o símbolo do Spotify em tudo que era lugar.

Impressionante, passei o dia anterior todinho com Wiled e fiquei até agorinha com ele e já estava com saudades, pensei, assim que pisei no play. Que loucura.

— Alguma influência sua na decoração da festa? Não, de jeito nenhum, né? — brinquei com Tônia, ao vê-la se aproximando para me cumprimentar.

— Zeca! Que bom te ver! Saudade! — disse ela. — Eu que paguei a festa, ué, nada mais justo que *eu* escolher a decoração e *eu* botar um karaokê no aniversário do meu filho. Né?

— Coberta de razão — respondi.
— Que é que cê tem?
— O quê? Tô com o dente sujo?
— Não, seu bobo. Cê tá diferente...
— Diferente como?
— Diferente bom. Mais bonito, mais descansado, mais... purpurinado.

Pelo amor de Getúlio, eu queria morder a Tônia! Ela tinha um sexto sentido apurado.

— É... Eu acho que eu tô feliz — reagi, bochechas coradas.
— Eu acho que você não acha é nada, você *tá* feliz. Muito. Dá pra ver.
— Gente, que bruxa!

Tônia apenas riu, sem falar nem perguntar mais nada. Achei elegante.

— Vem, deixa eu te apresentar pros pais dos amiguinhos do Cauê. Todo mundo tá louco pra te conhecer. Ele é seu maior fã, né? Faz uma propaganda sua na escola... — disse ela, toda orgulhosa.

No caminho para conhecer meus fãs (aaaaah, eu amo ter fãs!), Cauê veio correndo e se jogou em cima de mim! Como eu adoro esse moleque abracento. Sem vergonha de ter 11 anos e estar no meu colo, ele me deu muitos beijos enquanto repetia que estava muito feliz por eu estar ali.

— Vem conhecer meus amigos!
— Depois ele vai, Cauê — respondeu meu pai por mim, tirando o garoto do meu colo sem perguntar, feito um trator.
— Onze anos não é mais idade pra colo, não, você não é mais bebezinho, vai brincar, depois o Zeca vai lá.

Engoli em seco. Eu já tinha constatado, mas agora era a constatação da constatação. Nunca foi Tônia a homofóbica. Nunca. Eu que não queria ver, apesar de todas as evidências.

Quis mentir para mim, acreditar na história de que ela era pior do que meu pai e que ele me defendia... Que nada.

— Oi, pai — foi tudo o que consegui dizer.

Ele apenas levantou as sobrancelhas e deu um tapinha nas minhas costas.

— Vou pegar uma cerveja e já volto pra falar com você.

— Tô levando o Zeca lá pra mesa dos pais, amor — disse Tônia, tentando esconder seu constrangimento.

Suspirei, arrasado. Não que eu esperasse algo diferente do meu pai. Mas, poxa, já na chegada ele me gonga desse jeito?

Numa mesa com dois casais e mais três mulheres eu fui recebido como uma estrela de fama intergaláctica. Parecia que o programa *Encontro* era o Oscar, que eu tinha sentado ao lado de Madonna e Lady Gaga e faturado a estatueta de... de... melhor canção. Ah, sempre quis esse Oscar. Componho? Não. Toco alguma coisa? Campainha. Mas me deixa sonhar com meu Oscar e meu discurso do Oscar! Na mesa dos pais, todos ficaram nitidamente ouriçados, que é uma palavra que minha mãe usa muito e eu adoro.

— Menino, como você é magrinho! Televisão engorda mesmo, né? — disse uma.

Respondi com um silencioso sorriso amarelo-esverdeado. Quase disse para ela a frase que eu amo, que vi num filme: "O silêncio é uma parada bem bacana às vezes".

— Já tô te seguindo, na hora que você apareceu eu cliquei no seu perfil e amei seus vídeos — disse outra.

— Doida pra ver o vídeo da Tônia — comentou outra. — Se bem que ela não precisa de maquiagem pra ficar bonita, né?

Tônia fingiu *sem-gracice*, fez que não com a cabeça, depois um "imagina, boba, deixa disso!" com o braço e um balançar de cabelos com olhos fechados e sorriso sem dentes no rosto. Tudo fingimento. Ela sabia que era bonita e que maquiagem era só um plus. Eu leio muito bem linguagem corporal, ave Maria.

— Você tá com tudo e não tá prosa, né, Zeca? Tá bombando, como vocês dizem — falou outra.

Eu estava morrendo de amor e de orgulho de mim mesmo por ter essa fama retumbante, conhecida mundialmente na Gávea, pronto para atender meus fãs com as respostas que eles queriam, quando meu pai chegou com uma Heineken na mão. Respirei fundo, e a alegria de ser reconhecido internacionalmente foi embora com o medo do incerto.

— E aí? — cumprimentou ele. — Vai de cerveja? Ou garotos como você só bebem... espumante? — perguntou, imitando, de forma bem caricatural, um gay bebendo numa taça de champanhe, com direito a dedo mindinho levantado e quebrada de quadril com mão na cintura.

Dito isso, ele estourou numa gargalhada, e só ele riu. Eu queria que um buraco se abrisse sob meus pés para eu evaporar dali. Prendi o choro, senti meu coração acelerar, o estômago embrulhar. *Eu vou vomitar*, pensei. *Não, não posso vomitar. O bêbado aqui é ele*, concluí.

Que tristeza ouvir meu pai, *meu pai*, se referir a mim desse jeito debochado, na frente de gente que eu nunca tinha visto, com tanto desdém, tanto desprezo, tanta recriminação. Quanto ódio na fala dele, quanta raiva... Eu não merecia viver aquela sensação de invalidade, de impotência, de censura. Eu estava tão feliz com tudo, tão apaixonado, tão realizado com meus vídeos, indo tão bem na faculdade... Por que ele fazia isso comigo? Por quê?

— Hélio! — gritou Tônia. — Que coisa horrível!

— Essa é pra mandar teu marido pro cantinho do pensamento — sugeriu um pai, certamente morto de vergonha alheia.

— E essa é a pior imitação de gay que já vi. Aposto que seu filho bebendo cerveja é muito do elegante — partiu em minha defesa uma das mães.

Eu quis chorar mais ainda. A mesa toda ficou constrangida com a "brincadeira" do meu pai.

— Eu bebo cerveja, sim — falei, com o peito inflado de ar que peguei não sei de onde, porque respirar, naquele momento, era das coisas mais difíceis de se fazer. — Mas, ao contrário de você, quando eu bebo não fico fazendo piada sem graça — completei.

Influência do Wiled ou não, coragem de apaixonado ou não, autoconfiança de quem estava sendo validado por desconhecidos que gostavam de graça de mim ou não, eu consegui peitar meu pai, consegui debochar do deboche dele, consegui finalmente me posicionar.

— Todo mundo tá aqui querendo conhecer seu filho, senta aí e aplaude orgulhoso, anda — disse Tônia, puxando meu pai, que estava meio sem equilíbrio, para a mesa. — Ou fica quietinho.

O clima então começou a melhorar. Tônia comentou com os amigos como o Cauê sempre foi meu fã, muito antes de eu ser famoso, que não via a hora de ver o tutorial com ela no ar, que compôs especialmente para nosso vídeo...

— Fica dando corda, olha aí no que dá... — falou meu pai, olhando para mim.

— Não entendi — reagi, mantendo a firmeza de antes, mesmo que só do lado de fora.

Por dentro, eu estava desmoronando a cada segundo.

Zeca 1000% exausto *mode on*. Meu Deus, como era difícil, e era toda vez tudo sempre igual. Eu tentava falar mais grosso quando ele estava por perto, tentava não gesticular muito, escolhia a dedo as palavras. Apesar dos seus consecutivos ataques de raiva absolutamente gratuitos, eu, inconscientemente, fazia tudo o que estava ao meu alcance para agradar meu pai. Ou, pelo menos, para não decepcioná-lo. Ou, quem sabe, só para me proteger de outro ataque. Mas, como deu para perceber, nada disso adiantava com ele. As ofensas viriam sempre, independentemente de mim ou de qualquer coisa que eu fizesse. Quando eu aprenderia isso de uma vez por todas?

— Fala. Olha aí no que dá o quê? — insisti, com nó na garganta, mas insisti. — Seu filho ser gay AND famoso, é nisso que dá ela dar corda?

Depois de um breve silêncio, ele soltou uma gargalhada que lacerou meu coração de um jeito que tudo o que eu queria era me levantar daquela mesa e ir embora sem falar com ninguém.

— Famoso? Famoso onde, José Carlos? Famoso onde? Só porque deu uma entrevista na televisão? Não pira!

— Ah, você me desculpe, Hélio, mas seu filho daqui a pouco vai estar com um milhão de seguidores! Se isso não é fama pra você, pra mim é. Zeca, você pode tirar uma selfie comigo? — pediu uma amiga de Tônia, a Margô, levantando já com o celular na mão.

— Ih, se já vai começar a tietagem eu também vou querer, estava aqui me segurando pra não pagar mico. Será que é demais pedir pra você fazer um vídeo pra minha mais velha? Ela te ama! — pediu Bruno, um dos pais da escola do Cauê.

E assim todo mundo da mesa foi se levantando e me dizendo coisas bonitas que quase cicatrizaram a ferida que meu pai tinha acabado de deixar lá dentro do meu peito. Acabado de deixar? Eu sou um bobo mesmo. Meu pai machuca minha alma desde que eu me entendo por gente. Aquela era só mais uma.

— Também quero vídeo, minha filha se chama Maria — pediu outra mãe.

— Homens maduros também deveriam ser maquiados, viu? Não pensa que só mulher que sofre com ruga e pé de galinha, hein? Cadê a igualdade? Maquiar só novinho não vale, Zeca! — disse outro pai, se oferecendo em seguida para ser maquiado por mim.

— Ah, não, Pasqual! Para com isso! — bronqueou meu pai. — Vai dizer que tu agora virou viado também.

— Chega, Hélio! — gritou Tônia.

Gritou um grito bem gritado mesmo, tanto que as crianças, mesmo dançando distante dali, ouviram e se viraram para ver o que estava acontecendo.

— Fala baixo, tá gritando por quê? — perguntou meu pai.
— A festa é minha, tô no meu prédio, tô...

— Tô gritando porque um, a festa não é sua, é do *meu* filho. Dois, porque você está sendo inconveniente, deselegante e mal-educado, pra dizer o mínimo! Três, porque eu não admito que você se comporte dessa forma na frente dos nossos amigos e, principalmente, do seu filho.

— Filho? Filho? Não é melhor dizer logo... filha?

— Respeita o Zeca, Hélio!

— Então ele que se dê ao respeito, Tônia.

Dessa vez não consegui dizer nada, embora uma enxurrada de palavras tenha vindo até a minha boca direto do meu fígado — que, segundo eu li num site de medicina asiática, é o órgão onde são processadas emoções como raiva, frustração e ressentimento. Eu queria aumentar a voz e falar que filha dele eu não sou porque sou muito de boa com meu gênero. Eu queria dizer que se fosse menina eu podia ser lésbica, e tudo bem! Eu queria gritar mais que a Tônia, eu queria chorar de ódio, eu queria dizer para ele e todos ali o tamanho da mágoa que eu sinto por ele dizer essas coisas. Mas não. Fiquei quieto.

E *voilà*... Nova torta de climão recheada de intolerância com camadas de constrangimento, coberta com o mais puro preconceito, aquele que muita gente tem mas jura de pés juntos que não, sabe? Enquanto a cena, ocorrida em menos de quinze minutos de festa, parecia passar em câmera lenta, eu observava a fisionomia dos pais dos amiguinhos do Cauê, todos (mal) impressionados com a brutalidade que meu pai estava jogando gratuitamente em cima de mim. Que gente bacana, me defendendo com tanta veemência e com tanto carinho...

— E esse negócio de curso de maquiagem de *drag queen* era só o que me faltava, né, José Carlos? De onde você tirou essa ideia? Como é que você cogita um troço desses?

— Por que não fazer esse curso? Eu quero aprender, quero diversificar, quer...

— Diversificar o quê? Você já é um estudante de Letras diverso, que escreve, que faz vídeo... Não tá bom não? Precisa aprender maquiagem de traveco, de prostituta?

— De quê? — estrilou Tônia.

— Quanta desinformação, Hélio — ponderou Bruno.

— Ah, travesti não é prostituta, agora?

— Quem falou em travesti, pai? E como assim? Existem, sim, travestis que vendem o corpo, assim como existem mulheres, trans e homens que fazem o mesmo. Outra coisa, você acha que porque eu vou fazer um curso de maquiagem de *drag*, que não tem nada a ver com travesti ou com trans, eu posso o quê? Me prostituir também?

— Sei lá... Você tá tão perdido que não sei nem o que pensar, sinceramente.

— Hélio, chega. Vai pra casa, por favor — pediu Tônia.

— Eu não vou virar *drag*, portanto, seguindo a lógica *tosca* e preconceituosa da sua cabeça, eu não vou me prostituir, pode ficar tranquilo.

— Tranquilo? Tranquilo eu não estou desde o dia em que você desmunhecou, querido. E isso você devia ter o quê? Um ano e meio, dois, no máximo. Daí você tira como é essa tranquilidade chamada minha vida.

— Hélio! — fez Tônia, em vão.

O meu coração queria pular do meu peito jorrando sangue, rasgando violentamente minha camisa.

— A bebida entra, a verdade sai. Não é o que dizem? — falou meu pai, já em pé, pronto para se retirar do mico que tinha virado aquela festa — E, ó, eu é que não vou pagar esse curso de maquiagem, vou logo avisando.

E aí eu botei para fora o mínimo de dignidade que ainda existia em mim:

— Nem eu vou pagar. Eu *ganhei* — expliquei, fazendo uma pausa dramática. — Ganhei permuta. Sabe o que é permuta? Não, né? Não faz parte do seu mundo. Só famosos fazem permuta, pai. E eu vou fazer porque, além de fama, que você acha que eu não tenho, eu tenho talento, coisa que você nunca teve pra nada!

Ele olhou sério nos meus olhos. Deu uma leve cambaleada e disse:

— Sai daqui. Sai daqui agora, José Carlos. Eu não sou obrigado a aceitar isso.

— *Aceitar o quê? Um filho que te ama e suplica pelo seu amor, apesar do que você faz com ele?* — eu queria ter tido forças para dizer.

Em vez disso...

— Saio com prazer. E com pena de quem fica na sua companhia, seu bêbado.

Dei as costas e andei apressado rumo à saída.

— Eu bebo pra esquecer que tenho uma aberração na minha família. É por isso que eu bebo. — Ele finalmente verbalizou o que queria verbalizar, provavelmente desde que eu... "desmunhequei". — Isso, sai correndo! Vaza, gazela!

Gazela. Meu pai me chamou de gazela.

Saí sem me despedir de ninguém, nem da Tônia, nem do Cauê, que gritou meu nome ao me ver indo embora e eu nem olhei para ele. Tadinho. Eu estava tomado por uma vergonha gigante de mim e de tudo o que eu tinha vivido naquele lugar... Em vez de me sentir aliviado por ter enfrentado meu pai e todo o ódio dele, eu me sentia um lixo. Um lixo. Pior, uma ratazana que se alimenta do lixo.

Capítulo 17

Quando cheguei em casa, desabei no colo da minha mãe, com minhas vísceras todas ali, derramadas com o meu pranto. Que dor que eu não sabia onde doía, que sensação pavorosa aquela que tinha invadido meu corpo. Parecia que eu tinha levado uma surra. Surra já dói quando é de algum desconhecido, quando é de uma das pessoas que deveriam te amar incondicionalmente... Calcula.

— Eu vou lá agora — disse minha rainha, indignada, sofrendo como se tivesse sido ela o alvo do meu pai.

— Não! Por favor, não. Ele vai falar que sou filhinho de mamãe, que não sei me defender sozinho. Eu me defendi muito bem lá, eu acho. Pela primeira vez, tive coragem de peitar meu pai, mãe.

— Muito bem, meu filho. Muito bem. Eu tenho tanto orgulho de você, Zeca... Tanto orgulho...

Wiled me ligou quando mandei mensagem resumindo o que tinha acabado de acontecer. Acho lindo quem liga. Antigo, mas lindo. Foi bom desabafar. Querido, me chamou para dormir com ele, mas eu quis ficar quietinho.

Por mais sintonizados que estivéssemos, era começo de namoro, eu não queria ser uma nuvem escura dentro daquele apartamento tão solar. Foi bom sentir o colinho dele de longe, a preocupação, a vontade de me ajudar. Me deu um conforto saber que eu não estava sozinho.

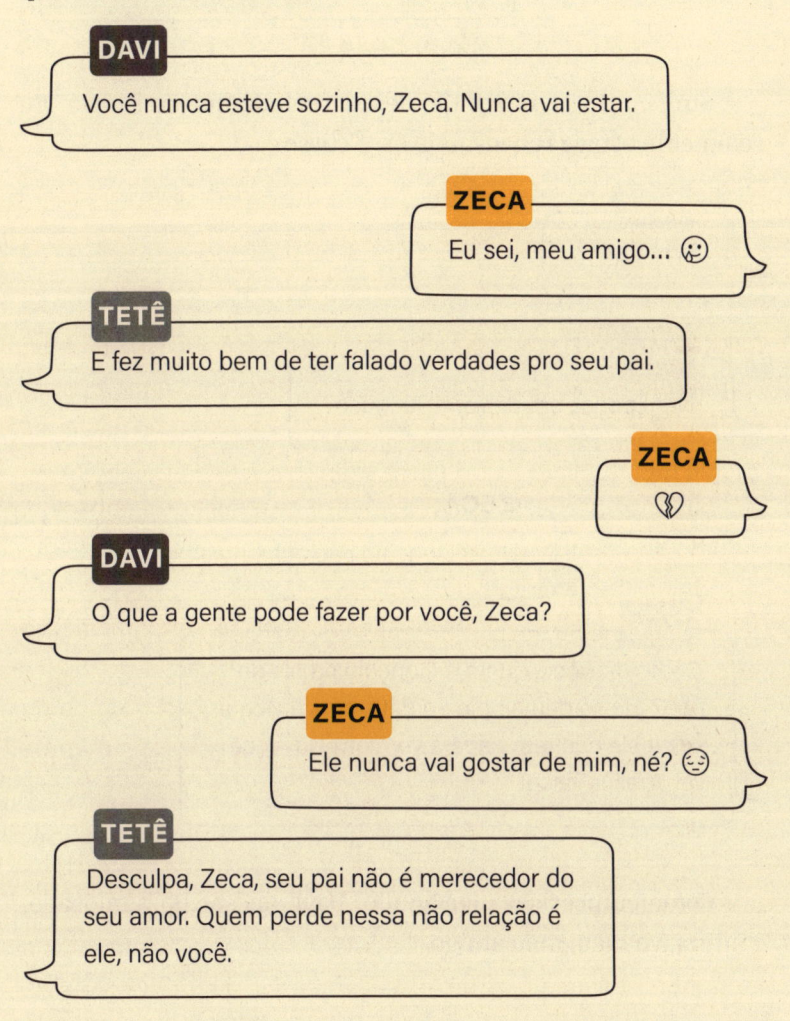

> **DAVI**
> Você nunca esteve sozinho, Zeca. Nunca vai estar.

> **ZECA**
> Eu sei, meu amigo... 🥺

> **TETÊ**
> E fez muito bem de ter falado verdades pro seu pai.

> **ZECA**
> 💔

> **DAVI**
> O que a gente pode fazer por você, Zeca?

> **ZECA**
> Ele nunca vai gostar de mim, né? 😔

> **TETÊ**
> Desculpa, Zeca, seu pai não é merecedor do seu amor. Quem perde nessa não relação é ele, não você.

Eu tinha apelado para o nosso grupo, que se chamava Bonde. Sim, o nome era esse. No começo era Bonde dos Excluídos, agora era só Bonde mesmo. Eu estava precisando do colinho da minha base, do meu alicerce, mesmo que virtual.

> **ZECA**
> Eu não vou fazer esse curso de drag.

Sim, eu escrevi isso, tão desconcertado que eu estava. Eu realmente estava repensando esse curso.

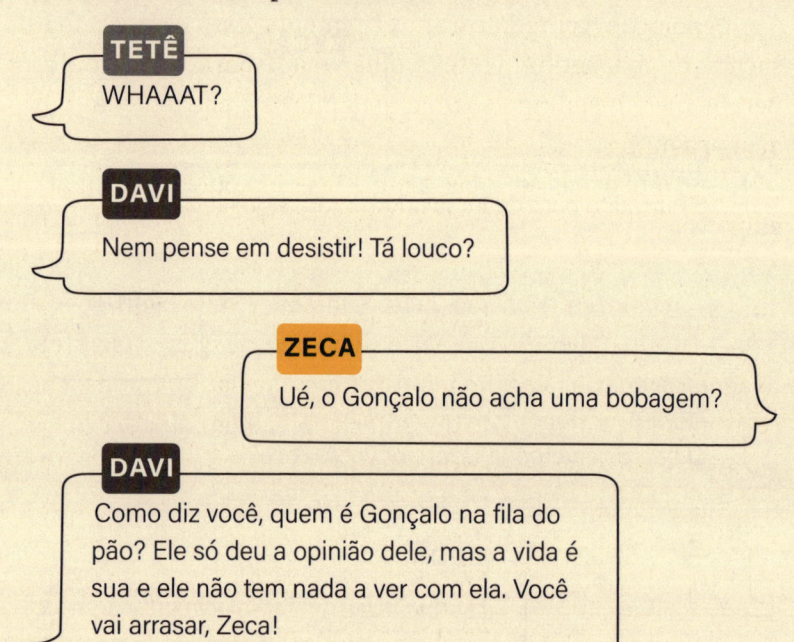

> **TETÊ**
> WHAAAT?

> **DAVI**
> Nem pense em desistir! Tá louco?

> **ZECA**
> Ué, o Gonçalo não acha uma bobagem?

> **DAVI**
> Como diz você, quem é Gonçalo na fila do pão? Ele só deu a opinião dele, mas a vida é sua e ele não tem nada a ver com ela. Você vai arrasar, Zeca!

Como eu precisava ler aquilo. Davi, apesar do namorado, continuava meu, meu amigo.

No dia seguinte, no primeiro intervalo na faculdade, já mandei mensagem para o Jonjon e combinei de maquiá-lo para divulgar o curso. Ele iria no dia seguinte na minha casa para gravarmos e pareceu empolgadíssimo, me mandou as figurinhas mais maravilhosas do mundo a cada balãozinho. Já tinha ido com a cara dele.

A ideia era a seguinte: eu tentaria deixá-lo com cara de *drag* e, se não conseguisse, contaria aos meus zequimores que iria fazer o curso dele para aprender. Marketing espontâneo e bem-feito? Temos.

Depois de comemorar internamente essa sensacional sacada de marketing, voltei a olhar triste para o horizonte. Berebs me viu sentado sozinho nos pilotis e chegou com um açaí pra mim.

— Tô te achando cabisbaixo. Tô errado ou aconteceu alguma coisa?

Que delicadeza...

— Aconteceu. Mas não quero falar, não. Tudo bem?

— Tudo. Só quero que você saiba que, se quiser falar, eu tô aqui. Eu queria falar um monte de coisas, mas falar me faria reviver toda a angústia do dia anterior e eu queria poder apagar tudo o que ouvi, tudo o que senti.

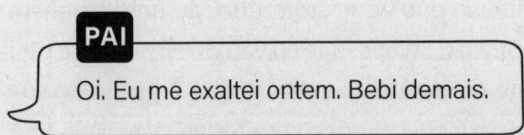

> **PAI**
> Oi. Eu me exaltei ontem. Bebi demais.

Nem acreditei quando li. Eu comecei a suar frio, a ponto de o Berebs perguntar se eu estava me sentindo bem. Mostrei a mensagem do meu pai para ele, que leu, olhou fundo no meu olho e me deu um abração.

— Você não vai responder?

— Não. Agora não.

Ele perguntou por quê. E eu me peguei sem saber a resposta, mas acho que tive a capacidade de resumir.

— Eu não consigo.

Fiquei esperando o telefone tremer mais uma vez. Estava faltando uma palavrinha. Só uma. Aquela que começa com *des* e termina com *culpa*. Meu Deus, por que será que é tão difícil admitir que errou e pedir perdão? "Eu sou seu filho, caramba!", gritei para o celular.

— Ele me chamou de gazela, Ted... — falei, prendendo o choro que veio com a memória daquela cena horrível.

Berebs me abraçou forte, cheio de pena, com razão. Gazela. Na hora do abraço, Túlio passou, apressado como sempre, acenou para a gente e seguiu voando. Lembrei da história dele, de como ele hoje se dá bem com o pai, apesar de toda a falta de apoio por parte dele quando o filho escolheu a carreira que gostaria de seguir. Eu nem queria me dar bem com meu pai um dia. Só queria que ele torcesse, mesmo que minimamente, por mim. Tá, eu sei que é mentira, eu queria, sim, me dar bem com meu pai um dia. Queria que ele tivesse o orgulho que minha mãe sempre teve de mim, escolhesse eu a profissão que fosse: médico, eletricista, porteiro, professor, tradutor, escritor, maquiador.

— Tem uma citação que eu gosto muito, de um jornalista americano, Herbert Bayard Swope, que eu vou dizer pra você e eu quero que você preste muita atenção: "Não sei o segredo do sucesso, mas o do fracasso é querer agradar a todos". Você não tem que agradar ninguém, muito menos o seu pai. Se você estiver feliz fazendo o que faz, fatalmente vai agradar a quem tem que agradar. Fazendo com o coração, Zeca, como você faz, já é meio caminho andado para tudo dar certo na sua vida, meu querido.

Berebs disse isso e ficou olhando sério para mim antes de me puxar para outro abraço. Eu não resisti e chorei. Uma pequena choradinha, mas uma choradinha. A camiseta dele chegou a ficar molhada. Eu sequei as lágrimas com meus polegares enquanto fungava e olhava para o lado, tentando fingir que nada tinha acontecido. Ele fez um carinho no meu rosto e me chamou para a aula. Pela primeira vez, eu não quis ir. Incrédulo, Berebs tentou me convencer a mudar de ideia, mas eu estava sem cabeça para estudar, para aprender, para focar em qualquer coisa que não fosse minha angústia e minha falta de entendimento em relação ao meu pai. *Como é que uma pessoa não gosta de mim? Como é que ele não gosta de mim?*, eu chorava por dentro, arrasado.

Confidenciei ao Ted que eu precisava ir para o meu quarto chorar. Chorar de verdade, chorar-chorar, abrir o berreiro que nem criança, sem me preocupar com olhares nem nariz vermelho, sem ter que disfarçar. Eu precisava sentir, não camuflar o que estava dentro de mim. Se não saísse dali para sofrer o que eu precisava sofrer, provavelmente eu iria explodir.

Chegar em casa e ela estar absolutamente desabitada significava que eu podia jogar a mochila no chão e pular na minha cama para chorar. Otimista inveterado que sou, na hora acreditei que aquilo era um presente do universo, uma dádiva, um luxo. Porque só assim eu poderia gritar o que gritei, me revoltar como me revoltei, depois ficar muito triste, depois com as mãos ora tapando o rosto de vergonha, ora passando nos cabelos, com pena do meu pranto. Era eu comigo mesmo. Era eu completamente sozinho. Eu só queria que meu pai gostasse de mim... Só isso que eu queria... Nem que fosse só um pouquinho... Se ele gostasse, não seria tão preconceituoso, não seria homofóbico. Era nisso que eu, no fundo, no fundo, acreditava. E tome "Fake Plastic Trees", do Radiohead, tocando em looping. Depois de umas 217 ouvidas, fui para uma playlist chamada Músicas para Chorar Internacionais. Sim, tem isso e muitas mais no Spotify. Eu ri. Chorando, mas ri.

Como tenho com a tristeza um pacto de intolerância, uma hora eu abri a porta e falei para ela sair varada, porque eu estava de saco cheio de sofrer. E ela foi. E eu botei Lizzo e Cardi B cantando "Rumors" e saí pela casa dançando de meia. A seguir vieram "Call Me by Your Name", que dancei com a vassoura — virei a louca varredora. Não era a poeira que eu queria varrer, óbvio. Era o baixo-astral que, definitivamente, não combina comigo.

Fervendo com "Eu Viciei", da Pocah com a Lia Clark, já suando de tanto que eu estava pulando pela casa, me sentindo o Justin Neto, o céu de repente ficou rosa, roxo e laranja. Eu amo o crepúsculo, é minha hora favorita do dia. Então me veio uma vontade inusitada que abraçou meu coração: chamar o Wiled para jantar comigo e conhecer minha mãe.

O cardápio ideal para nosso primeiro jantar juntos seria, obviamente, o empadão de camarão que era best-seller da casa, sucesso de público e crítica havia anos. Todo mundo lambe os beiços e fica chocado com a leveza da massa cuja receita ela não dá nem sob tortura (diz que não sabe medida de nada, que faz tudo "de olho"; arrã). Além de rainha, Zeni é uma chef de primeira, daquelas que não liberam seus segredos culinários, mas é de primeira. Antes de convidar meu boy, mandei mensagem para a mamãe perguntando se daria para ela preparar meu prato preferido em tempo recorde, porque queria chamar um amigo para jantar com a gente. Depois de um pequeno surto dizendo que já eram quase seis da tarde, que não ia dar conta (ela sempre dava), a rainha deixou a curiosidade assuntar.

RAINHA
Posso saber quem é esse amigo que você resolveu convidar de última hora?

ZECA
Curiosinha!

> **RAINHA**
> Fala, Zeca!

> **ZECA**
> Sabe aquele cara que fez meu olho brilhar no Projac?

> **RAINHA**
> Aaaaaaahhhh!!! 🖤 😍 👏

> **ZECA**
> ☺ Pois é ele mesmo. E ele segue firme no propósito de deixar os meus olhos brilhando...

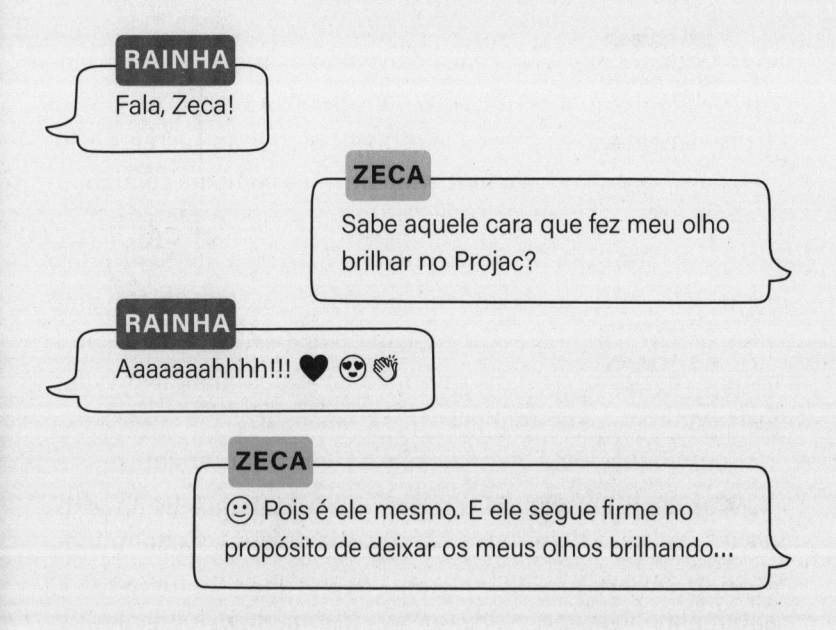

Eu não precisava estar na frente da minha mãe para saber que agora era o olho dela que estava brilhando. Eu sei quanto ela queria que eu encontrasse alguém depois da minha decepção com o Emílio, sei quanto ela falou para eu não desistir do amor, quanto ela disse que coração partido ao longo do caminho faz parte, que não era uma história ruim que tiraria de mim a chance de ter uma boa.

Verdadeiramente boa, não daquelas que fazem a gente dar desculpas a todo instante: "Ah, a gente briga, a gente vai e volta, mas quando tá bom é tãããoo bom". Eu apaixonado, entregue, e ele abusando do meu amor, que era tão puro, saindo sem me contar, tendo perfil em aplicativo mesmo namorando comigo, ficando com outras pessoas enquanto dizia que me amava... "Não era amor, nunca foi", repetia minha mãe umas 237 vezes por dia. *Pelo amor de Getúlio!*, eu sofri mais que formiga vendo uma manada se aproximar e sem ter para onde fugir.

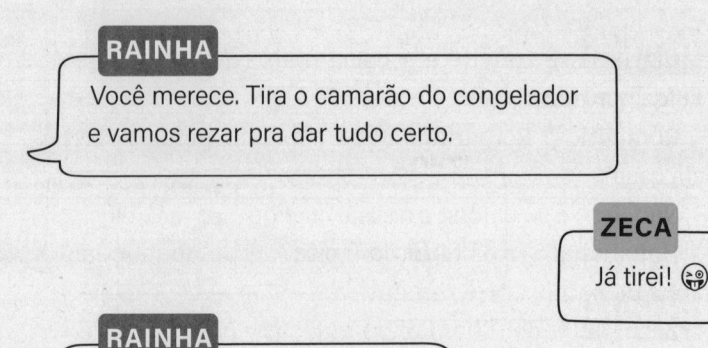

> **RAINHA**
> Você merece. Tira o camarão do congelador e vamos rezar pra dar tudo certo.

> **ZECA**
> Já tirei! 😛

> **RAINHA**
> ☺ Te amo. Indo pra casa. <3

Aaaaaaah, eu suspirei com som. De vez em quando eu tenho isso de suspirar com som. Quando terminei com o Emílio, descobri que isso me dá um alívio gigante. Depois do grito suspiresco eu senti minha respiração acelerar, o ar estufando todo o meu peito ao entrar pelo meu nariz. *É nisso, Zeca, nas coisas boas da vida, que te aceleram o coração para o bem, que você tem que mirar*, eu dizia a mim mesmo enquanto esperava Wiled atender. Eu estava tão, tão felizinho... Nem disse alô. Fui logo perguntando:

— Quer vir jantar aqui em casa comigo e com a minha mãe?

— Conhecer sua mãe? Mas já? Já? Já?

Coração acelerou para o mal agora. Bateu insegurança, medo, uma desesperança que... ah, sei lá, me senti tão vulnerável... A gente não estava namorando, cacete? Outra decepção não... por favor, universo, pelo amor de Getúlio, outra decepção não! Tentei disfarçar meu nervosismo. Em vão.

— Ué... Tá cedo? D-desconsidera então, desculp... é que achei que... achei que a gent...

— Para, Zeca! Eu tô achando o *máximo* esse convite! Claro que eu vou!

— Jura?

— Claro! Esse convite é a coisa mais romântica que alguém já fez por mim.

— Romântica? Romântico não é espalhar pétalas vermelhas pela casa?

— Não. Isso é só cafona mesmo.

— Hahahaha! Sério? Então me fala, desde quando jantar com a mãe do namorado é romântico?

— Zeca, entenda! Chamar o namorado para jantar é romântico. Com a mãe que eu fiquei louco para conhecer desde que vi na televisão, então... É romântico tipo coisa muito, muito fofa, sabe?

— Sei... — respondi, o rosto todo sorrindo idiotamente.

— E olha que eu não sou nada romântico.

— Ah, para! Se não fosse, não ia ter ficado tão derretido com o café que eu te levei na cama... — implicou ele. — Quer enganar quem?

Eu ri, Wiled estava coberto, sapecado de razão. Eu era romântico e não sabia. Ah, quero enganar quem? Eu era romântico *and* sabia. Só não ficava espalhando por aí.

— Você é super-romântico, Zeca. Super.

Eu queria voar para cima dele, queria ver a pupila dos olhos dele dilatando enquanto fitava a minha, soltando gifs de pelúcia. Eu só queria que naquele exato segundo ele estivesse ali comigo para ver quanto eu estava apaixonado por ele, quanto ele me fazia bem. Mas eu ia vê-lo já, já.

— Vou bem lindo e cheiroso.

— Eu amo seu cheiro, sabia?

— Perfume vagabundo de farmácia, tá? Mas eu amo, cheiro fresco, de banho, de gengibre com toques de madeira — disse, explodindo numa gargalhada.

Que bonitinho ele me explicando sobre o perfume. Que fofo...

— E, ó, precisa nem se preocupar com a sua mãe, não, tá? As mães me amam.

— Quem não te ama, Wiled?
— Verdade, não tem quem não me ame.

Rimos antes de nos despedir. Ele ia sair do Projac às oito, chegaria lá em casa umas vinte para as nove, ou seja, perfeito. Daria tempo de sobra para a Zeni preparar seu sensacional empadão.

Wiled chegou com flores lindas, elegantíssimas, e um vinho chileno chamado Aquitania. Achei educado, gentil e muito amoroso isso.

— Uma vez fui num restaurante com uma amiga e a gente pediu esse vinho. Falei pra ela, ó, não vamos esquecer o nome desse vinho, que ele é muito bom, e a gente esquece tudo depois de três taças. Já sei! É só a gente pensar que tem uma Tânia entre a gente. Tipo, "Aqui, Tânia, *chô* te falar uma coisa"! — contou às gargalhadas. — Menino, mas a gente ria de chorar naquele restaurante!

Wiled chegando e já entregando sua especialidade: o riso frouxo. Da cozinha eu ouvi mamãe rir. Logo ela veio enxugando as mãos no avental.

— Gente, finalmente eu conheço a famosa rainha! — disse ele.

Ela baixou a cabeça, sorrindo com as covinhas aparecendo, olhando para o chão orgulhosa do que representava para mim.

— Ele que é meu príncipe — respondeu ela.
— E agora meu também, né?
— Vou pensar no seu caso... — Zeni fez charme. — Eu posso dividir o Zeca com você. Mas se você fizer algum mal pro meu menin...

— Você pode vir atrás de mim e me encher de porrada, porque eu vou merecer. Se você não me bater, eu me bato, Zeni!

Foi linda a noite com meus dois amores. Antes mesmo de o jantar ser servido, Wiled já estava aprovadíssimo pela minha rainha, e eu nas nuvens, por conseguir, com afeto e comida aconchegante, deixar o passado no lugar dele.

Perdemos a noção do tempo conversando e era quase meia-noite quando Wiled se assustou ao olhar a hora no celular.

— Gente, tenho que ir! — disse ele, já entrando no aplicativo do Uber.

— Não quer dormir aqui?

Essa pergunta quem fez não fui eu. Foi a minha mãe. E eu juro que tentei manter uma fisionomia de naturalidade depois da breve tossida que dei.

— É perigoso ir tão tarde — completou ela. — Perigoso e desnecessário. Até porque a prosa tá tão boa...

Amo quando minha rainha fala *prosa*. Já falei isso, né? A-mo!

— Sério? — Wiled questionou, incrédulo.

— Sério, claro. E nem precisa levar café da manhã na cama pra mim — falou ela, sapequinha.

Sabia que eu ficaria enrubescido com aquela frase. Virei um pimentão.

— Hmmm... Quer dizer que você contou pra Zeni que eu sou desses, é? — perguntou Wiled, indisfarçavelmente feliz.

Baixei a cabeça, rindo envergonhado.

— Ah, meu Deus, como é lindo! — gritou ele, me deixando mais envergonhado ainda.

— Mãe, tudo bem mesmo o Wiled dormir aqui?

— Claro, né, Zeca? Eu jamais chamaria se não estivesse tudo bem. Alguma vez chamei aquele desgramado do teu ex? Chamei?

Não, nem em sonho ela tinha chamado o Emílio para passar a noite lá em casa.

— Aí eu vi vantagem! Então, se é para o bem de todos e felicidade geral da nação... Digam ao povo que durmo! — decidiu Wiled.

— Hum, tá fazendo a bicha histórica citando Dom Pedro pra impressionar minha mãe, é? — impliquei.

— Sou muito culto, amor. E lido, né? Sou uma biblioteca ambulante. Aceita.

— Já aceitei — reagi, sorrindo bocó e dando nele um selinho muito do carinhosinho.

De rabo de olho, vi minha mãe sorrindo satisfeita. Uma satisfação que se unia a uma paz que ela talvez precisasse ver perto de mim. Ficamos mais de uma hora de papo na sala antes de irmos dormir.

Minha mãe é uma sábia mesmo. Mostrou para mim, com um convite ao meu namorado, que a vida é feita de altos e baixos, de coisas boas e ruins, num mesmo dia, numa mesma semana, num mesmo mês. E que *tudo bem*! Tristeza se cura com amor e alegria, ela sempre disse. E eu ia dormir cercado de ambos.

Capítulo 18

NA SEMANA SEGUINTE, NA HORA COMBINADA, O INTERFONE tocou. Era Jonjon. Fui ansioso abrir a porta quando ouvi a campainha. Eu precisava ver a cara da pessoa que tinha a Lana Del Rey na foto do WhatsApp, eu estava louco para conhecer desmontada a Lanna del Fuego e de la Rua, esse nome *hilário*, do Instagram.

— JP?! Não sabia que você também ia vir. Cadê o Jonjon?
— Prazer, Jonjon!
— Oi? Pera, e-eu não tô entendendo nad...
— Eu sou o Jonjon, Zeca!
— En... tendi! Só não tô acreditando ainda, calma. Eu tô zonz...
— Calma, respira — riu ele. — Posso entrar?

Sim, era o JP, o tímido porém lindo JP, o estiloso e zero afeminado JP, o JP charmosíssimo e brother de geral da faculdade JP.

— Claro, entra. É que ainda tô processando a informação...
— Tá, eu sei, imaginei que seria um choque. Mas melhor assim, mais fácil do que explicar tudo antes.
— Mas me explica, JP... É algum transtorno de personalidade? Eu não tô acreditando, sério.

Ele riu.

— Não! Eu só... eu mataria meus pais de desgosto se eles soubessem que eu me monto de vez em quando. E é só de vez em quando mesmo.

E a história se repetia. Mais uma vez.

— Mas você é gay? — perguntei, na lata.

— De vez em quando — respondeu ele, maroto. — Só de vez em quando mesmo.

Rimos juntos.

Gente... Aos poucos ele ia virando o JP da faculdade, só que mais solto.

— Quando vi você falando na TV sobre maquiar *drag*, eu achei que era um sinal, que era o universo conspirando para que eu pudesse mostrar para o mundo quem eu realmente sou e o que eu faço. Pensei muito, até que resolvi te falar que "conhecia o Jonjon".

Se eu visse isso num filme eu ia ser o primeiro a gritar: "Como foi que esse cara, que era um quase figurante até agora, passou a ter *esse* protagonismo?". Nada mais doido que a realidade. Impressionante. Eu, como espectador, certamente diria: "Isso não existe na vida real! Apenas parem que tá feio!". Mas não. Eu estava passado. Não só era verdade, como eu estava adorando cada segundo daquele longa-metragem que íamos escrever juntos.

— Alguém na faculdade sabe?

— O Ted.

— E ele não me falou nada! Puxa... Que bom menino... — falei.

— E a Dade...?

— Nem sonha! Só sabe que eu sou livre.

Um silêncio se fez. E não foi tão breve, beirou o constrangedor.

— Imagino que você esteja se sentindo meio enganado, né, Zeca? — perguntou JP.

— Um pouco... Mais chocado, pra falar a verdade — respondi, com toda honestidade.

— Mil perdões, amigo. Eu sei que é errado, e vou mudar isso. Essa é a razão por eu estar aqui. É que eu tenho tanta noia, mas tanta noia de os meus pais descobrirem que eu escolhi viver uma vida paralela, que fui simplesmente escondendo, escondendo...

— Meu Deus, JP, que loucura. Há quanto tempo isso?

— Há quase três anos — respondeu, antes de respirar bem fundo. — Por isso que eu resolvi te falar do Jonjon e vir aqui. Para acabar com essa palhaçada. Mesmo que me montar seja uma coisa bem de brincadeira, mas que, sei lá. Vai que fica séria um dia? Com seu vídeo, vai todo mundo poder ver quem eu sou de verdade, o que eu realmente gosto de fazer, e vou finalmente me abrir para os meus pais. A farsa vai acabar.

Arregalei os olhos, espantado real.

— Sério mesmo? — indaguei.

— Muito sério.

— Voc-você tá falando que escolheu gravar um vídeo *comigo* pra esse acontecimento na sua vida?

Ele sorriu e fez que sim com a cabeça.

— Eu tô bege. Vai ser um divisor de águas na sua vida, JP!

— Eu sei. E a sua coragem de mudar me fez ter coragem de ser quem eu sou — disse ele, emocionado. — Mas não posso pensar muito, senão eu mudo de ideia.

Dei um abraço bem apertado nele. Que história, meu Deus! Que história!

— Minha mãe te ama, Zeca. E ela amou o vídeo com a sua mãe!

Senti que bateu fundo nela, sabe?

— Eu nem sei o que dizer. JP. Ou Jonjon...

— Jonjon é meu apelido de infância. Virei JP só quando entrei na faculdade, e adorei. — Ele puxou o ar bem fundo antes de seguir. — Meus pais são mais velhos, Zeca, extremamente caret...

— Não precisa se justificar pra mim... Sério. A não ser que você queira.

Sorrimos cúmplices um para o outro.

— Brigado, viu?

— Imagina, brigado você pela confiança, pela permuta com o curso...

— Não tô falando de curso, que aliás vai ser meu primeiro, obrigado pela confiança mesmo. Tô falando de diversidade. É raro alguém abrir espaço para *drags* não famosas. E são poucas as famosas, né?

Sorri agradecido pelas palavras dele. Se essa minha "fama" repentina na internet pudesse dar voz aos que nunca eram ouvidos, minha missão como aprendiz de maquiador/entrevistador/estudante de Letras estava se cumprindo lindamente, hein?

— E essa mala? Não vai me assustar de novo e dizer que você também é um maníaco psicopata, que vai botar meu corpo aí dentro cortado em pedaços e depois fugir pra nunca me encontrarem.

— Ah, para! Você achou que ia me maquiar e eu ia ficar metade de JP e metade de Lanna del Fuego e de la Rua? Trouxe umas coisinhas pra completar o visu...

— Óbvio que não.

Prendi o riso.

— É maravilhoso esse nome, né? — disse ele.

Amo gente trabalhada na autoestima. Esse é meu clã.

Fomos para o quarto e ele abriu a mala e pôs sobre a cama tudo o que precisaria para se transformar em Lanna del Fuego e de la Rua. Meia-calça grossa e brilhosa, sapato de salto altíssimo, um vestido "da Saara mas eu falo que é Dior vintage", de cair as duas bandas da bunda de tão esplêndido, e uma peruca que parecia ter saído de um filme do 007 da década de 1970. Assim se faz uma *drag*.

— Deus é pai que vamos refazer seu vídeo! Ainda bem que ainda não postei. Você de JP tímido é uó.

— Jonjon é tímido que nem o JP. Extrovertida é a Lanna, com dois enes pro crédito, tá, amor? Ela é o que cada um dos dois tem de melhor.

— Ela gosta de câmera, espero.

— Ama.

— Que bom. — Eu ri. — Gente, como pode, mesmo ainda sem ter virado Lanna, você já tá outra pessoa.

— Tô não, tô só leve. Porque tô feliz. E eu me sinto forte quando ela tá pra chegar.

Aaaaaaaaaaaah! Que tudo!

— Então bora. Boa gravação pra gente. E, mais uma vez, obrigado pela confiança.

Liguei a câmera.

— Bom dia, Zequimores! — fiz minha saudação que já tinha virado bordão. Eu estava impossível! — Bom, gente, esse aqui é o Jonjon, ou JP, como queiram, que é estudante de Letras e *drag queen* nas horas vagas.

— Vagas mesmo, só muuuuito de vez em quando que eu me monto, só em ocasiões especiais, tipo festa de aniversário de amiga e quando me dá na telha, pra ir a alguma festa, ou às vezes só pra ficar em casa mesmo, quando meus pais não estão. Depois daqui vou poder fazer isso quando eles estiverem também, eu espero.

Comecei a fazer a pele dele e já levei bronca. Antes de tudo, eu teria que passar protetor solar, já que a pele também requer proteção para as luzes de palco. E então me lembrei da maquiagem da Tônia, quando ignorei o filtro solar. Fazia todo sentido. Não bastasse um primer, JP me fez colocar outro.

— Sou quase cacura, né, amor?

JP não era cacura, longe disso. Tinha 21 anos. Nada velho.

— Quanto mais primer, menos a pele derrete. E quanto mais idade a gente tem, mais a gente precisa para a maquiagem não sair da nossa cara nem por decreto — ensinou ele.

Mesmo com a barba feita, é uma grande preocupação das *drags* esconder ao máximo o "chuchu", como JP chamava os pelinhos da barba.

— Isso também é gíria de cacura, tá? Aprendi com meu mestre Raony, que é cacura real, tem 40, ou seja, praticamente uma anciã. Mas ele que me ensinou a maquiar, então fiquei com esses termos na cabeça, né? — explicou JP.

— Ah, não vem falar de cacura, não vem dizer que tem preconceito com gente mais velha.

— Eu, Zeca? Nenhum! Já até peguei. Mas cacura é aquela pessoa que você pega e não conta, né? Que as amigas já ficam: "Ih, viu JP? Tá com uma cacura!"

— Aff... tem uns gays muito chatos, né? — comentei. — Deixa a *bee* pegar quem ela quiser pegar, que coisa!

— Tem é uns seres humanos muito chatos, isso sim. Mas tem *bee*, concordo, bem chata mesmo.

Com a pele devidamente preparada para receber a maquiagem, qual não foi a minha surpresa quando JP me perguntou se eu tinha algum batom laranja ou mesmo vermelho mate. Eu tinha, e ele pediu que eu passasse no lugar da barba.

— Isso aqui é pra ninguém nem suspeitar que tem barba aí.

— Gente! Tô passada!

— Ih, não viu nada ainda. Tem é coisa pra tacar na minha cara, Zeca. Depois tu espalha, pra gente poder passar em cima base, corretivo, iluminador, a zorra toda. *Drag* sem iluminador não é *drag*, entenda.

Só então fui percebendo que chamar *drag queen* de manifestação artística era zero exagero. Mesmo. É realmente uma arte — difícil, rebuscada e cheia de detalhes — o que eles fazem para se transformar em mulheres lindíssimas.

— Vou caprichar mais ainda nessa pele, então, porque a senhora, com todo o respeito, tá agarrada com a treva.

Sua pele tá de chorar no cruzeiro das almas desaplaudidas, valhame Deus — brinquei.

— Rapaz, dê dinheiro, mas não dê intimidade pra uma pessoa, viu? Isso porque ele nem tem intimidade, gente! Acabou de conhecer Jonjon — reagiu ele, me matando de rir.

— Mas o JP estuda comigo, para!

E rimos mais. E ali eu tive uma intuição muito forte de que aquele vídeo seria histórico, icônico. Não só pelo humor e pelo tema, mas pelo grau de dificuldade que eu estava enfrentando. Quanto mais eu o maquiava, mais eu via quão difícil é a maquiagem das *queens*, e mais vontade eu tinha de entender as técnicas, de praticar... A impressão que eu tinha era de que, se eu maquiasse bem uma *drag*, eu poderia maquiar bem *qualquer pessoa*.

Durante nosso bate-papo, enquanto me corrigia e me dava as diretrizes para a sua transformação em Lanna del Fuego e de la Rua, JP me contou que teve uma crise de pânico no momento em que patinava entre a faculdade de Letras e o curso do Senac para cabeleireiro e maquiador, que pagava com bicos que fazia, alguns como Lanna.

Sua paixão era transformar pessoas ou apenas melhorá-las na aparência, deixá-las mais à vontade com elas mesmas. Tudo estava indo bem, Jonjon e JP conviviam em perfeita harmonia, até que um dia, no caminho da faculdade para o Senac, no ônibus da linha 554, ele viveu momentos de tensão. Taquicardia, sudorese, dificuldade para respirar, para enxergar, boca seca, falta de ar, falta de ar, falta de ar... Naquele dia, ao ter um ataque de pânico, JP teve certeza de que iria morrer, e sentiu na pele que, ao contrário do que ele pensava, crises como aquela não eram "frescura", não eram coisa de "gente que precisa de um tanque pra lavar umas roupas", não eram surtos que só acontecem com gente rica.

— Eu tive certeza de que eu ia pro outro lado, Zeca. Certeza — contou JP, já com outra fisionomia, com pele e contorno feitos. — E o pior de tudo é conviver com o medo de ter medo de novo. Porque na hora é a pior coisa do mundo. Sua cabeça começa a só pensar coisas horríveis, eu tive certeza de que estava tendo um AVC ou alguma coisa assim. E foi a Lanna que me salvou.

— A Lanna te salvou? Como assim?

Ele se ajeitou na cadeira para contar sua história.

— Quando eu sentia meu coração querer acelerar de novo, quando eu via que eu podia estar prestes a ter outra crise (e olha que eu estava diagnosticado, medicado e bem acompanhado por um terapeuta), eu *agarrava* meu nécessaire e começava a me maquiar. E da maquiagem pra montação foi um pulo. Eu fui montando a Lanna bem devagarinho. Ficava vendo tutoriais na internet e fazendo igual, aprimorando. Primeiro o olho, depois o formato da boca... Isso dava uma paz pro meu coração que você não faz ideia. E, como eu já maquiava, não foi tão difícil. Era desafiador, na verdade. Era instigante...

O olho dele brilhava tanto que eu me perguntei se ele fazia ideia disso. Mas ele sabia. Ele mesmo disse: "A Lanna me salvou". Que forte!

— Construir aos poucos a Lanna foi uma espécie de *mindfulness* pra mim, uma meditação, chame como quiser. Me montar foi o meu jeito de encontrar paz no meio do caos, de encontrar calma no ritmo acelerado da minha cabeça. Por causa da Lanna, eu não pirei. Você faz ideia do que é isso?

— Uau! Não faço ideia, JP, mas eu posso imaginar levemente. E que lindo você compartilhar essa experiência sem filtro, sem timidez, comigo e com meus Zequimores. Normalmente, as pessoas baixam o tom para falar de problemas mentais. Ou simplesmente não falam. Só sentem e acabam passando sozinhas por uma coisa tão complicada. Obrigado por fazer o oposto, por falar, por abrir o coração aqui.

— Imagina, não tem nada que agradecer. Falar é bom, a gente se escuta também. Eu não quero voltar para aquele lugar, Zeca — disse JP. — Com a audiência que tu tem, é incrível poder falar para as pessoas que *tá tudo bem não estar bem*! É um peso que tô tirando de mim.

— Ô, gente, que coisa linda. Brigado, cara. Brigado mesmo — falei. — E tudo bem se montar também, tudo bem fazer o que nos deixa felizes, certo?

— Desde que sua ideia de felicidade não seja esquartejar pessoas, tá tudo certo — brincou ele, soltando uma gargalhada maravilhosa.

Eu ainda não havia parado para pensar no alcance da voz que eu tinha, no tamanho da voz que eu tinha, no poder da minha voz e no *strike* do bem que ela podia fazer. Como aconteceu com o vídeo com a minha mãe, que viralizou por ser de verdade, e que certamente botou muita mãe e muito pai de LGBTQIAPN+ para se repensar, como a própria mãe do JP; com o vídeo da Tônia, que fala de sonho, e sonho todo mundo tem, mas por que não correr *mesmo* atrás dele em vez de ficar só no discurso? E com o da Dade, sobre TDAH e tanta coisa séria abordada de forma leve...

— Tu vai muito longe, não sei se tu tem essa noção.

— Nossa, JP... não tenho a menor noção — fui sincero. — Não tenho a minúscula noção.

— Que bom — disse ele. — Assim tu não se deslumbra.

— Me deslumbrar? Imagina...

— Rapaz, tudo bem se deslumbrar um pouquinho e depois voltar pro mundo real. Também não leve tudo tão a sério, tão a ferro e fogo.

Sorri para ele e voltei a maquiá-lo. Enquanto eu evidenciava a estrutura óssea do rosto dele com iluminador, comemorava o fato de ter um estoque muito bacana de vídeos, aquele em processo, inclusive. Era doido pensar no que eu estava me transformando.

— Tu tem o dom de ser uma porta de mudança para as pessoas, Zeca. As pessoas ficam com você, no *teu quarto*, na tua intimidade, numa espécie de cantinho do autoconhecimento, sabe? — explicou JP. — Ninguém assiste aos teus vídeos impunemente. Acho que qualquer ser humano com o mínimo de bom senso, depois dos seus vídeos, olha para dentro. Por isso eu agradeço tanto por abrir esse espaço pra mim. Hoje eu sei que, por querer controlar a zorra toda, futuro, faculdade, trabalho, estágio, Senac, o que eu queria fazer e o que esperavam que eu fizesse, tudo isso obviamente me fez dar *tilt* uma hora, né? E falar disso é libertador. Porque hoje sei que era isso, mas na hora eu nem suspeitava.

Eu estava profundamente emocionado. Ali eu entendi a relevância do trabalho que eu vinha fazendo. Sim, era um trabalho. Remunerado até. Cada vez mais grifes queriam fazer parcerias, ações de publicidade, cada vez mais meus vídeos tomavam proporções gigantes, cada vez eu ganhava mais seguidores e propostas de trampo...

Então eu não era mais um influenciador sem conteúdo, como tantos... Eu estava me tornando uma pessoa que podia *realmente* fazer bem para as outras. Uma lágrima escapuliu por conta de todo o orgulho que... ah, que eu senti de mim mesmo. Senti, senti, sim! Orgulho de ter enfrentado meus medos, de ter mudado completamente, de ter me arriscado. Era muita, muita emoção mesmo.

— Ah, não, para que você acha que é com um corretivozinho mequetrefe que tu vai tapar uma sobrancelha de *drag*. Tá péssimo isso! Sobrancelha é a alma das *drags*, José Carlos Coelho Neto!

— É Teixeira...

— Não importa, agora é Coelho Neto.

— Gente, eu tô levando um esporro, é isso? — falei, enquanto tentava prender a gargalhada.

— Exatamente! — riu ele.

— Com esse sotaque maravilhoso, fica até bonitinho levar esporro.

— Essa sobrancelha que tu tá fazendo tá a treva, Zeca! Você não tem *paint stick*?

Não, claro que eu não tinha.

— O que é que é isso? *Paint* o quê?

— *Stick*. É uma base bem concentrada que a gente usa pra esconder sobrancelha, pra corrigir imperfeição. E é à prova d'água, nível tem que ter, tá?

— Eu não costumo maquiar *drag*, JP.

— Ainda!

— Tá, mas eu não tenho aqui. Como eu faço?

Para esconder a sobrancelha e desenhar outra, JP me deu algumas alternativas, que iam de esmalte incolor (que ele não recomendou, por ser tóxico) a pedaço de tule transparente, cola em bastão e outras *cositas más*. Jonjon era todo truqueiro. Mas, claro, ele tinha levado o tal do *paint stick*.

— Você não acha que eu ia correr o mínimo risco de ficar cagado no teu Instagram, né?

E ele escondeu a dele e desenhou a sobrancelha da Lanna. Que espetáculo ficou! Aplaudi e tudo.

— Viu? É assim que se faz uma sobrancelha! — disse ele.

— O Berebs sabia do seu plano pra vir aqui como Jonjon? — perguntei, mudando de assunto completamente.

— Ele que me deu força!

— Gente, e eu nem suspeitava.

— Olha. Eu sou isso, a Lanna em construção, sou o JP, o Jonjon e tantos outros e outras. A Lanna não me define, mas me faz feliz, solta o artista que tem dentro de mim. O JP me bota no prumo, o Jonjon gosta de futebol com os amigos e aceita a zoação deles por ser botafoguense e é bem imaturo às vezes. Eu sou muitos, vários. Por que não?

— Por que não?

Terminamos o vídeo emocionados, gratos por aquele encontro, por aquele momento, aquela catarse, por aquele banho de sinceridade e empatia. Quando Lanna estava finalmente no meio de nós, lindíssima, luxuosíssima, riquíssima, elegantíssima, eu quase surtei.

Lanna del Fuego e de la Rua era potente e forte, era raio e trovoada, era um furacão, e eu entendi tudo. Era ela quem protegia o frágil e tímido JP, era ela quem peitava a rapaziada do futebol que dava carrinho em Jonjon. Era ela que certamente convenceria os pais de JP de que não havia absolutamente nada de errado no fato de ele se montar para se sentir feliz de vez em quando.

— Gostou? — perguntei, embasbacado com tudo, inclusive com minha maquiagem.

— Gostei de tudo, mas ainda bem que você vai fazer meu curso de *make* que começa semana que vem na Conde de Irajá, em Botafogo, quatro aulas, quatro sábados, duas horas por dia, e acho que é isso. Qualquer coisa chama aqui que a gente atende. Manda DM. Ah! Os três primeiros que se inscreverem colocando o cupom ZECA ganham desconto de 40%.

— Gente, zerei a vida, virei cupom! — brinquei.

Quando desliguei a câmera, chamei JP para um japa no Baixo, mas ele recusou. Queria ir logo para casa. Ele iria assim, de Lanna. *Quá* morri.

— Tem certeza? Tanto tempo se escondendo pra hoje, do nada, chegar em casa assim?

— Vou matar os *véio* tudo, né? — brincou.

— De susto, com certeza! — fui sincero.

— Eu não tinha planejado isso, Zeca. Mas nossa conversa foi tão boa e me fez tão bem que... acho que chegar assim em casa, abrindo meu coração, dizendo que acabei de fazer o vídeo com você, contando tudo que conversamos, dizendo que não quero mais me esconder nem mentir pra eles... acho melhor arrancar logo esse band-aid do que esperar até você postar o vídeo. UAU.

Eu estava me sentindo quase que um guru espiritual, desses que mudam a vida das pessoas para melhor, desses que são tão iluminados que as pessoas largam tudo para morar perto deles no interior, desses que...

Menos, Zeca.

— A Lanna tinha que ter outro sobrenome.

— Outro? Jura? Tá achando que tô fraca de sobrenome? — debochou ela.

Eu ri.

— Boba. Poder — falei.

Vendo JP falar como aquela *drag queen* tão dona de si e empoderada até a raiz da peruca, entendi que a força daquela mulher não daria espaço para qualquer tipo de preconceito entrar. Era o que eu esperava. Era o que ela esperava. E eu torci muito. JP, Jonjon e Lanna eram de uma coragem extrema.

— Boa sorte — desejei. — E, qualquer coisa, sabe que pode vir dormir aqui.

Fechei a porta ainda mastigando a beleza da tarde que tínhamos vivido e a superajuda que a gente ia dar pra tantas pessoas. E para nós mesmos.

Capítulo 19

NO DIA SEGUINTE À GRAVAÇÃO, POSTEI O VÍDEO COM LANNA E FOI um sucesso! Várias marcas de *make* começaram a entrar em contato para me mandar tudo o que eu precisaria para maquiar *drags*. Eu não estava acreditando no tamanho da repercussão que aquilo estava tendo.

Na casa de JP, a repercussão também havia sido grande. Naquela mesma manhã ele me chamou e me contou que a conversa com os pais tinha sido longuíssima, repleta de pranto e acalanto, de mágoas e alívios, de dúvidas e esclarecimentos. Conhecer Lanna foi um choque para o pai do meu amigo. Se ele já tinha ficado sem falar com o JP quando ele fez uma tatuagem, imagina o que esse cara sentiu ao ver o filho de *drag queen*.

Pacientemente e calcado no sentimento mais bonito que existe, JP se despiu de pudores e preconceitos e se abriu de coração com seus progenitores. Ao fim, sua mãe disse que ele ficava tão bonito de mulher quanto de homem.

Por mais estranhamento que a situação tenha causado, a paz se estabeleceu e a cada dia os dois mastigavam mais a informação, digerindo-a, na medida do possível, de forma leve e amorosa. Que bom! *Que assim seja em cada casa que tenha um LGBTQIAPN+*, desejei em silêncio.

Fiquei tão imerso lidando com o assunto que mal pisquei os olhos e, quando me dei conta, já era sábado. Engoli em seco quando me toquei de que naquela tarde eu iria fazer algo novo, começando uma nova guinada de cento e oitenta graus na minha vida e embarcando novamente rumo ao desconhecido.

Mas, de manhã, eu tinha já marcado um programa. Berebs me chamou para ir com ele e a Dade à feira da Lavradio, que movimenta o Centro do Rio aos sábados, com gente descolada em busca de comida e música boa, antiquários, acessórios para a casa, roupas... Tem de tudo lá. JP tinha um compromisso e ficou de me encontrar no curso. Chamei Tetê, mas ela tinha ido com o Dudu para a serra. Davi e Gonçalo iriam nos encontrar lá, e eu teria que engolir o ranço que eu ainda estava do portuga que tinha gongado minha nova atividade. Depois de xeretar a feirinha (comprei um broche para a minha mãe que era idêntico ao que minha avó usava quando eu era pequeno), fomos ao Lilia, um restaurante que fica num sobrado charmosérrimo na rua do Senado e tem um rango delicioso, inventivo sem ser pretensioso, sucos maravilhosos e sobremesa de comer gemendo. Achamos uma mesinha perto da janela para ver a vida passar enquanto esperávamos Davi e Gonçalo. Berebs percebeu que eu estava meio tenso.

— Eu não sabia que eles já estavam de boa. Um lado meu torceu para que ainda estivessem brigados — confessei.

— Mas o Davi está feliz com ele, e você ama o Davi. Mesmo que você não goste dele, é prec...

— Não! Não é isso, Bé! Eu tô longe de desgostar do Gonçalo! Longe. Eu só fiquei magoado com o fato de ele ter uma opinião preconceituosa sobre meu curso de *make* de *drag*.

— Mas o Davi não falou que não era preconceito, que era mais preocupação mesmo? — indagou Dade.

— Ah, desculpa ridícula, Dade. Na boa. Tô tenso porque depois do almoço começa o curso, e esse assunto não vai escapar de ser abordado, entende? — expliquei.

— E daí? Cadê o Zeca que eu conheço? Que fala o que pensa e tem a autoestima mais em dia que existe?

— Dade, se ele não fosse namorado do meu melhor amigo, eu não teria problema nenhum de esculachar com ele, de dizer poucas e boas, mas não posso, entendeu?

— Nem acredito que é hoje! — Berebs mudou de assunto. — Preciso contar pra vocês: JP me chamou pra ir assistir às aulas também.

— E você vai? Fala que sim! — perguntei, já comemorando.

— E eu ia perder você e o JP juntos nisso? Vou confessar que tô morto de curiosidade!

— Gente... o JP... Eu ainda tô processando isso — disse Dade. — É muita novidade em um período de faculdade, gente!

Era mesmo. Poucos meses tinham se passado, mas foram tantas mudanças e tantos desafios que parecia que tínhamos vivido uns dois anos.

— Tô doido pra fazer a aula. Que delícia que você vai também, Bé! É bom que se não tiver modelo pra mim, eu maquio você.

— Como assim *me* maquia? Que modelo, Zeca? — perguntou ele, franzindo o rosto inteiro.

Eu não estava entendendo nada e minha cara deve ter denunciado isso, pois Berébson saiu explicando.

— Achei que o JP tivesse te falado. É um curso de *automaquiagem*. Ou seja, você vai *se* maquiar, não tem modelo nenhum, doido.

— Quê? — perguntei, surpreso.

— Ué, até eu, que não entendo nada disso, sei que *drag* que é *drag* faz a própria maquiagem — disse Dade.

— Claro, faz parte da mágica.

Pelo amor de Getúlio! Eu não fazia ideia daquilo! Nossa Senhora das Drag Queens Sem Talento, me arruma um salto porque o outro me tombou!

Eu estava no chão. Não, eu estava *sem* chão. Em nenhum momento pensei em perguntar isso ao JP, pois jamais suspeitei que eu fosse *me* maquiar. Aquilo mudava tudo de figura. Eu estava pasmo.

— Que foi? — Berebs perguntou.

— Nada.

— Fala, Zeca — insistiu ele.

— Nada.

— Zeca... A gente te conhece... nada não é... — acrescentou Dade.

Baixei os olhos, entre tenso e apreensivo. Eu estava, sei lá, incomodado de um jeito que eu nem sabia explicar direito. Não, eu não sabia explicar, ponto. Só sei que a palavra era essa. Incomodado.

— Você não queria se maquiar, é isso? — Dade matou a charada. Mantive os olhos baixos por incapacidade total de encará-los.

— Qual é o problema de você se maquiar, Zeca? Qual a diferença? A ideia não era você aprender a fazer maquiagem de *drag*?

— Era, Bé. Mas poxa... Não era me maquiar. Me maquiar acaba sendo uma coisa que...

— Que o quê? — fez Berebs.

— Uma coisa é aprender a maquiar uma pessoa de *drag*. Outra é me montar!

— Quem falou em se montar?

— É, não tô te entendendo... — falou Dade. — Vai ser até bom pros seus vídeos, vai mudar um pouco.

— Ah, é? E eu vou me entrevistar?

— Não, você pode se maquiar e conversar com seus Zequimores enquanto se maquia, ué — sugeriu Dade. — Você ainda não me respondeu qual é a diferença entre se maquiar e maquiar outra pessoa.

Não consegui responder. Meu telefone tremeu com a mensagem do Davi, falando que ele e Gonçalo tinham acabado de chegar e estavam subindo. Pedi para Dade e Ted não tocarem no assunto da automaquiagem. Antes que Davi e seu portuga chegassem à mesa, Berebs disse:

— Não mudou nada, Zeca. Só se liga pra ver se você não tá julgando esse curso, ou mesmo esse universo, preconceituosamente, como o Gonçalo.

Engoli em seco. *Eu não estava sendo preconceituoso!*, tive vontade de rechaçar na hora. Mas será que o que o Ted disse não fazia um pouco de sentido? Será que eu não estava sentindo, mesmo que não conseguisse definir, a mesma aversão que o Gonçalo sentiu quando soube do curso? Será que *aversão* é a palavra? Preconceito? Espanto? Implicância? Desconforto? Não... Eu? Por que eu teria esse tipo de questão? Eu era muito bem resolvido, expliquei para mim mesmo, enquanto Davi e Gonçalo se aproximavam. Estava realmente tudo muito confuso dentro da minha cabeça.

— Tá, eles estão vindo. Não vamos falar do curso, por favor! — pedi encarecidamente a Ted e Dade.

— E aí? — cumprimentou Davi.

— E então? Como estão? — fez Gonçalo.

— Bem. Na verdade ótimos, que é mais que bem, né? Eu tô incrivelmente ótimo, pra falar a verdade, ainda mais agora que eu sei que meu curso é de automaquiagem e não de maquiagem propriamente dita, e eu achei sensacional, sensacional mesmo. Tô de boa, de boaça, zero noiado de me maquiar de *drag*, zero noiado com o que vão pensar disso, meu pai ou qualquer outra pessoa. Zero, zerenta e zero — vomitei as palavras, assustando os quatro, que ficaram me olhando com cara de caneca lascada.

Por que falei tudo aquilo? Não sei. Para que falei tudo isso? Não tenho a menor ideia. Parecia a Tetê quando ficava nervosa e desandava a falar asneira. Eu não era assim.

— Você vai se montar? Sério? Que irado! — reagiu Davi.

Olhei para ele sem saber o que responder nem como reagir. Depois da verborragia, as palavras simplesmente não saíam mais da minha boca.

— Uau... Vais encarar este desafio?

— Vou, Gonçalo. Nasci pra ser desafiado, pra me desafiar.

— Corajoso — disse ele, já se sentando.

— Corajoso? Corajoso por quê? — Dade perguntou por mim.

— Porque acho que pode parecer estranho para os seguidores ver o Zeca virar outra pessoa.

— Ele não vai virar outra pessoa, ele só vai ensinar a se maquiar de *drag queen*, gente — simplificou Davi.

— Eu sei! Digo isso pensando nos mais velhos que ele tem cativado tanto desde o vídeo com a Zeni. Alguns podem estranhar, e tudo bem também se isso acontecer, pois não?

— Claro, Gonçalo. Eu nunca vou agradar todo mundo. Nem quero — reagi, dando uma piscadela para Berebs, que ficou feliz em ver que eu, nem que fosse só no discurso, tinha assimilado a frase do jornalista que ele tinha me dito na faculdade.

Pedimos o cardápio e o clima estranho inicial foi aos poucos dando lugar ao bem-estar. Primeiro veio o couvert, imperdível, com pães da casa quentinhos e superleves. Meu almoço foi um curry de legumes na brasa com cevadinha e semente de girassol que estava simplesmente divino.

Aos poucos, fui entendendo que o Gonçalo realmente não amava a ideia, mas também não era o tenebroso preconceituoso que eu estava pintando. Era mais preocupação mesmo. Até com o preconceito que outros podiam ter com essa nova fase.

Eu, pelo menos, quis entender assim para não morrer de implicância com o amor do meu melhor amigo. Durante o almoço, Gonçalo foi muito carinhoso comigo e fez evaporar qualquer mal-entendido. Que bom.

Eu e Berebs pagamos nossa parte antes da sobremesa porque eu ainda tinha que pegar o metrô para Botafogo, e era uma boa caminhada até a estação Carioca.

Em pouco tempo, estávamos no casarão onde ia rolar o curso. Pelo que eu entendi, várias oficinas aconteciam ali: de atuação, de palhaçaria, de tecido, de maquiagem. E agora teria maquiagem de *drag queen*. Cheguei um minutinho atrasado, a turma toda estava lá, eram dez pessoas. JP logo fez graça.

— Atrasado no primeiro dia, José Carlos? Você vai ser uma diva se quiser, mas ainda não é, tá?

Berebs sentou do meu lado enquanto eu, de frente para o espelho, olhava minha cara de Zeca imaginando como eu ficaria depois. Com os produtos de maquiagem que ganhei depois do vídeo, meu nécessaire era o mais invejado ali.

Engoli em seco antes de começar a preparar a minha pele. Eu nunca tinha me maquiado, e começaria com aquele tanto de reboco. Mas era para isso mesmo que eu estava ali. O sucesso do vídeo era mostrar o valor daquele bando de pessoas que se montava a trabalho, ou mesmo por diversão. Gente que se montava para ser feliz.

Então, do nada, resolvi fazer uma live de lá, para mostrar minha primeira aula. E foram mais de 50 mil seguidores acompanhando. Eu ainda não estava acostumado com isso, com o fato de estar caminhando a passos largos para um milhão de seguidores.

Comecei a filmar tudo, cada passo, cada primer, cada coisa que JP mandava a gente tacar na cara, ao vivo, para milhares de pessoas. Respirei fundo e, quanto mais eu me maquiava, mais eu gostava da maquiagem, mais eu queria brincar com as cores e com os exageros que as *drags* permitem. Era tanto produto, tanta técnica que eu estava no paraíso da maquiagem. E, ao contrário do que eu senti no restaurante, aquela sensação ruim que até então eu não sabia explicar passou a ser confortável. Estava tudo certo.

E eu estava virando, pelo menos no rosto (o corpo continuava de Zeca), uma *drag queen* linda, a verdade era essa. Linda de dar nó na peruca. Luxuosa, elegante, plena. E por mais que eu estivesse me maquiando com uma touca de meia ridícula prendendo o cabelo, eu só pensava em terminar e colocar uma peruca. JP tinha várias ali. Eu poderia ter cabelo longo, curto, colorido, frisado, cacheado, ondulado. Eu podia ser Cher, Lisa Minnelli, Beyoncé, Dita von Teese, Marilyn Monroe...

A boca, meu Deus, fazer a boca foi incrível! Completamente diferente da minha. O olho, então, nem se fala. A sobrancelha ganhou de mil a zero de mim, mas eu ia chegar lá. JP me deu uma mãozinha, e então ficou simplesmente deslumbrante. Eu estava mudando totalmente de aparência. Não, totalmente também não, mas eu já não era eu àquela altura, com bochechas marcadas, pele feita, sobrancelha desenhada, olho dramático...

Quando eu fiquei pronto, vi no espelho meus olhos se encherem de lágrimas. Só que eu não era louco de chorar e borrar aquela obra-prima. Eu estava encantado comigo. Mas encantado com tudo mesmo, especialmente pela minha coragem de não desistir daquilo que estava, já na primeira aula, me fazendo tão bem. Ali eu tive certeza de que seria inevitável eu me montar por completo, mais cedo ou mais tarde. Não para me apresentar, nada disso. Mas me deu muita, muita vontade de me ver de *drag queen* por inteiro, não só a cara.

Naquele dia, eu não quis botar peruca. Queria melhorar muito na maquiagem para escolher a melhor moldura para o meu rosto, a que mais me definisse como *queen*. Aquela brincadeira estava só começando, mas o prazer que eu já estava sentindo era inédito e surpreendente para mim. Que bom que não desisti de passar por aquela experiência.

Capítulo 20

E ENQUANTO TODO MUNDO REMOVIA A MAQUIAGEM PARA IR PARA casa, decidi ir daquele jeito mesmo. Tirei a touquinha ridícula, botei meu cabelo para a frente, tipo um pega-rapaz, um cacho formando uma vírgula na minha testa, sabe? Taquei pomada para modelar e pedi um Uber para casa. Ia fazer uma surpresa para minha mãe. Chegando lá, em vez de abrir a porta, toquei a campainha. E foi a minha vez de ficar surpreso. Quem abriu a porta foi ele, meu mozão, Wiled.

Ele arregalou os olhos, abriu aquele bocão lindo e, depois de alguns segundos, disse:

— Meu Deus, Zeca, você tá lindo! Ou é linda? Como é que se fala, gente?

Voei para os braços dele. Que delícia de surpresa, que delícia saber que ele e minha rainha estavam juntos em casa sem mim. Ou melhor, à minha espera.

— Deixa eu ver, deixa eu ver, deixa eu ver! — Zeni chegou correndo e estancou na minha frente.

Com as mãos sobre a boca, a cara paralisada, não sei se de espanto ou só pelo inesperado mesmo, em silêncio minha rainha estava e em silêncio ela permaneceu por alguns intermináveis segundos. Aquilo me deu uma angústia, mas uma angústia... Ah, não... a última pessoa que eu queria assustar ou aborrecer era a minha rainha...

— Mãe! Que foi? Fala alguma coisa, pelo amor de Getúlio!

Ela tirou as mãos da boca e só então vi que seus lábios estavam tremendo. Os olhos tinham se enchido d'água. Minha mãe estava chorando de desgosto. Ah, não!

— Eu vou tirar, mãezinha, eu vou t...

— Cala a boca, menino, me deixa chorar em paz...

— Por que você tá chorando? — eu quis saber, agoniado.

Ela respirou fundo e depois exalou o ar lentamente. Engoliu em seco, enxugou as lágrimas e finalmente respondeu o que eu tanto queria saber.

— Porque você... você tá... você tá parecido comigo, Zeca — disse ela, toda emocionada. — Você... você... v-você tá a minha cara... você... você seria a minha cara se tivesse nascido menina, Zeca. Minha cara melhorada, obviamente, mas a minha cara. Desculpa, nem sei se é certo eu falar isso, se é politicamente correto dizer e sentir o que eu tô sentindo, nem sei direito o que eu tô sentindo, mas é um misto de alegria com orgulho do artista nato que você é.

E ela desandou a chorar, chorou muito. E eu só consegui dizer:

— Ô, mãe... é choro bom, então? — perguntei ao abraçála.

— Claro, Zeca, olha esse olho brilhando — falou Wiled, abraçando nós dois.

Ficamos um tempo abraçados. E acabou que meu choro veio também. Choro de alívio, de felicidade, de saber que minha mãe me apoiava incondicionalmente, e era tão quentinho sentir isso que não sei nem descrever o sentimento que me arrebatou. É como dizem: era muito, muito amor envolvido.

Minha Zeni tinha feito arroz de polvo para o jantar, outra especialidade da casa (e quando eu digo *da casa* eu quero dizer *dela*, você sabe, né?), o melhor do mundo, não discuta comigo. Apimentado na medida certa, bem temperadíssimo, polvo zero borrachudo, um vinho branco para brindar meu novo momento e, *voilà*, eu estava definitivamente vivendo a melhor noite daquele ano.

Comecei a contar para eles quanto era desafiador aquele tipo de maquiagem e quanto eu fiquei envolvido durante toda a aula, mas eles tinham visto minha live. O universo das *drags* era realmente fascinante e, por mais que eu não me visse num palco, não acharia nada ruim me ver montada da cabeça aos pés, com peruca, unhas, sapato e roupas bafônicas, nem que fosse só no meu quarto. Por diversão mesmo. Sem compromisso. Por que não, meu Deus? Por que não?

— Por que não? Zeca, já te falei, só tem uma vida pra viver, meu amor. E a gente tá aqui pra ser feliz — ensinou minha rainha.

— Linda. Vou lá dentro, então, tomar banho e tirar isso da cara, já volto.

— Não!!! — fizeram os dois em coro.

— Deixa eu te olhar mais um pouquinho assim — pediu mamãe.

Na segunda-feira, na faculdade, o comentário era o sucesso da minha live. Todo mundo dizia que eu tinha que fazer todo sábado, para as pessoas poderem acompanhar a minha evolução na maquiagem de *drag*. Eu estava com 804 mil seguidores. *Nossa Senhora da Ala Geriátrica, me anestesia pra eu não dar uma morrida, peloamorrr!*, urrei em pensamento ao ver os números.

Quando acabou a aula, Túlio veio me falar que Joice (sempre ela!) tinha amado me ver me maquiando.

— Aquela ali te ama — disse ele.

— Eu sei. Amo quem me ama — brinquei.

— Ela já tá com umas ideias lá, disse que ia te ligar.

E, dois dias depois, ela ligou mesmo. Fez mil perguntas sobre o curso, até quando ia, se ia ter algum tipo de encerramento especial...

— Ihhh... isso eu não sei... — respondi.

— Você pode me dar o contato do professor?

— Claro!

Mandei para ela o telefone do JP, e ela disse que ligaria para ele assim que desligasse comigo. Disse que, se desse pano para manga, ela iria sugerir uma matéria com a gente para o jornal da tarde.

— Muito bacana ver a arte *drag* renascendo com gente jovem, descolada e livre de preconceito. Preciso só apurar mais coisas para vender bem a pauta para o meu chefe.

— Uau! B-boa sorte!

Desliguei pensando na loucura que era uma repórter de prestígio ficar sabendo de um curso de maquiagem de *drags* por *minha causa* e querer levar este assunto para a tela da TV. Era muita coisa!

A semana passou no corre, com aulas, provas, edição de vídeos, lives com parceiros, recebidos, um contrato de parceria com uma marca de roupas maravilhosas e outro com uma de *paint stick*, a tal base fortona que apaga sobrancelha. A roda seguia girando. Todos os dias eu fazia stories, caixinha de perguntas pra tirar dúvidas dos seguidores, ensinava uns truques... Então entrou o vídeo do Gonçalo, mais um a viralizar. E ele, pasme, me ligou para agradecer.

— Eu vi sua live do curso, que bom que você deixou salva — disse ele. — E... Zeca... Eu... eu gostava de me desculpar consigo. Tu és um gajo tão giro que não queria que ficasse nenhum mal-entendido entre nós. Em nenhum momento eu fui contra o curso de maquiagem, percebes? Eu só... só me pus no teu lugar e fiquei a imaginar se fosse, como meus amigos iam reagir e... enfim... eu não tenho sua garra, nem tampouco sua coragem, meu querido. Peço desculpas se por acaso te fiz mal de alguma forma.

Se eu fosse diva de novela mexicana eu ia amar fingir que tinha perdoado só para depois dar uma risada maquiavélica com música tosca de suspense ao fundo e dizer para mim mesmo (não tem coisa que eu odeie mais na vida que ver personagens falando sozinhos em cena): "Vingança é um prato que se come frio! Muá-á-á-á-á! Muááá-á-á-á (é a minha risada imaginária de bruxa de desenho animado, me deixa)!". Mas, como eu tenho esse coraçãozão lindo, perdoei de verdade e achei muito bacana mesmo ele me pedir desculpas. Quem nunca deu uma opinião equivocada ou fora de hora, não é mesmo?

O sábado chegou e lá estava eu novamente no sobrado antiguinho no Centro, ajeitando minhas coisinhas na frente do espelho para ter tudo à mão quando a aula começasse. Qual não foi minha surpresa ao ver Joice. Ela foi lá bisbilhotar e, acredite, fazer uma aula experimental.

— Eu não tinha ideia de que mulher também podia se maquiar de *drag*! Não tinha ideia de que existiam *drag kings*! Mergulhei nesse universo durante a semana e é fascinante!

— Que tudo você aqui, Joi! — celebrei. — Joi, o íntimo!

— Eu me sinto sua amiga íntima, porque eu te vejo todo dia, mas você não me vê, né? — ela riu.

— Você vai se maquiar de *drag king* ou *drag queen*? — perguntei, curioso.

— Amor, quero virar rainha hoje! — respondeu ela, sendo interrompida logo em seguida por um aluno que queria uma selfie. — Depois, quero fazer uma de *make*, né? — pediu, bonitinha.

— Eu também quero! — falei.

A segunda vez é sempre melhor, né? Impressionante. A aula foi menos afobada, menos cansativa, eu me enrolei quase nada, foi uma aula divertida, de fato. Diversão. Essa era *realmente* a palavra. Eu me diverti esculpindo, com maquiagem, um novo rosto, uma nova personalidade, aquilo era melhor do que o melhor parque da Disney.

Joice ficou ao lado do JP a aula inteira, superatenta, superinteressada. Que legal o trabalho dela! Ao fim, ela ficou quase lindíssima (Joice não era exatamente boa com bases e pincéis, mas com a ajuda de JP parecia isso: quase deslumbrante). Mas ela se achou a coisa mais linda do mundo e postou foto comigo. Os dois de touquinha tosca de meia-calça, mas arrasando no carão (eu fiz um olhão misturando azul e lilás com glitter que — pelo amor de Getúlio! — ficou inacreditável de lindo). Na legenda, Joice escreveu: "Brincando de maquiagem com meu amigo Zeca Teixeira, do @purpurine-se. Se vocês ainda não o seguem, façam isso agora! #vidaderepórter".

Naquele dia eu tirei a cara de *drag* depois da aula, porque fui com a Joice e o JP para o Comuna, um bar na Sorocaba que tem simplesmente os melhores hambúrgueres do mundo. Pedimos um Uber e sentei na frente, pra não ficar apertado atrás.

Enquanto conversávamos, meu telefone tocou. Era meu pai. Estranhei, mas logo pedi licença aos dois e atendi.

— Oi, pai, tudo b...

— Não, não está tudo bem. Eu quero entender o que você pretende com isso tudo, José Carlos — falou sem nem dizer alô ou mesmo perguntar como eu estava.

— Com isso o quê?

— Ficar aparecendo de mulher na internet, agora com essa jornalista. A Tônia me mostrou. O que é que você quer? Aonde é que você quer chegar?

Ao fundo, ouvi a voz da minha madrasta pedindo que ele me deixasse em paz. Respirei fundo, com o coração acelerado, antes de responder.

— Não sei. Só sei que tô gostando do caminho. Não é isso que importa?

— Não me venha com filosofia de botequim, José Carlos! — gritou. Sim. Ele gritou.

— O que é que você quer de mim? Eu tô feliz, não basta?

— Não! Não basta! Tá tudo errado! Você tá fazendo tudo pela fama, e fama não define ninguém, José Carlos! Você está deslumbrado, você tá todo errado, rapaz. Todo errado!

— Pai, eu...

— Cala a boca, deixa eu falar! Eu não quero filho meu se maquiando de mulher! Eu já tive que engolir você maquiando os outros, mas agora isso eu não vou admitir!

— É uma pena, pai, porque eu vou continuar me maquiando. De mulher, de bicho, de bruxa, de duende, do que eu quiser — falei, fiz uma pausa e prossegui. — E cada vez melhor.

Se eu tivesse plateia naquela hora, tenho certeza de que ela estaria me aplaudindo de pé. Fiquei feliz por ter tido força para dizer o que eu queria, não o que ele gostaria que eu dissesse. Por que ele achava que tinha o direito de falar daquele jeito comigo? Por quê?

— Você quer é me afrontar, né? Se continuar com essa palhaçada, eu vou parar de pagar a sua faculdade! Não pago faculd...

— Tudo certo. Eu tô ganhando um dinheirinho, eu e minha mãe nos viramos com a faculdade, não se preocupe. Mais alguma coisa?

— Não me provoque, José Carlos, você não pod...

— Cheguei aqui, tenho que ir — falei antes de desligar.

Eu queria dar um grito de peão e depois me arrebentar de chorar. Eu queria dizer para a Joice e para o JP que eu tinha um pai muito tosco e invalidante, muito grosseiro e nada amigável. Eu queria reclamar, xingar, desabafar.

Eu queria o Wiled, mas ele tinha que acordar cedo no dia seguinte e eu ia deixar meu amor descansar. Joi e JP estavam tão envolvidos na conversa que nem perceberam que eu tinha tido um dos piores diálogos da minha história com meu progenitor.

— Zeca, como é que você não me falou isso? — perguntou Joice.

— Isso o quê? Do meu pai? — retruquei, confuso.

— Ãhn? Não! Da apresentação!

— Quê? Que apresentação? — perguntei surpreso.

— De fim de curso, cabeção — disse JP.

— Como assim? Do que é que vocês estão falando?

— Ué, gente, consegui o Teatro Rival para fazer nosso espetáculo de fim de curso — explicou JP. — Te falei não?

— Não!!! — respondi.

— Mas tá na descrição do curso.

— Eu não vi descrição de curso nenhum, cheguei como seu convidado, lembra?

— Ah, é — fez JP. — Mas vai ser lindo, viu? Agora, então, que contei para os meus pais da Lanna, não vejo a hora de subir naquele palco! — completou.

— Nossa... Eu não tava sabendo de nada disso.

— Não precisa participar se não quiser, Zeca. É zero obrigatório, tá?

Que bom!, comemorei internamente.

— Imagina! Ele tem que participar! — disse Joice.

— Mas eu não sou *drag*.

— Ninguém é, Zeca. É muito mais pela brincadeira, quase como que uma experiência mesmo, pelo que eu entendi.

— Isso aí, Joice — falou JP.

— Achei incrível ser no Rival. Aquele teatro tem história, foi palco de divas desde sempre, aberto e democrático desde sempre. — Joice parecia empolgada. — Com isso eu acho difícil meu chefe não comprar a pauta. Jovens como vocês redefinindo a arte *drag* e o Rival como a cereja do bolo. Amei! Bora comemorar!

Saltamos do Uber quando chegamos ao Comuna e... minha cabeça estava zonza com tanta informação. Não deu para mim.

— Gente... Eu não... Eu não tô no clima de beber hoje... Desculpa... brindem por mim.

— Não! Como assim? — questionou JP.

— Eu preciso ir. Lembrei agora que tenho um vídeo para editar... Divirtam-se — disse, entrando novamente no Uber.

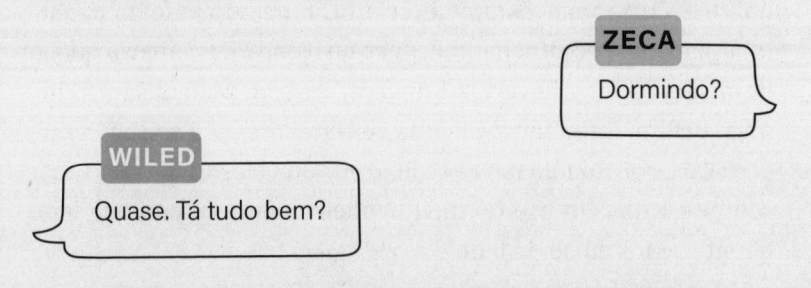

ZECA
Dormindo?

WILED
Quase. Tá tudo bem?

Não. Tá tudo uma bosta. Uma bosta, eu quis responder.

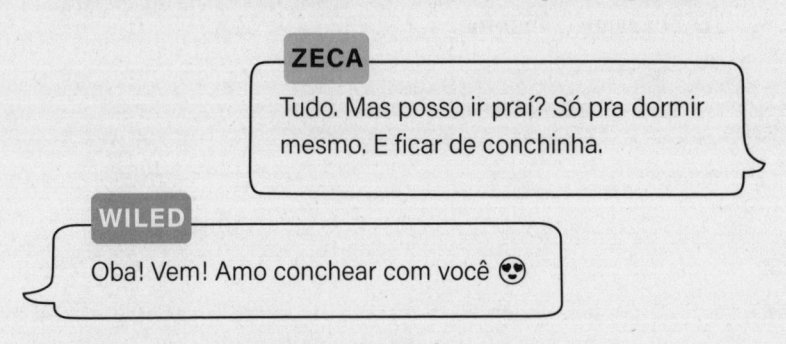

ZECA
Tudo. Mas posso ir praí? Só pra dormir mesmo. E ficar de conchinha.

WILED
Oba! Vem! Amo conchear com você 😍

Conchear... Que lindo... E eu fui.

Wiled estava todo sonolento, de pijaminha, quando eu cheguei ao apê dele, e logo apagou quando fomos para o quarto. Eu não. Mas ficar de conchinha com ele foi a melhor coisa daquela noite cheia de palavras que não saíam da minha cabeça. De olhos fechados, percebi que minha cabeça não parava.

Como é que se medita mesmo? Respira em quatro tempos, prende mais quatro e solta em oito? Ou em seis?

Apresentação. Fim de curso. Inspira em três e expira em seis. Isso! Palco. Meia-calça. Peruca. Inspira em cinco e prende dez? Por que a felicidade pode ser tão incomodativa? Será que tem tangerina na geladeira? Se bem que me dá afta, afta dói, né? Coisa mais estúpida ter afta. E herpes? Afe! Luz. Salto. Aplausos. Peço um hambúrguer no iFood? Eu comeria queijo branco com tomate cereja também, de boa. Maquiagem. Plumas. Brilho. Se eu for *drag* uma vez eu tenho que ser pra sempre? Ou não? Eu não me vejo de *drag*. Ou vejo? Eu queria tanto sentar no azulejo frio do meu banheiro com um copo de leite quente... Mas eu odeio leite!

E assim foi meu começo de noite. Devo ter perdido umas duas horas com a cabeça assim, cheia, muito cheia de questões.

E a barriga com fome.

Capítulo 21

NA SEGUNDA, ASSIM QUE ME VIU NA FACULDADE, O TÚLIO SE aproximou felizinho, felizinho. Veio todo empolgado me dizer que Joice, naquele momento, devia estar vendendo a matéria na reunião de pauta. Engoli em seco e fiz que sim com a cabeça, quando ele mandou um "cruza os dedos, rapaz!". E então engoli em seco de novo.

— Ei. Que foi?

Ou aquele ali me conhecia muito bem ou eu era a pessoa mais transparente da face da Terra.

— Será que... não, nada, deixa pra lá.

— Claro que não deixo pra lá, Zeca. Fala, pode se abrir comigo, você sabe.

— Eu sei... — falei, baixando os olhos. — Eu só ia... eu só ia perguntar se não tem como a Joice... a Joice...

— A Joice...? — fez Túlio, impaciente.

— Será que tem como ligar pra ela e pedir pra ela não falar do curso na reunião de pauta?

Pronto, falei.

As palavras simplesmente tomaram vida própria na minha boca e saíram antes mesmo que eu pensasse nelas. Antes mesmo que eu refletisse. Antes mesmo que eu concordasse com elas. Que ingratidão, meu Deus! Por que eu tinha falado aquilo?

Por quê? Ia ser bom para os próximos cursos do JP, ia ser bom para os alunos, ia ser bom para o Rival... Ia ser bom para todo mundo. E eu sabia disso! Então por quê?

— Sério? Por quê? — indagou Túlio.

— Esquece! Esquece! Ele falou que não é obrigatório.

— Ele quem? O que não é obrigatório?

— O JP. É que... é que vai ter uma apresentação de fim de curso, vê se pode? Mas ele disse que eu não preciso participar.

Túlio ficou me olhando bem sério. Parecia não acreditar no que eu estava dizendo. Parecia quase decepcionado.

— Pronto, resolvido. Não precisa falar nada, deixa ela vender a história, vai ser ótimo se rolar.

— Zeca. Respira — pediu. — Calma. O que tá acontecendo?

— Nada, só me bateu uma noia nada a ver. Nada a ver mesmo, porque eu não vou me apresentar, então tudo bem.

— Por que você não vai se apresentar?

— Porque eu não quero.

— Não quer mesmo? Tem certeza?

Droga! Ainda bem que não sou ator. Eu seria o pior do mundo. Fingir realmente não é comigo. Respirei fundo.

— Túlio... É tudo muito novo. Eu só soube sábado dessa apresentação, nunca tinha parado pra pensar em subir num palco montado de *drag queen*. Não sei nem se sei fazer isso, não sei nem se quero dançar, dublar, performar... sei lá.

Mais um silêncio, dessa vez maior. A respiração do meu professor estava tensa, assim como o semblante dele. *Pelo amor de Getúlio, fala alguma coisa, Túlioooo!*, eu tive vontade de berrar. E de chorar também. Por que eu queria chorar? Não sei. Mas a vergonha sempre me impedia de derramar lágrimas em público.

Por que será que a gente tem tanta vergonha de se emocionar na frente dos outros? Por que pedimos desculpas por algo tão genuíno como o choro, seja ele de alegria ou de tristeza? Será que é porque nos sentimos vulneráveis? Será que é isso? Eu, então, que cresci ouvindo meu pai dizer que homem não chora, me sinto mais que vulnerável, me sinto errado.

Errado eu estava naquele momento, quando pensei em impedir uma pessoa bacana de levantar a bola de outra pessoa bacana. O que estava acontecendo comigo?

— Você sabe que pode simplesmente pedir para não aparecer na matéria, né?

Claro que eu não sabia.

— Jura? Mas a Joice só chegou no curso por minha causa...

— Isso é verdade — ponderou Túlio. — Mas... ela é humana, Zeca, e entenderia se você pedisse para não aparecer, já que é algo que te incomoda tanto.

Incomoda? Incômodo foi ouvir aquela palavra. Naquele momento, eu era um monte de sentimentos que eu não sabia definir.

— N-não, não é que incomod...

— A matéria vai ser boa com ou sem você, Zeca, fica tranquilo. Ela pegando pelo viés do resgate da cultura *drag* por jovens como o JP e os outros alunos já é, por si só, uma baita história. Tem um menino de 11 anos fazendo o curso, não tem?

— Tem. O Rafa... — disse, quase que me encolhendo.

Eu não estava com vergonha de chorar. Eu estava com vergonha de sentir vergonha de algo que estava me fazendo tão bem.

Ufa! Consegui definir um dos sentimentos.

— Então, olha que ótimo! Não fica tenso à toa, não sofre por antecipação. A gente nem sabe se vai rolar a matéria. Se rolar, é só não participar, beleza? Vou nessa, tenho aula.

Túlio saiu e me deixou com outras mil sensações estranhas. Eu estava tentando me reconhecer nelas, mas estava difícil. Foi duro perceber que ele ficou incomodado, e ainda mais comigo, um cara que ele sempre botou para cima e elogiou. Eu tinha decepcionado uma das pessoas mais bonitas e generosas que eu conhecia. Por medo bobo, por vergonha, por cagaço de me expor.

Eu já me expunha na internet, qual era o problema me ver de *drag queen* na TV? E a apresentação de fim de curso? Por que não fazer? Por que não querer? Eu tinha mesmo tanta certeza de que eu não queria? Túlio, o sábio, com suas palavras certeiras, me deixou pensativo. Eu entendi que mais do que querer me apresentar, eu não queria querer. Me fiz claro?

Fui para a aula seguinte e não consegui prestar atenção em nada, só na minha mente inquieta. No intervalo, chamei JP para conversar.

— Sobre a apresentação de fim de curso...

— Hum... Já entendi, você não vai. Tudo bem, eu já...

— Quem disse? Eu vou me apresentar com os outros alunos, sim! — falei, e ele voou para cima de mim com o abraço mais empolgado e apertado e feliz daquela manhã. — Você tirou a Lanna do armário inspirado por mim. Não faz o menor sentido você se apresentar e eu não.

— Eu também acho! Mano, eu sabia que você tinha ficado bolado com isso. Tu ficou tão esquisito no sábado...

— Cê já me conhece bem, né? — falei.

— Mais do que você imagina.

— Você me ajuda a criar um look bem lindo pra minha *drag*?

— Um look e um nome, né?

— Zeca... Zecarlina? — sugeri.

Ele revirou os olhos e rimos juntos. Ainda bem que não demorei a entender que não precisava dar o peso que eu estava dando àquela apresentação. Um: era só uma. Dois: fazer o show não significava que a partir dali eu viraria *drag queen*. Nem sei se levaria jeito para isso. Mas por que abrir mão de brincar de fazer arte em cima de um palco histórico com aquela maquiagem linda, que eu estava aprendendo *and* arrasando?

À tarde, contei para o Wiled e adivinha? Meu leãozinho me deu a maior força! Não só isso. Ele se prontificou a pegar dicas com as figurinistas da Globo para saber onde comprar roupas e acessórios bafônicos sem ter que gastar muito. Aquele cara é tão meu que nem sei. E eu tão dele, cada dia mais.

Quando consegui virar a chave para o "dane-se o que o meu pai pensa", senti uma espécie de alívio. Eu estava leve, pleno, amando e sendo amado, realizando e me sentindo realizado. Não me lembrava de já ter sido tão feliz.

No fim de semana seguinte, fomos às compras. Sapato (não muito alto, porque eu não tinha ideia de como ia me virar em cima de um salto), peruca, meia-calça, vestido. Entendi que minha *drag* seria uma lady elegante porém hippie, uma mistura de Rita Lee (que minha mãe idolatrava) com Amy Winehouse (que eu idolatrava), com um quê de Wanderléa (que minha avó amava).

Peruca ruiva de franjinha, vestido trapézio azul com dourado bem vintage, brincos grandes de pressão brancos e um leque, já que fiquei com medo de não saber o que fazer com as mãos na minha apresentação. O Dênis, um ator que fazia o curso, disse que meu leque, na linguagem teatral, se chama muleta, que é um objeto de cena que dá confiança para os atores. Adorei. Meu leque-muleta era chiquérrimo, vintage também.

Depois das compras, fui com Wiled para o sobrado onde aconteciam as aulas. Ele quis ir comigo ver a aula e dar pitacos na minha *drag*. JP e os alunos piraram com as minhas aquisições. Eu me montaria mesmo, da cabeça aos pés, não tinha volta.

O ritual da maquiagem era mágico, com ele a gente já começava a entrar no clima. JP botou músicas para a gente se inspirar e, quando tocou "Levitating", da Dua Lipa, eu pirei. Comecei a dançar enquanto me vestia, fazendo caras e bocas para o espelho. Wiled, meu maior fã, ria de se jogar para trás. Disse que eu tinha nascido para aquilo. Comecei a dublar para o espelho, já interpretando.

> *You want me, I want you, baby*
> *My sugarboo, I'm levitating*
> *The Milky Way, we're renegading*
> *Yeah-yeah-yeah-yeah!*

— Tá perfeito, Zecaaaa — disse Wiled, já dançando comigo e com o restante dos alunos, com os braços para cima e aquele sorriso largo pelo qual eu era absurdamente apaixonado.

A aula tinha virado uma festa e eu estava praticamente levitando, como diz a música. Rafa, o menino de 11 anos que tinha mais talento que todos nós juntos, por ser menor de idade não poderia se apresentar com a gente, mas tinha levado seu figurino para se montar naquele sábado nublado e lacrou na sala, performando como veterano.

Mateus, outro aluno que era supertalentoso, fez o mesmo. Éramos três *drags* no salão, digo, na sala, e outras em processo de construção. Depois de "Levitating", entrou a versão de "Cold Heart", do Elton John, com Dua Lipa e PNAu. Que aula maravilhosa, que astral, que delícia estar ali...

— Que lindas! — aplaudiu Wiled, ao nos ver entregues às personagens que criamos ali na sua frente.

Minha *drag* estava pronta, mas ouso discordar do Wil. Ela não ficou linda, ela ficou lindíssima, modéstia lá na China. Ela era chique, classuda, rica de berço. Ela era céu com sol, era rio com mar, era anis com canetinha BIC, era sangue azul. Azul... Azul. Blue! Claro! Minha *make* carregava no azul, o vestido era azul, e ainda tem aquele filme, *Azul é a cor mais quente*... Era um sinal. E ainda homenagearia a Beyoncé, já que o nome da filhinha dela com o Jay-Z é Blue Ivy. A minha seria Blue... Blue... Blue... Blue Bang Boo. "Bang" por causa da música da Anitta. Ou *Anira*, como eu prefiro falar. "Boo" porque em "Levitating" a Dua canta uma hora "my sugarboo", só tirei o sugar. Blue Bang Boo.

— Parece Bambu — disse JP. — Não sei se amo.

— Eu amo — falei.

— Então é isso que importa. Eu te declaro Blue Bang Boo! — decretou JP sob aplausos de todos.

Naquela tarde, eu entendi a força das *drags*, a potência de sua arte empoderadora e inspiradora. Eu estava me amando muito vestido daquele jeito, absolutamente encantado comigo. Não tive dúvida: "Levitating" seria a minha música na apresentação. Quase caí do salto umas 12 vezes, mas não caí. "Faz parte", disse JP. Quando a aula acabou, falei que queria ir para casa daquele jeito e disse ao Wiled que, se ele quisesse, poderia me encontrar lá.

— *Caudiquê*, gente? — perguntou ele. — Não quer que eu vá com você?

— Você... você não fica envergonhado de andar na rua comigo assim?

— Envergonhado de quê? Zeca, tira essa palavra do seu dicionário, peloamorrr! Não tem que ter vergonha de nada, amor! Minha mãe sempre diz que vergonha é roubar e não poder carregar. Fico até chateado de você pensar uma coisa dessas de mim.

— Meu amor, me desculpa! — disse, enchendo-o de beijos. — Eu te amo.

Ele parou e me olhou sério. Aimeldels, foi tão sem querer e sem planejar que aquele "eu te amo" saiu da minha boca...

— Cê me ama? — perguntou ele.

— Amo. Bastante — respondi, olhando bem fundo no olho dele, vestido de Blue, mas mais Zeca do que nunca.

— Eu te amo muito, Zeca. E eu estava planejando falar isso hoje à noite pra você, mas você estragou tudo. Anda, dá um beijo aqui.

E ele me deu aquele beijo de amolecer as pernas. E parou repentinamente.

— Imagina se eu ia perder os olhinhos da Zeni olhando pra você. Não mesmo. Se só de maquiagem sua mãe surtou, imagina agora... Essa cena vai ser épica.

♥

Mamãe ainda não tinha chegado em casa. Tinha ido almoçar com duas amigas no Jojo, um restaurante charmoso delícia no Horto, e devia chegar em casa toda trabalhada na brisa do vinho, que eu conheço minha rainha quando ela se mete com tia Jordana e tia Ramona. Chega sempre felizinha, felizinha em casa, se é que você me entende. Como ela tinha saído cedo, mandei mensagem perguntando onde ela estava e a resposta foi:

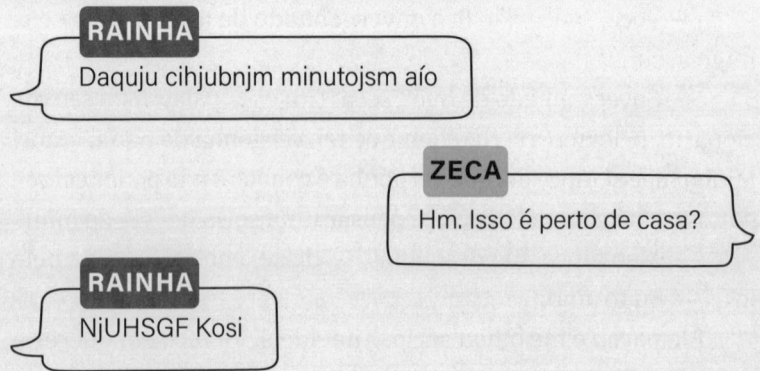

RAINHA
Daquju cihjubnjm minutojsm aío

ZECA
Hm. Isso é perto de casa?

RAINHA
NjUHSGF Kosi

> **ZECA**
> 🫣

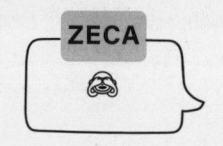

Nem o corretor entendeu o que ela quis dizer. Pedi um áudio e ela disse que em cinco minutos estaria em casa. Quando ela chegou, abri a porta e morri de pena porque ela quase caiu para trás. Ao contrário do dia em que eu estava só maquiado e o choro demorou a vir, em dois segundos minha rainha já estava aos prantos.

— Ô, mãe... Vem cá, vem — chamei, abraçando minha mãe e conduzindo-a para dentro de casa.

— Não tá demais, Zeni? — perguntou Wiled.

— Tá a coisa mais linda que eu já vi na vida — respondeu ela.

— Vai sentar na primeira fila?

— Você tem alguma dúvida, filho? Eu e Wiled, juntinhos... — disse ela, dando para ele um olhar cúmplice e cheio de carinho.

Fiquei andando, ou melhor, desfilando de Blue Bang Boo pela casa a tarde toda. Às oito jantamos juntos, eu, digo, Blue, meu namorado e minha mãe, e depois botamos música e ficamos dançando na sala. Fiz uma selfie de nós três e mandei para o Túlio.

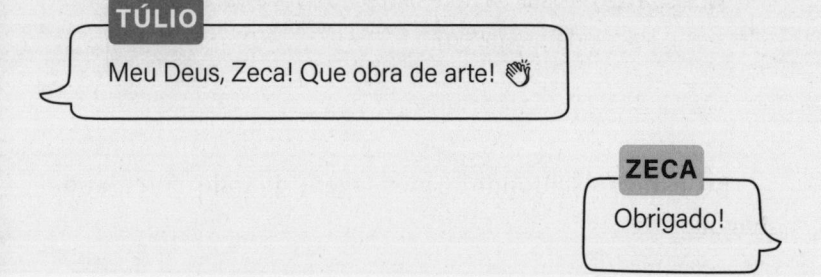

> **TÚLIO**
> Meu Deus, Zeca! Que obra de arte! 👏

> **ZECA**
> Obrigado!

> **TÚLIO**
> Pelo quê?

> **ZECA**
> Por me fazer ser eu 🖤

> **TÚLIO**
> 👀

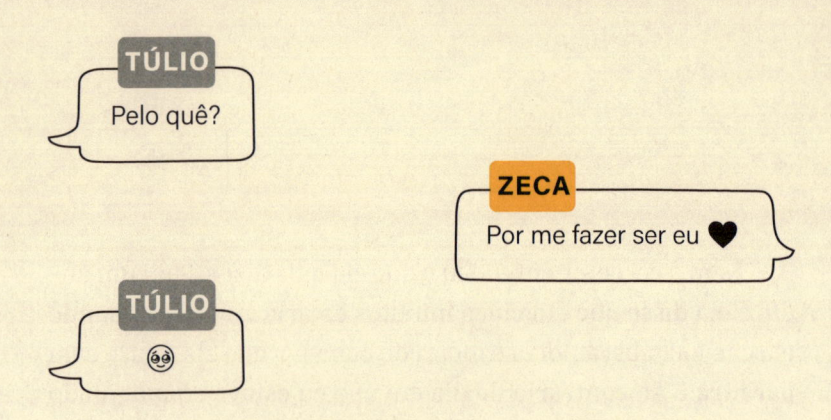

Eu tinha queimado tantos neurônios pensando se me apresentava, se me montava, se contava para o meu pai, que àquela altura eu nem me lembrava da Joice. Mas ela se fez lembrar num áudio muito maravilhoso.

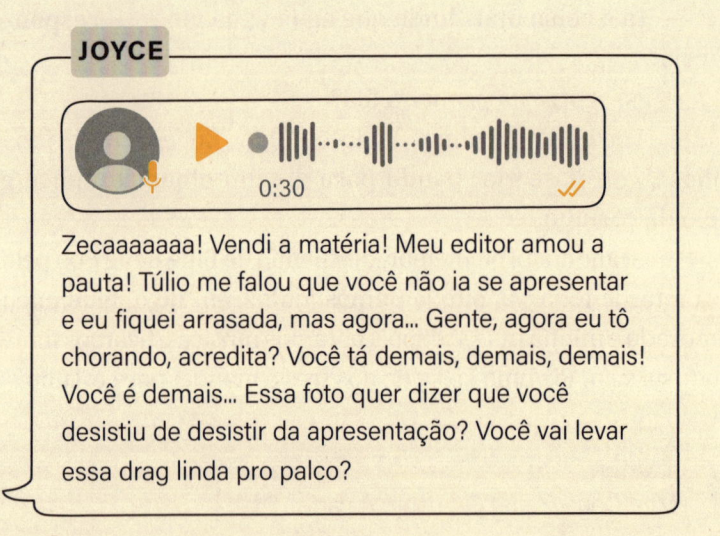

> **JOYCE**
> ▶ 0:30
>
> Zecaaaaaaa! Vendi a matéria! Meu editor amou a pauta! Túlio me falou que você não ia se apresentar e eu fiquei arrasada, mas agora... Gente, agora eu tô chorando, acredita? Você tá demais, demais, demais! Você é demais... Essa foto quer dizer que você desistiu de desistir da apresentação? Você vai levar essa drag linda pro palco?

Eu estava escutando a mensagem quando outro áudio chegou.

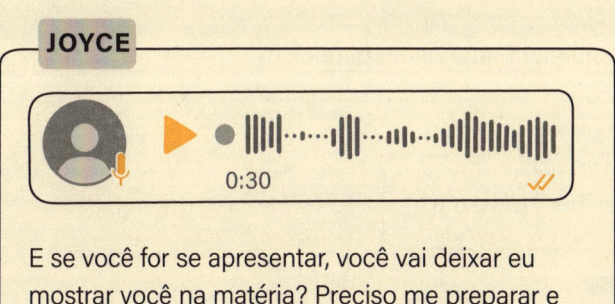

JOYCE

🎤 ▶ ● ||||·····|||·····|||····||||| ✓✓
0:30

E se você for se apresentar, você vai deixar eu mostrar você na matéria? Preciso me preparar e vou respeitar sua opinião, seja ela qual for, tá?

ZECA

Joice! Hahaha! Que delícia ouvir sua mensagem! 1. Vc entendeu certo. Eu vou me apresentar 2. Ai de vc se não mostrar minha Blue Bang Boo na TV

Joice me mandou um áudio com uma gargalhada muito deliciosa, do telefone do Túlio mesmo! Eu amo áudios *gargalhadais*. Ela só parava de rir para repetir o nome da Blue e voltava a rir mais alto ainda. A empolgação da Joice me contagiou. Blue já nasceu alegrando, que delícia! Mandei mensagem para Tetê, Davi e Berebs. Sem foto, só texto.

ZECA

Resenha de última horaaaa! Conseguem estar aqui às 22h em ponto? Só entram os três juntos, com ou sem acompanhantes. Tenho uma surpresa para vocês.

Logo começaram as perguntas. Os três ficaram roxos de curiosidade, óbvio, e era isso que eu queria.

> **TETÊ**
> Uhuuuuuu! Entrando no banho!

> **BEREBS**
> Opa! Indo! Levo o q?

> **DAVI**
> Agora? São 21h, acho que não consigo. 22h30?

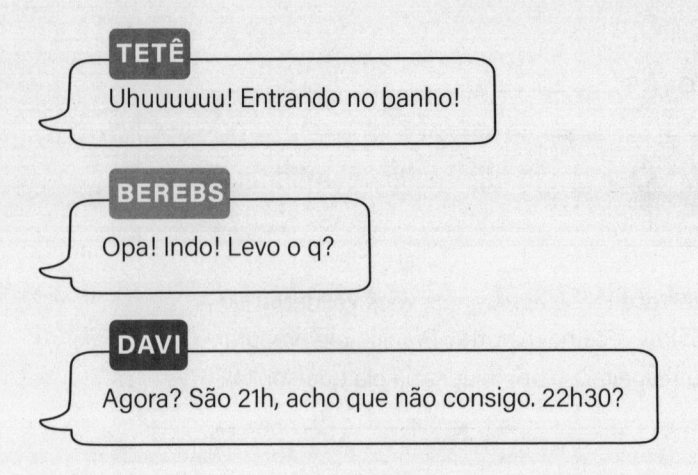

Ficou combinado dez e meia. E eles, bonitinhos, chegaram quase na mesma hora. Os três estavam em pé no hall, com as carinhas ansiosas, esperando a surpresa da noite, e ela, tchanã!, abriu a porta. E foi sensacional ver a cara dos cinco (Tetê levou Dudu e Davi, o Gonçalo).

Tetê e Dudu ficaram boquiabertos. Davi e Gonçalo idem. Berebs estava com os olhos arregalados, quase pulando pra fora do rosto. Mas todos, todos, sem exceção, com uma expressão festiva, com um sorriso se sobrepondo ao espanto. Mamãe abriu um champanhe quando eles chegaram.

— Essa mulher linda que é a minha cara merece um brinde! Gente, eu sou linda, né? — disse minha rainha.

— Entra, gente — pedi!

Eles estavam sem palavras.

— Lindo você tá! — Davi foi o primeiro a emitir som. — Ou é linda que se diz?

— Eu tô apaixonada, Zeca... — disse Tetê, com aquele olhar encantadinho que me mata de amor.

— Eu também... — brincou Berebs, fazendo todo mundo rir ali.

— Nem vem que o Zeca é meu, Berébson! — implicou Wiled.

— Zeca, não, amor. Blue Bang Boo, por favor — pedi. Tetê caiu na gargalhada.

— Que nome é esse? — perguntou Dudu, rindo.

— Não sei, foi o que me veio. Mas pode mudar.

— Não! Este nome é mesmo muito fixe! — disse Gonçalo, fofoooo.

— Que demais ver você assim... Que coragem, que força, que... Nossa... brigado por me chamar pra viver esse momento com você — falou Berebs.

— Imagina, Bé. Feliz demais que vocês estão aqui no dia do nascimento da Blue. Bora dançar? — sugeri.

Aumentei o som, afastamos os móveis, peguei uma lâmpada colorida giratória que tinha comprado recentemente e botei uma playlist beeeem dragzinha. Afastamos os móveis e a sala virou uma pista de dança animadíssima, só com gente que eu amo e que me ama (e muito) de volta. A vida pode, sim, ser uma festa.

Capítulo 22

O COMBINADO ENTRE A JOICE E O JP FOI O SEGUINTE: ELA IRIA primeiro ao curso, para entrevistar os alunos e mostrar a aula e os aparatos necessários para uma oficina daquelas, e depois seguiria com a gente para nosso primeiro ensaio no teatro. O Rival tinha dado dois dias para a gente ensaiar no palco, um no sábado e outro no sábado seguinte, na véspera da apresentação.

Eu já estava ensaiando em casa, obviamente. Dia sim, dia não, eu me vestia de Blue e me sentia Gisele na passarela. Cada vez amando mais brincar com caras, bocas e viradas. Blue era festa, poesia, teatro, comédia, exagero, intensidade, arte em estado bruto. Quanto mais eu experimentava, mais à vontade eu ficava com ela, mais eu a entendia e a incorporava. Ela nascia um pouquinho a cada dia.

Durante a semana, Tônia me mandou várias mensagens pedindo que eu conversasse com o meu pai. E eu, na boa, não queria.

TÔNIA
> Ele não é má pessoa, ele só é ignorante. Mas quer aprender, quer evoluir.

ZECA
Cê jura? 🤔

TÔNIA
Não faz sentido vocês morarem tão perto e não se verem, não se falarem.

ZECA
O que não faz sentido é aturar calado as coisas que ele acha que tem o direito de falar pra mim. Não vou mais aguentar grosseria dele só porque ele é meu pai, Tônia, desculpa.

Um lado meu ficava bem irritado por Tônia defender meu pai, mas o outro entendia que era o papel dela, ele era o marido dela, o padrasto do filho dela. Ela queria mesmo acreditar naquelas coisas que escreveu para mim. Mas meu pai nem comentou sobre meu vídeo com ela. Ele simplesmente não conseguia.

E eu tinha ligado o CAGUEI de um jeito tão definitivo que nada abalaria a alegria dos dias que eu estava vivendo.

JP, um cara bi que agora estava muito bem resolvido não só com sua sexualidade e com sua liberdade, mas também com sua maravilhosa *drag queen* de ocasião, estava em polvorosa com o que batizou de "Melhor Espetáculo de Todos os Tempos".

Chamou a faculdade inteira com o sorriso no rosto de quem não tem nada a temer ou a esconder, foi bonito de ver. Até porque eu tinha plena noção do meu papel naquela mudança toda.

Wiled também me ajudou na divulgação, panfletando no Projac, no prédio dele e entre os amigos de Copa. Minha mãe convocou a mulherada que tinha me visto nascer, Tetê e Davi se empenharam pra chamar a galera da escola e Erick Maravilherick confirmou presença, assim como Samantha e Laís, que eu não via há tempos.

Que nervosooooo!

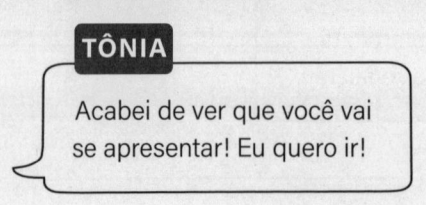

> **TÔNIA**
> Acabei de ver que você vai se apresentar! Eu quero ir!

Ah, não! Será que meu pai tinha visto também? Não, ele provavelmente tinha me bloqueado no Instagram. Ele nunca via, não era agora que ele veria. Por mais que eu já tivesse perdido a implicância com a Tônia, eu, na real, não queria que ela fosse. Toda vez que meu celular tremia e tinha mensagem dela, eu também tremia, por ene questões, mas principalmente porque ela era casada com aquele cara que atende pelo nome de Hélio. Eu não queria que ela fosse na apresentação. Era ser muito mau?

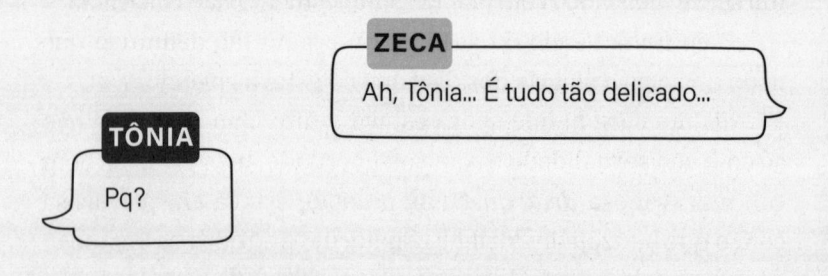

> **ZECA**
> Ah, Tônia... É tudo tão delicado...

> **TÔNIA**
> Pq?

Meu Deus, eu precisaria desenhar? Sério?

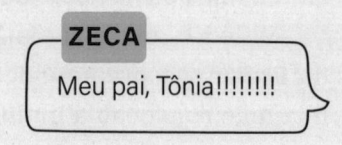

> **ZECA**
> Meu pai, Tônia!!!!!!!!

> **TÔNIA**
> Esquece isso! Eu falo pra ele que fui ver uma peça de teatro experimental. Ele odeia teatro experimental. Kkkk

Ele odeia teatro, eu quase escrevi. Ele odeia arte e tudo o que faz rir ou refletir. Respirei fundo e disse a ela que ia pedir para reservar um lugar para ela na mesa da minha mãe e do Wiled. Eu e meu coração lindo e gigante não podíamos privá-la de ver o melhor espetáculo dos últimos tempos.

Joice chegou cedo ao sobrado com um cinegrafista e um cara de luz (luz de equipamento, não de pessoa iluminada como eu, ficou claro, né?). Ver o *cameraman* captando imagens quando entrei na sala me deu o maior frio na barriga. Primeiro pela Joice dar aquela força para o JP e para a cultura *drag* em rede nacional, em uma emissora imensa como a Globo. E segundo por mim mesmo, por tudo o que aquele curso representava para mim, para a minha autoestima, para a minha autoaceitação, para a minha trajetória como artista e como ser humano.

À medida que o tempo passava, menos inibidos ficavam os alunos. A câmera, a luz, a Joice, em menos de dez minutos eles tinham deixado de ser novidade para virar parte do ambiente. Agíamos, falávamos e gesticulávamos como se ninguém além de nós estivesse ali. Joice fez entrevista antes e depois da aula. Comigo foi durante. Ela falou de mim na passagem (naquele dia aprendi com ela que "passagem" é aquela hora em que o repórter aparece no meio da matéria).

— O influenciador digital Zeca Teixeira, que vem fazendo sucesso com seus vídeos que misturam maquiagem com bate-papo, é uma figura importante nesse resgate da cultura *drag* aqui no Rio. Zeca, o que te levou a se interessar por essa arte?

— Ah, eu amo maquiar! É quase uma terapia transformar as pessoas, sabe? Nunca tinha pensado em *me* maquiar, até um amigo meu sugerir que eu fizesse esse curso. Não pra me montar ou pra virar *drag*, mas pra entender, pra ampliar meu conhecimento de *make*, pra aprender novas técnicas... Pensei "por que não?" e tô aqui, cada vez mais encantado por essa arte e por esse mundo.

— E pra quem não pensava em se maquiar e agora tem uma *drag* pra chamar de sua, é um grande salto, não é?

Uau, não esperava por aquilo. Respira e responde, vai!

— P-pois é... A... A Blue nasceu aqui, nesta sala, quando eu menos esperava. E tá me fazendo descobrir muita coisa sobre mim. Enquanto ela tá vindo, na *make*, na montação, eu vou conversando comigo bem lá no meu íntimo, sabe? Então... é isso. Tô feliz.

— Lindo. Temos! — disse Joice, fazendo sinal para o cinegrafista, que baixou a câmera.

— Menina, como é que você faz isso com essa tranquilidade? Tô aqui com as mãos e o bigode pingando de suor.

Ela riu.

— São anos de prática, Zeca...

Depois da aula, fomos ao Rival conhecer o teatro. "Conhecer" no meu caso, né, já que alguns já conheciam o palco, o famoso palco.

— Qual é a emoção de estar aqui, amor? — perguntou Wiled, que tinha ido me encontrar lá. — Tá com medo? Tá nervoso? Tá como? Conta.

— Tô com um cagaço que você não faz ideia — respondi, quase arrependido de ter topado me apresentar.

Quase todos os outros alunos já tinham se apresentado, se não como *drags*, como atores, como era o caso do Dênis e do Fábio, ou bailarinos, no caso do Matheus e do Gustavo. *Meu Deus, que frio na barrigaaaaa!*, berrei por dentro.

— Será que se eu fugir alguém vai dar falta de mim?

— Para com isso, Zeca! Não namoro fujão, não! Tenho pavor de fujão!

Baixei os olhos. Eu estava com medo mesmo. Real. De me apresentar, de errar, de cair, de me machucar, de ser odiado, apedrejado, vaiado.

— Você vai arrasar! Você nasceu pra isso — disse Wiled.

Olhei para ele duvidando muitíssimo daquelas frases tão assertivas.

Fui me juntar aos outros alunos. Pusemos o salto e ensaiamos primeiro nosso número juntos e, depois, os individuais. Não era o melhor espetáculo de todos, definitivamente, mas era o mais honesto, o mais cheio de garra, de gana, de fogo nos olhos.

Joice e sua equipe foram os primeiros espectadores do nosso show. E, pelos aplausos, a gente arrasou.

Éramos bons no conjunto e sozinhos. O repertório estava ótimo, e pisar naquele palco com o salto e a alma da Blue foi bom de um jeito inédito. Era a primeira vez que eu me apresentava, mas parecia que eu fazia aquilo a vida toda.

Quanto mais eu executava os passos e os movimentos da minha coreografia (parte roubada do clipe da Dua Lipa, parte inventada por mim mesmo — sempre dancei bem, não vou fazer o modesto, até porque modéstia nunca foi uma coisa muito minha), mais à vontade eu ficava, mais dono daquele espaço eu me tornava, mais seguro e dono de mim eu me sentia.

No teatro, depois do ensaio exaustivamente filmado de mil ângulos, Joice fez mais entrevistas e, *voilà*, tinha uma matéria que, segundo ela, ficaria linda.

— Vai no jornal de sexta, dois dias antes do show. Não deixem de ver! Bom finzinho de ensaio, gente! — disse ela ao se despedir.

Ficamos lá mais um tempo, brincando de ser felizes sobre um salto 15. O meu, no caso, era 5 mesmo, mas abafa, eu era praticamente uma *baby drag*, estava engatinhando ainda.

A semana voou como trem-bala e, na sexta, por volta do meio-dia, hora do jornal da Joice, fui com JP, Berebs, Dade e Túlio para um canto mais afastado dos pilotis para vermos a matéria juntos. Ficou simplesmente SENSACIONAL. Ela *apenas* encerrou o jornal, com direito a chamadas durante o noticiário. Eu não acreditei que deram um baita de um destaque! O curso, o JP, eu e os demais alunos fomos retratados com o maior respeito, com a maior dignidade. As imagens estavam lindas, e me ver dançando no palco me deu uma ardência boa no peito, uma queimação, sei lá. Mas foi bom, tudo muito bom.

Túlio se emocionou, mas tentou esconder. Bonitinho. Me puxou para um abraço e me disse no ouvido:

— Que orgulho de você, garoto. Que orgulho...

— Bonitão de menino e de menina, mano! Tirou onda, hein? — disse Dade.

— Materião, gente! Parabéns! — elogiou Berébson.

— Ó, tô ligando pra Joice no viva-voz — avisou Túlio.

Quando ela atendeu, foi um tal de Êêêêêê! Aaaaaaaaah! Aêêêê! que Joice só ria do outro lado.

— Isso quer dizer que vocês gostaram? — quis saber.

— A gente amou, né, Joice? — respondeu JP. — Pô, cara, sem palavras, sério. Gratidão é pouco pra expressar o que eu tô sentindo. Que honra essa matéria, que prazer te conhecer de perto. Já te admirava de longe, agora... virei fã!

— Imagina. O prazer foi todo meu, eu que sou fã de vocês. Domingo eu e Túlio estaremos lá.

Passei o dia respondendo a mensagens de carinho pela matéria. O Rio de Janeiro inteiro tinha visto, que legal! A apresentação seria domingo, e o combinado era que no sábado, depois da nossa última aula, fôssemos montados para o Rival para o ensaio geral.

— Tá chegando a hora, não acredito! — falei para o JP ao chegarmos no teatro.

— E eu? Que até outro dia mal ligava para a Lanna e agora ela tá representando essa guinada na minha vida? Você não faz ideia do tanto de gente que me procura depois que vê nosso vídeo. E olha que lindo: por sua causa, eu pude mostrar a cara na TV sem medo, sem vergonha. Por sua causa! Que missão bonita a sua, meu amigo! Você abre cabeças, mexe com os corações das pessoas — falou ele, me abraçando. — Minha mãe até vem me ver, mas quer tirar foto é com você! — completou com uma gargalhada.

Se pisar só de salto no palco do Rival já tinha sido emocionante, imagina de Blue Bang Boo! Linda de Blue Bang Boo, que meus colegas de curso já estavam esculachando, me chamando de Blue Bambu, Blue Bangu, Blue Gluglu, e por aí vai. Palhaços.

Estava tudo pronto para o dia seguinte. Palco, luzes, som, coreografias devidamente memorizadas e lacradoras, camarins à nossa espera... O Melhor Espetáculo dos Últimos Tempos podia até acontecer numa noite só, mas ia ficar para sempre na história de cada um ali, independentemente de futuro, carreiras e profissões. A experiência estava sendo forte, potente, transformadora, sairíamos do curso melhores e mais evoluídos do que entramos, com toda certeza. Foi muito mais que um curso de maquiagem. Muito mais.

Depois do ensaio, nos desmontamos e nos despedimos. Alguns colegas foram tomar um chope no Amarelinho, que fica na esquina, ali bem no coração da Cinelândia, mas eu preferi ir para casa, me poupar, me preparar, respirar e namorar, porque não sou de ferro. Combinei com o Wiled que jantaria com minha rainha e depois iria para a casa dele ficar de dengo.

No caminho de casa, me pus a pensar em quanto eu tinha vivido e crescido nos últimos tempos. Em quanto eu tinha me superado e acreditado em mim, em quanto eu tinha me inventado e reinventado, me descoberto, me permitido ousar.

Feliz da vida comigo mesmo, morto de orgulho do ser humano incrível que eu era, abri a porta e levei um susto. Qual não foi minha surpresa ao ver meu pai sentado no sofá?

— P-pai? Como é que você entrou?

— Sua mãe abriu, mas eu pedi pra ela ir no Talho comprar uns frios e uns vinhos pra gente comemorar sua nova fase.

— J-jura?

— Claro que não, né, José Carlos? Eu queria era ficar sozinho com você pra entender direito que diabos tá acontecendo. Quer dizer que você vai se apresentar vestido de mulher e eu fico sabendo pela Globo?

Sangrei inteiro por dentro. Fiquei quente, pelando, em questão de segundos. O coração batendo no pescoço, na altura do gogó.

— Quê? — perguntei, meu coração em caquinhos.

— Por que você tá fazendo isso comigo? — continuou ele.

— Com você?

— É, comigo, José Carlos! A televisão do trabalho estava ligada e você imagina a vergonha quando vieram me dizer que você estava aparecendo no jornal. Você quer acabar com a minha paz, José Carlos? Porque se esse era o objetivo, parabéns, você conseguiu, com louvor.

Eu abri a porta e pedi a ele que fosse embora. Ele veio na direção dela como um monstro. Bateu-a com força, fechando novamente, e me empurrou violentamente para o sofá.

— Eu já vou me retirar. Só quero dizer que, se depender de mim, você não se apresenta vestido de mulher nem amanhã nem nunca! — Que pena que não depende de você — falei, me levantando novamente, para um novo empurrão, mais violento que o primeiro.

— Pai, tá entendido, se você não concorda com o meu jeit...

— Com o seu jeito não, sua maricona! Eu não concordo com você existir dessa forma! Passando vergonha e *me* fazendo passar vergonha — falou, aumentando o tom de voz.

Existir dessa forma. Existir dessa forma! Existir dessa forma?

— Me desculpa, mas essa é a única forma de existir que eu concebo para mim. É o que eu sou, pai. Esse sou eu, prazer — reagi, estendendo a mão a ele.

Dando um tapa na minha mão com um nojo visível, ele seguiu com seu ódio lancinante.

— Prazer pra quem, seu demente? Olha, José Carlos, tô vendo que a gente vai entrar num embate sério aqui.

Meu pai falou isso vindo na minha direção com a fisionomia de quem queria me matar. E não, não é exagero. Ele era raiva pura, raiva intensa, gigante, raiva que validava qualquer atitude abusiva como as que ele estava tendo comigo.

— Socorro! — gritei.

— Socorro! Tá louco? Seja homem, saiba se defender!

— Eu *sou* homem!

— Ah, mas não é mesmo!

— Sou sim. Muito homem!

Ouvi a maçaneta girar. *Ufa, minha mãe chegou e escutou*, pensei. Que nada. Ele tinha trancado a porta e eu nem tinha percebido. Ele tinha trancado a porta! Que crueldade. Meu Deus! Eu era filho dele!

— Hélio! — gritou minha mãe.

— Hélio, o que você tá fazendo? — reconheci a voz de Tônia também.

As duas socavam a porta, mas nada abalava meu pai.

— Você só se apresenta com esse bando de viados se for por cima do meu cadáver, José Carlos!

— Sai daqui, pai! — pedi.

— Hélio!!! Abre essa porta, Hélio — implorava minha mãe, esmurrando a porta.

E então ele segurou meu pescoço com as duas mãos. Eu estava todo quente, fervendo, o coração em um breu apavorante. O medo tinha tomado conta de mim, o susto e a decepção também.

— Que é isso, vai me matar?

— Hélio! — gritou novamente minha mãe.

— Hélio, para com isso! Você tá louco? — gritou Tônia chorando, absolutamente desesperada.

— Saiam daí vocês duas! — gritou ele, sem largar meu pescoço, eu já ficando sem ar.

— Eu tô ligando pra polícia, Hélio! — berrou minha mãe, assustadíssima, do lado de fora.

Meu pai finalmente me largou. Eu estava profundamente magoado, atordoado. Sufocado, em todos os sentidos.

— Abre essa porta, Hélio! Não toca no meu filho, seu monstro! — ordenou minha mãe, esmurrando a porta com a Tônia.

— Olha a discórdia que você tá causando, olha o que você tá fazendo com a sua família, José Carlos...

Com a respiração curta e assustado como jamais tinha estado, eu não baixei a cabeça.

— Eu não vou mais te pedir desculpas por ser como eu sou! Não vou! É você que tem que pedir desculpas pra mim! Você!

— Ah, mas era só o que me faltava!

— Sai daqui!!! Sai daqui!!! — gritei, aos prantos, assim que consegui respirar melhor.

Meu pai olhou para mim de cima a baixo com desdém, desprezo, nojo, e se virou para sair. Respirei aliviado.

Ele deu três passos rumo à porta, mas se virou e veio na minha direção cheio de ira, mão fechada, olhos raivosos, corpo rijo, e me atingiu certeiro na cara. Dolorosamente. Precisamente. Foi a pior dor que eu senti na vida. A pior. Por fora, por dentro, o sangue escorrendo do meu nariz, o sangue borbulhando na minha cabeça, querendo pular pelos meus poros, o desalento por não me sentir abraçado por um cara que eu teimava em amar... Não contente, ele respirou fundo pra me dar um tapa de mão bem aberta na cara e depois outro, tão estalado que meu ouvido chegou a doer.

— Pronto. Com essa cara não tem apresentação. Tá feito.

Ele abriu a porta e saiu caminhando lentamente para fora do apartamento, como se nada tivesse acontecido.

— Monstro! — gritou Tônia. — Acabou, Hélio! Acabou! — disse ela já entrando afobada com mamãe.

O semblante delas estava tenso e cheio de preocupação.

— Meu filho! — berrou minha mãe, chorando ao me ver. — Seu animal! Eu vou denunciar você, Hélio — ameaçou ela, para ninguém.

O monstro já devia estar longe.

Fugi do abraço da minha mãe e voei para o banheiro. Eu precisava ficar sozinho, expliquei isso para as duas, aos prantos. Ao me deparar com minha imagem ensanguentada no espelho, chorei mais ainda. Era como se toda a minha vida estivesse passando na minha frente naquele momento. Eu queria sair de mim, eu queria fugir, eu queria... eu queria deixar de ser eu para não causar mais tanta vergonha para a pessoa responsável pela minha existência.

Abri o armário de remédios e fiquei olhando para eles, a respiração ofegante, meu cérebro a milhão, as células fervendo sob a minha pele. Chorando compulsivamente, peguei vários comprimidos, de analgésicos a antialérgicos, e botei tudo na boca, de uma vez só. Tirei a flor do jarrinho de vidro que minha mãe mantinha sobre a pia, enchi de água.

— Deu pra mim — eu disse para minha imagem refletida no espelho.

Respirei fundo e fechei os olhos para tomar coragem para fazer o que tinha que ser feito, enquanto ouvia os gritos da minha mãe e da Tônia e as batidas desesperadas na porta do banheiro, cada vez mais fortes, cada vez mais altas.

Capítulo 23

— ZECA! ZECA! TÁ TUDO BEM? — QUERIA SABER MINHA MÃE.

Num ímpeto de raiva e decepção, de indignação e desespero, de frustração e desesperança, eu — que sempre fui solar, leve, felizinho mesmo, uma pessoa que nunca sequer pensou em suicídio — cogitei tirar minha própria vida. Por causa do meu pai e de tudo o que ele disse para mim. Palavras matam, matam mesmo, e as usadas por ele tinham me ferido profundamente, de um jeito que ele certamente nunca conseguirá imaginar. Naquele momento, eu precisava morrer.

No reflexo do espelho, um garoto de 18 anos doce, gentil, romântico e sonhador, com a boca cheia de remédios, pílulas das mais variadas — um perigo! E na mão um jarrinho de vidro fazendo as vezes de copo d'água. Com minha autoestima no pé e uma pena gigante de mim, enquanto eu amaldiçoava o dia em que nasci, me lembrei de um livro sobre o assunto, do terapeuta de uma amiga minha, no qual ele diz que "o suicídio é uma solução definitiva para um problema temporário".

Imediatamente me ajoelhei, abri a tampa da privada e cuspi tudo, na companhia do choro mais profundo e intenso que eu já tinha chorado. Logo depois, eu me levantei e abri a porta, correndo para receber o abraço mais necessário de toda a minha história até então. Absolutamente transtornada, Zeni voou para cima de mim.

— O que esse monstro fez com você, meu amor? O quê? — perguntava ela, enquanto analisava meu rosto, horrorizada.

Seu nome ali era compaixão.

Choramos juntos, eu e ela. E Tônia, a mulher que eu tão erroneamente tinha batizado de Demônia um dia, também chorou com a gente. Ela estava arrasada. A decepção com meu pai, sem dúvidas, foi enorme para ela também. Uma parte da Tônia estava morta por dentro, eu tinha certeza. Solidária, enquanto minha mãe me abraçava, ela catava nas gavetas gaze, esparadrapo e algodão para cuidar do meu nariz, que continuava doendo, doendo muito, e sangrando.

— Como ele teve coragem de fazer isso? Como ele teve coragem? — ela se perguntava enquanto, delicadamente, limpava meu nariz.

— Ai, Tônia, devagar! — pedi.

— Vou pegar um analgésico — avisou minha mãe.

— Não sei se vai ter algum. Não surta, pelo menos não agora, mas eu peguei tudo que tava dentro do armário e botei na boca, mas cuspi logo depois. Não foi dessa vez que você se livrou de mim.

Eu pensava que seria impossível minha mãe ficar mais desesperada do que já estava. Errei. Nunca a tinha visto daquele jeito.

— Como é que você tem coragem de pensar numa coisa dessas, José Carlos!? — perguntou, aos prantos, aos berros, nitidamente apavorada.

— Não, mãe. José Carlos agora não, vai... agora não... Vem, vem abraçar seu Zeca, anda — disse, puxando minha rainha pra bem perto de mim.

— Um lado meu quer matar você! — disse ela, bem brava, me fazendo rir e rindo também.

— Au! Rir dói. Não acredito.

— Calma. Tô ligando pra farmácia e pedindo um analgésico, fica tranquilo — disse Tônia. — Vou pegar gelo. Gelo. Como é que eu não tinha feito isso ainda? Já volto.

Eu estava vivendo ali, no chão frio daquele banheiro, a cena mais forte do filme da minha vida.

Quando Tônia voltou com o saco de gelo, falei para ela e para minha mãe a frase que me impediu de seguir em frente. Ela define tão perfeitamente, tão precisamente o que é suicídio que invadiu minha cabeça aos berros, se repetindo *ad nauseam* enquanto eu me olhava no espelho. Eu não tinha outra escolha a não ser cuspir tudo e depois ficar cheio de culpa por ter cogitado uma coisa dessas. Eu sempre soube, e não podia deixar de saber de uma hora para a outra, que suicídio não pode, nunca, ser uma opção.

É simples assim. Problemas são temporários, a morte, não. A morte, não! Imagina se eu tivesse me matado e minha versão fantasma terminasse de contar esta história? Eu ia odiar (nunca fui fã de histórias narradas do além, nunca) e acho que você também, poxa, acompanhou tudo até aqui pra eu morrer? Eu, euzinho, tirar minha própria vida e não sentir o deleite de subir num palco quebrando regras e tabus e amando cada segundo disso? Nenhuma mágoa, nenhuma dor, nenhum problema, nada é pra sempre. Por isso, não existe motivo nenhum, *nenhum*!, neste mundo que seja suficiente para uma pessoa tirar a própria vida — ou mesmo pensar em tirar, como aconteceu comigo.

— Zeca! Zeca! Tá tudo bem? — perguntava minha mãe.

Como é que eu ia responder àquela pergunta? Pergunta que, vale dizer, caso você não tenha notado até agora, vinha da pessoa que eu mais amo no mundo.

Eu estava zonzo, bambo, coração acelerado. Eu precisava tranquilizá-la. Abri a porta do camarim para dizer que sim, estava tudo bem, estava tudo ótimo.

Sim, eu tinha camarim no Rival.

— Não ia ser um nariz quebrado que iria tirar Blue Bang Boo do palco, né? — falei, já toda montada.

Minha rainha voou nos meus braços e tentou não chorar. Ela tinha vindo me dar um beijo antes do terceiro sinal.

— É "merda" que se fala, né? — perguntou ela, olhando encantada para mim. — Eu te amo tanto, meu filho. Tanto, tanto... — disse ela, agora aos prantos.

Peguei o rosto dela com as mãos. Falei para ela parar de chorar porque eu não teria tempo de retocar a maquiagem dela.

— Não me desconcentra, Zeni! — pedi. — Se eu cagar tudo, a culpa vai ser sua!

E nós dois caímos na gargalhada.

Poxa... eu estava tão feliz comigo! Intimamente feliz, você sabe. Que bom que pensei duas vezes, que bom que decidi entrar na terapia logo depois do ocorrido! Eu precisava falar (e me ouvir) sobre o acontecido, até porque, como eu já disse, esse era um tema sobre o qual eu simplesmente nunca pensava, e queria seguir não pensando até ficar bem velhinho, velhinho nível 110 anos de idade.

Que bom que eu tenho a mãe e os amigos que eu tenho. Que bom poder me abrir com Tetê, Davi, JP, Dade e Berebs. Que bom dividir com o Wil, o colo mais acolhedor de todos.

Eu nunca estive tão vivo quanto naquele fim de tarde. Vivo e espetacular de lindo. De linda. Blue estava linda. Depois de muito gelo e analgésico, claro. Foi uma força-tarefa para maquiar meu nariz, todos unidos para me deixar impecável e eu sentir o mínimo de dor possível. Eu estava feliz como jamais tinha estado.

Eu dava os últimos retoques na *make* enquanto minha mãe me filmava com o celular, toda emocionada, bonitinha demais. O segundo sinal tocou.

— Que orgulho que eu tenho de você, filho — falei. — Acertei?

Isso que você ia falar, né?

Eu ri para ela e ela riu de volta para mim, fazendo que sim com a cabeça, tapando a boca com a mão, olhinhos molhadinhos, molhadinhos. A rainha seguiu com seu vídeo, estava nitidamente satisfeita por me ver me amando no espelho. Me amando, me respeitando, fazendo o que eu queria fazer, estando no lugar que eu queria estar.

— Ei. Vai tocar o terceiro sinal, Zeni. JP está avisando aqui no grupo — disse Wiled, assim que leu a mensagem da nossa Lanna. — Vamos pra mesa?

Os dois estavam melhores amigos e eu morria de orgulho disso. O meu amor me deu um beijo quase beijo para não tirar meu batom, desejou "merda", como é a praxe no mundo teatral, e saiu com a minha mãe. Antes de fechar a porta, ele falou:

— Só não digo pra quebrar a perna, como os americanos dizem, porque você já quebrou o nariz, né? Melhor não correr mais risco, né? Vai que escutam e você quebra mesmo. Nariz torto eu *guento*, mas um boy andando devagar do meu lado eu não sei se dou conta, não sei se sou capaz, tô sendo sincero. Eu ando ligeiro, cê sabe.

Gargalhamos os três. Uma gargalhada que veio com lagriminha salgadinha bem na pontinha da garganta. Era chegada a hora. De brincar. De viver.

Fui levitando para o palco ao som da Dua Lipa com a autoestima renovada, lá em cima, e um prazer imenso em ser eu. E ainda trazia comigo a certeza de que, assim como *drag* não precisa gastar dinheiro com máscara de cílios porque é o cílio postiço que faz a *drag*, eu não preciso me submeter a nada que não me faça feliz.

Até o momento, estou sem falar com meu pai. Se isso vai passar ou não, o futuro ninguém sabe. O que eu não quero é parar de falar comigo, parar de me ouvir, de ouvir a minha verdade e o meu coração. Porque no fundo, no fundo, é a gente que sabe da gente.

Respirei fundo, soltei o ar lentamente pela boca e pisei com o pé direito no palco. Firme, decidida, alegre, apesar de bambinha por dentro. Realizada. Blue entrou em cena com sede de aplausos. E foi mais que aplaudida: foi ovacionada do começo ao fim, com direito a gritos de "bravo" no final da primeira apresentação. Todos os meus amigos lá, emocionados, gritando. Eu podia sentir o coração de cada um batendo com o meu.

E, ó, estava só começando. Não o show, apenas. A minha vida. Livre de exaustão.

Pelo amor de Getúlio! Crescer dói, mas é bom demais, especialmente quando não se leva desaforo para casa e se tem brilho no olho, intensidade e gente que te ama por perto. E nos últimos tempos eu tive muita gente que me ama bem pertinho.

Sigamos chamando de família quem ama e respeita a gente, quem nos acolhe, independentemente de sangue. Ver naquele teatro a minha família (minha mãe e Tônia — sim, Tônia —, Cauê, definitivamente meu maior fã, Tetê, Dudu, Davi, Gonçalo, Berebs, Dade, JP e Wiled, além de Túlio e Joice — claro que eles não perderiam meu show) me mostrou que a vida é feita de afinidades e conexões, de momentos bons e ruins.

Conecte-se com os seus e voe sem medo (ou com medo mesmo, mas voe). Conecte-se com você mesmo e feche com você. Mas feche de verdade, feche lá no fundo. Eu fechei comigo e recomendo muitíssimo. Parar de me culpar por ser eu e me ver livre da aprovação alheia e, claro, da paterna, me fez extremamente bem. Eu estava todinho o verso de "Saúde", parceria da minha musa inspiradora Rita Lee com Roberto de Carvalho: "Eu sei que agora eu vou é cuidar mais de mim."

Nossa Senhora dos Pais Equivocados, olhai por nós e... perdoai-vos. Quero muito acreditar que eles não sabem o que fazem.

© Eduardo Rodrigues da Silva

AGRADECIMENTO

Muitas pessoas me ajudaram a contar esta história. Eu não poderia deixar de dar meu muito obrigada a:

Ikaro Kadoshi, por abrir seu coração comigo num momento de maquiagem via zoom que eu nunca vou esquecer.

Lia Clark, obrigada pela disponibilidade, honestidade e confiança.

Maicon Santini, por ser sempre tão solícito e parceiro e disponível e... hilário.

Alê Nuns, por estar tão aberto a ter comigo diálogos por vezes (bem) doloridos sobre escolhas, família, preconceito. Você me ajudou muito. Muito mesmo.

Davi Tucci Monteiro, por ter me inspirado a botar o Zeca num curso de maquiagem de *drag queen*. Sua força e sua coragem são gigantes, assim como seu coração.

Rafa Mon, por ter se emocionado quando te contei da inspiração e por permitir que eu entrevistasse seu filho. Você é muito especial. Obrigada mesmo.

Thais Belchior, por me indicar tantas *drags* bacanas para seguir no mundo virtual e por ter me viciado em *RuPaul's Drag Race*. Renato, por ter me ouvido tanto enquanto eu escrevia este livro, e por ter sido tão parceiro AND psicólogo. Te amo.

Alê, minha agente que quero colocar num potinho, por se emocionar com as minhas histórias e por me ajudar tanto no decorrer do processo.

Marcella e Jordana, por estarem sempre por perto enquanto eu fazia minha homenagem ao nosso tão amado Wiled. Vocês estão aqui com todo o meu coração, no sobrenome do personagem.

Thalita sendo maquiada por Davi Tucci Monteiro, que a inspirou
a colocar o nosso querido Zeca num curso de maquiagem de
drag queen (aos 11 anos ele se matriculou em um).
Hoje, com apenas 14 anos, ele arrasa, como vocês
podem ver aqui e na foto da orelha.

© Eduardo Rodrigues da Silva

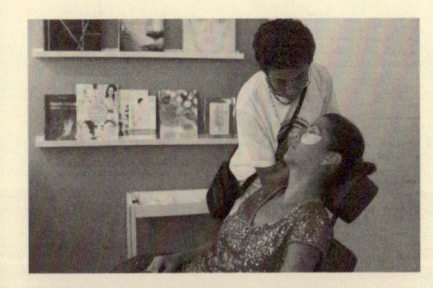

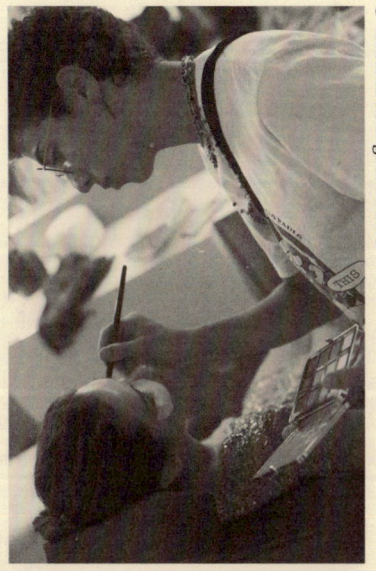

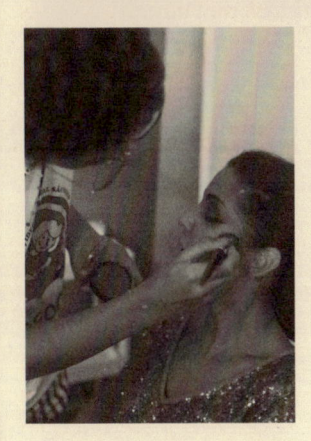

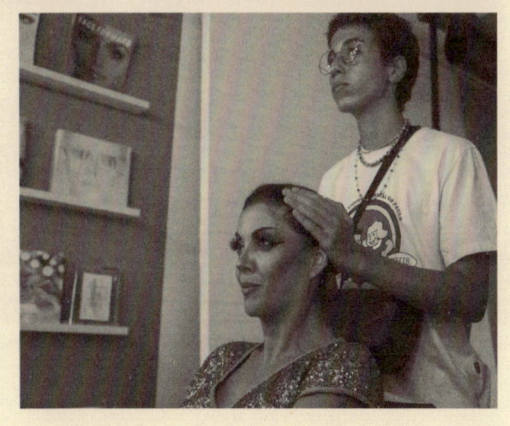

Funcionando em todo o território nacional, o **Disque Direitos Humanos — Disque 100** é um serviço de atendimento telefônico gratuito que funciona 24 horas por dia, nos 7 dias da semana. O serviço telefônico recebe denúncias anônimas relativas a violações de direitos humanos, em especial as que atingem populações vulneráveis, como a comunidade LGBTQIAPN+, mas também crianças e adolescentes, idosos, deficientes físicos e moradores de rua.

MINHAS IMPRESSÕES

Início da leitura: ____ /____ /____

Término da leitura: ____ /____ /____

Citação (ou página) favorita:

Personagem favorito: _____

Nota: ☆☆☆☆☆ ♡

O que achei do livro?

Este livro foi impresso pela Ipsis, em 2025, para a Editora Pitaya e fez o editorial pensar em seus nomes de *drag*. O papel do miolo é pólen natural 80 g\m², e o da capa é cartão 250 g\m².